T0204093

BESTSELLER

Nicolas Barreau se ha ganado un público entusiasta con sus encantadoras novelas de ambientación parisina como *El café de los pequeños milagros*, *Menú de amor* y *33 cartas desde Montmartre*. El best seller *La sonrisa de las mujeres* se convirtió en su primer gran éxito internacional, del que se han vendido más de 3.000.000 de ejemplares. La novela ha sido traducida a 36 idiomas y adaptada al cine y al teatro. En *El tiempo de las cerezas*, Barreau continúa la historia de sus inolvidables protagonistas, Aurélie y André.

Biblioteca

NICOLAS BARREAU

El café de los pequeños milagros

Traducción de
Carmen Bas Álvarez

DEBOLS!LLO

Papel certificado por el Forest Stewardship Council®

Título original: *Das Café der kleinen Wunder*

Primera edición en Debolsillo: septiembre de 2018
Sexta reimpresión: mayo de 2023

© Thiele Verlag, 2016
Todos los derechos reservados y controlados a través de Thiele Verlag
Publicado por acuerdo con Thiele Verlag y SalmaiaLit
© 2017, 2018, Penguin Random House Grupo Editorial, S. A. U.
Travessera de Gràcia, 47-49. 08021 Barcelona
© 2017, Carmen Bas Álvarez, por la traducción
Diseño de la cubierta: Lidia Vilamajó

Printed in Spain – Impreso en España

ISBN: 978-84-663-4579-8
Depósito legal: B-10.856-2018

Impreso en Prodigitalk, S. L.

P 3 4 5 7 9 B

—Yo creo en los finales felices. Son lo único que me parece lógico.
—¿Entonces le gustan los cuentos?
—Todos necesitamos de vez en cuando una chispa de magia, ¿o no?

Peter Bogdanovich
Lío en Broadway

PRÓLOGO

A Nelly le gustaba hacer todo despacio. Iba a todas partes tranquila en vez de correr, y solía pensar mucho las cosas antes de tomar una decisión. Cuando aquel claro día de otoño paseaba por la orilla del Sena y la caravana de coches que se deslizaba a lo largo del *quai* se detuvo entre bocinazos, tuvo que pensar en Paul Virilio y sus teorías de la velocidad.

Sí, era horrible que el ser humano siempre tratara de adelantarse a sí mismo, la creciente aceleración del mundo no podía traer nada bueno. Pero su trabajo de fin de carrera sobre Virilio había llevado a Nelly hasta Daniel Beauchamps, y eso sí era algo muy bueno. Hacía ya once meses, tres semanas y cinco días que trabajaba para el catedrático de filosofía, y ese era exactamente el mismo tiempo que llevaba enamorada de él en secreto.

Bueno, muy en secreto. A veces Nelly trataba de convencerse a sí misma de que pensar en la felicidad futura era casi más bonito que llegar a alcanzarla algún día. ¿Había algo más delicioso que estar por la noche en la cama, bajo un cielo nocturno lleno de posibilidades, y soñar cosas que podrían ocurrir?

Una tímida sonrisa cruzó el rostro de Nelly mientras agarraba inconscientemente más fuerte la correa de cuero de su bandolera. ¡Aquella mañana Daniel Beauchamps le había dejado un mensaje en el teléfono porque quería comentarle algo! ¿Era su imaginación o esta vez la voz del profesor sonaba distinta a otras veces?

Ese hombre alto y atento que arrastraba levemente la pierna derecha (secuela de un accidente de bicicleta de juventud) y la había hechizado al instante con su intensa mirada azul. Nelly jamás olvidaría que, en su primer día de trabajo, él había ido antes a la universidad expresamente para darle la bienvenida. Aquel día, hacía ya casi un año, Nelly, tal vez con demasiada puntualidad, subió a toda prisa las escaleras hasta el departamento para comprobar con asombro que los despachos de la facultad de filosofía estaban todavía vacíos. Solo en la secretaría parecía haber algo de vida: una solitaria taza de *café au lait* humeaba sobre la mesa, pero no se veía a nadie. Y también madame Borel, a quien Nelly debía ir a ver en realidad, se hacía esperar. Indecisa, Nelly recorrió varias veces el pasillo arriba y abajo, hasta que finalmente llamó a la puerta de Beauchamps. Justo cuando se disponía a abrirla apareció el profesor al final del pasillo avanzando deprisa hacia ella con su inconfundible y suave cojera.

—Me lo imaginaba —dijo, y sus ojos brillaron amables por encima de sus grandes gafas—. Mi nueva becaria ya está aquí y no hay nadie para recibirla. —Sonriente, le tendió la mano antes de abrir su despacho e invitarla a entrar—. ¡Pase, por favor, mademoiselle Delacourt, entre! Lamento que haya tenido que esperar. A veces mi gente interpreta con demasiada generosidad lo que significa llegar «a tiempo». —Acercó una silla a su escritorio repleto de papeles y luego se dejó caer en su sillón de cuero—. Bueno, en cualquier caso: ¡bienvenida a nuestro desordenado mundo! Tengo la sensación de que con usted mejorará. ¿Puedo ofrecerle un café antes de que madame Borel se deje ver por aquí? Me temo que tardará todavía un rato. —Y le guiñó un ojo.

Ese fue el momento en que le robó el corazón.

No era la primera vez que Nelly se enamoraba. Durante la carrera le había gustado algún que otro compañero..., pero esto de ahora era la vida de verdad. Tenía un trabajo de verdad. Y el profesor Beauchamps era un hombre de verdad, no un chico enamorado que intentaba manosearla torpemente o no sabía muy bien qué decirle a una mujer.

Como hija de una librera apasionada que en su librería de Quimper colocaba el parque de la pequeña Nelly junto a los estantes repletos de libros y que mientras leía una emocionante novela podía olvidarse de la tranquila niña (que sacaba un libro tras otro de la estantería y jugaba con ellos ensimismada), Nelly amaba los libros por encima de todo. Y como hija de un cariñoso ingeniero civil, que por las noches hacía cabalgar a la pequeña sobre sus rodillas y había muerto demasiado pronto (un trágico accidente que se había llevado a los dos padres y sobre el que Nelly jamás hablaba), ahora se había enamorado de este hombre mayor, pero no viejo, culto, pero no arrogante, y que estaba claro que entendía a las mujeres (de lo que Nelly tomó nota con un cierto recelo).

Afortunadamente, el profesor Beauchamps no era un hombre guapo. Nelly Delacourt desconfiaba profundamente de los tipos guapos. Solían ser muy engreídos y no tenían nada en la cabeza porque la vida se lo ponía todo demasiado fácil. Con su andar torpe y su marcada nariz de boxeador sobre unos labios finos encogidos en un gesto de concentración, seguro que Beauchamps no habría ganado un concurso de belleza, pero su mirada inteligente y su encantadora sonrisa hicieron que Nelly encontrara irresistible a este profesor que en sus clases hablaba de forma tan interesante y amena sobre Paul Virilio y Jean Baudrillard.

En las siguientes semanas recogió discretamente información sobre su nuevo mentor, que —casado una vez y divorciado una vez— vivía sin pareja estable cerca del Parc des Buttes Chaumont y, según Nelly averiguó, era un gran fan de Frank Sinatra. Un buen comienzo.

Y es que Nelly conocía todas las canciones de Frank Sinatra. Y eso era así porque de pequeña su padre, en ocasiones muy especiales, le dejaba poner los viejos discos de su colección. Con cuidado y muy concentrada, Nelly apoyaba la delicada aguja de zafiro sobre el negro disco de vinilo tal como papá le había enseñado y escuchaba con atención el apagado crujido que acompañaba a la voz aterciopelada de Frank Sinatra. Era como un pequeño hechizo que envolvía toda la habitación, y la pequeña niña de rizos castaños se sentaba con las piernas dobladas en el gran sillón de orejas y contemplaba cómo sus padres se deslizaban por todo el salón al ritmo de *Somethin' Stupid* o *Strangers in the Night*. Entonces todo estaba en orden, y Nelly aún recordaba aquellas tardes en que la música y la penumbra la envolvían como un capullo de seda y se sentía más segura que nunca. De aquello solo le quedaban las canciones de Sinatra y una extraña melancolía que la invadía cuando las escuchaba.

¡Y ahora encontraba a alguien a quien le gustaba el viejo Frank Sinatra tanto como a ella! A veces Nelly se imaginaba bailando con el profesor con la música de

Somethin' Stupid de fondo..., su canción favorita. Y esa era tan solo una de las cosas que compartía con Daniel Beauchamps. Frank Sinatra, las viejas películas de Humphrey Bogart y Lauren Bacall, la *soupe de poisson avec rouille* (¡eso era algo muy, muy bretón!) y la tarta de pera. Y, como ella, él prefería el mar a la montaña, admiraba al pintor español Sorolla (cuando todo el mundo hablaba solo de los impresionistas franceses) y, antes de que se conocieran, había comprado en la Galerie 21 de la Place des Vosges un cuadro de Laurence Bost (Nelly solo tenía un catálogo de la pintora, ¡pero menuda casualidad!). Tomar el *café crème* con una cucharada de azúcar era otro punto que tenían en común. ¡Y Paul Virilio, naturalmente! Para ser exactos, Nelly había oído hablar por primera vez de este pensador, cuya mirada crítica sobre el mundo posmoderno apreciaba en gran medida por motivos personales, en una conferencia de Beauchamps, y también esto le parecía un guiño del destino.

En los últimos meses Nelly había elaborado con gran rigor científico una «lista de coincidencias», y quien la leyera no tendría ninguna duda de que el profesor y ella estaban hechos el uno para el otro. La base de toda buena relación es tener preferencias e intereses similares... Ya lo decía su abuela bretona, Claire Delacourt, una mujer valiente y con una gran experiencia de la vida a quien Nelly siempre había apreciado mucho.

Nelly volvió a sujetar la correa de su pesado bolso, que amenazaba con escurrirse otra vez por el hombro de su gabardina, y las comisuras de sus labios vibraron divertidas. Seguro que el profesor Beauchamps se sorprendería bastante si su tímida ayudante le enseñara su «lista de coincidencias». En realidad, las cosas entre ellos estaban tan claras como aquel brillante día de otoño parisino, pero ¿cuándo iba a confesarle el profesor por fin su amor? Ese hombre grande y torpe que era amable con ella de un modo que siempre le daba motivos para crear escenarios románticos (que lamentablemente solo existían en su imaginación) y que nunca (¡ni una sola vez!) había traspasado los límites del decoro..., excepto aquella vez tras la fiesta de verano en la que quizá sujetó su mano un poco más de tiempo de lo habitual.

—Lleva usted un vestido muy bonito, mademoiselle Delacourt, encantador. Le sienta muy bien no trabajar tanto —le había dicho cuando se despidieron delante del Rosa Bonheur, un pequeño restaurante muy agradable que estaba en pleno Parc des Buttes Chaumont y en el que Beauchamps había invitado a la gente de su departamento para celebrar el final del semestre—. Créame, ningún libro del mundo se merece que alguien deje de vivir por él. ¡Salga más a menudo, diviértase!

Nelly había sonreído contenta y había observado con timidez los bonitos farolillos de colores que estaban repartidos entre los árboles creando el escenario perfecto para un romántico paseo nocturno. Pero no había sido lo suficientemente atrevida como para responder algo así como: «¿Es eso una proposición, monsieur Beauchamps?».

Era lo que habría hecho Lauren Bacall y luego, con un gesto provocativo, habría dejado que él le ofreciera fuego para encender un cigarrillo. Ella, en cambio, se había quedado allí plantada, sin ningún cigarrillo en la mano, muda como una oveja, rezando para no ponerse roja como un tomate. Aunque luego había dicho:

—Pero a mí me gusta mucho trabajar, ya lo sabe usted...

¡Pero a mí me gusta mucho trabajar! Esa frase rompía toda la magia. Era mucho más que aburrida. ¡Solo le faltaban unas enormes gafas negras de empollona! Furiosa consigo misma, Nelly se imaginó saltando de noche por el parque como Rumpelstiltskin.

Beauchamps la había observado un instante con gesto pensativo.

—A veces me gustaría saber qué ocurre tras la retina de esos bonitos ojos —había comentado luego sonriendo.

—Es un secreto —había respondido Nelly cohibida, y seguro que no hace falta decir que se había llevado consigo a casa esa frase nada aburrida del profesor como si fuera un valioso tesoro y había estado dándole vueltas durante mucho tiempo.

Y luego había seguido haciendo aquello en lo que era realmente buena: había trabajado más duro que todos los demás, había trabajado más tiempo que todos los demás —apenas lograban convencerla de que se tomara unas vacaciones— y había esperado una señal, ese momento único y decisivo. Confiando en hacerse imprescindible y crearle a ese momento el espacio que necesitaba para surgir, estaba siempre en su puesto, y pocas veces era tan feliz como al final de un largo día cuando, una vez que los demás se habían marchado, podía intercambiar unas palabras con Daniel Beauchamps, quien empezaba a preguntarse, algo preocupado, si esa guapa e inquietantemente concienzuda joven tenía en realidad una vida privada.

A diferencia de muchas personas de hoy en día, para las que nada ocurre suficientemente deprisa, Nelly Delacourt dominaba el arte de lo que ella llamaba la «espera adecuada». Pero once meses, tres semanas y cinco días de dulce espera incluso a ella le parecían más que adecuados, y ahora, mientras avanzaba por la orilla del Sena, tuvo de pronto la sensación de que ese día iba a suponer un cambio fulminante. El profesor Beauchamps quería «comentarle» algo... Nelly sintió que el corazón le daba un salto de alegría.

Estaba tan sumida en sus pensamientos que hasta el último momento no vio la multitud que se agolpaba en el Pont Neuf. Se oían gritos de asombro, los transeúntes miraban hacia arriba extasiados, por un momento todos se quedaron como en una burbuja de aire, como si ahí arriba se estuviera produciendo un prodigioso milagro.

Nelly se puso la mano en la frente a modo de visera, guiñó los ojos por la luz y entonces lo vio ella también: un vistoso globo aerostático flotaba en el aire por encima del río. Sus resplandecientes tonos rosas y dorados brillaron con el sol del atardecer antes de continuar su lento y silencioso viaje sobre París.

¡Qué maravilloso debía de ser volar así por el cielo azul, a poca altura, de forma ingrávida y ligera y desprendido de todo! ¡Bastaría con estirar los dedos para poder tocar las nubes como un corazón enamorado en su cariñoso viaje! Durante unas décimas de segundo Nelly se vio a sí misma volando ahí arriba. Luego sacudió la cabeza con un pequeño escalofrío.

—Yo jamás podría —murmuró. Y se quedó mirando el globo de aire caliente hasta que desapareció en el horizonte.

1

Lo bueno de creer en las señales es que pueden orientarte en el desconcertante mapa de la vida. Lo malo de ellas es que reflejan nuestras propias deficiencias, y siempre justo cuando no estamos en condiciones de captar su mensaje orientador.

Lo había fastidiado todo. Había sido su gran oportunidad y la había desaprovechado. Cinco días enteros con el profesor Beauchamps, los dos, al otro lado del Atlántico... Nelly dejó escapar un pequeño gemido de desesperación mientras deambulaba aturdida por las animadas calles del Quartier Latin. Parejas de enamorados, por todas partes parejas de enamorados paseando por delante de los cafés y restaurantes cogidos de la mano o lanzándose intensas miradas por encima de una copa de vino tinto. ¡Era horrible! ¡Insoportable! Y por si todo eso no fuera suficiente, al final de la rue Julien le Pauvre, cerca de la librería Shakespeare and Company, había un estudiante americano tocando la guitarra y cantando con gran entusiasmo *Come fly with me*[*], de Sinatra.

«*Let's fly, let's fly away...*». El joven de rizos rubios balanceaba el cuerpo muy animado, y sonrió a Nelly ya de lejos. Cuando ella se acercó, él puso todo su encanto melodioso en las siguientes palabras. «*Once I get you up there... I'll be holding you so near...*». Entonces el chico rubio le guiñó un ojo con complicidad y acompañó el «*up there*» con un movimiento de cadera. Nelly le lanzó una mirada enfurecida y por un instante pensó en darle una patada al estuche de la guitarra, en el que había algunos billetes y monedas.

«*It's such a lovely day...*», siguió cantando el músico callejero a voz en grito, y giró el cuello tras la atractiva joven de la gabardina que, con la espalda estirada y el pelo ondeando al viento, desapareció en el pequeño parque que estaba cerca de la librería y se sentó en un banco.

Nelly estuvo un rato mirando fijamente en silencio sus zapatos de pulsera azul oscuro. Luego murmuró:

—¡No puede ser!

Una hora antes el profesor Beauchamps le había anunciado en su despacho que quería proponerle algo.

---

[*] «Ven a volar conmigo». *[N. de la T.]*

—Sé que le coge un poco por sorpresa, pero...

—¿Sí? —A Nelly se le quedó la boca seca de golpe.

—Me preguntaba si no le gustaría venir conmigo a ese congreso de filosofía en Nueva York. Por desgracia, Sabine Marceau, que es quien en realidad debería asistir, no podrá venir. Se tratará, entre otros, el tema de Virilio y las nuevas técnicas de la interactividad actual, y yo daré allí mi conferencia «Dónde estoy cuando estoy en todas partes». Tal vez sería interesante para su trabajo de fin de carrera...

¡Qué pena para Sabine Marceau, qué bien para ella! Nelly había tenido que contenerse para no soltar un fuerte grito de alegría. Se le agolpaban las ideas en la cabeza. ¡Ahí estaba, el momento, la oportunidad que llevaba tanto tiempo esperando!

—Pero eso es..., eso es... —Se puso roja de alegría, y ya se disponía a aceptar entusiasmada, cuando pensó en algo que reventó su felicidad como una pompa de jabón.

Ir a Nueva York significaba volar a Nueva York. Seguro que el profesor Beauchamps no estaba pensando en un pasaje para el *Queen Mary.* Y volar era lo único que Nelly no haría nunca, jamás y bajo ninguna circunstancia. Ni siquiera por Daniel Beauchamps sería capaz de poner un pie en un avión. Desde que tenía uso de razón a Nelly le aterrorizaba la sola idea de volar..., y eso tenía un motivo (si bien algo extraño, según ella misma admitía). El miedo a volar era un secreto bien guardado que tenía su origen en su niñez. No obstante, a Nelly le avergonzaba mucho su fobia. Era algo que jamás habría confesado..., ni siquiera a ese maravilloso hombre a quien siempre quería impresionar. El miedo a volar era algo ridículo. Ella era ridícula. Hoy en día todo el mundo volaba. Seguro que hasta Paul Virilio, quien una vez dijo que al inventar el avión se inventó su caída (¡algo que a Nelly le había gustado mucho!), volaba tan tranquilo por medio mundo para dar sus conferencias sobre la teoría de la velocidad y los accidentes. Sí, hasta a su abuela Claire, quien con cincuenta y siete años se subió por primera vez a un avión tras la muerte de su marido, le parecía estupendo viajar así.

—Toses una vez... ¡y ya estás en Italia! ¡Ay, Italia! Cuando pienso cuánto tardábamos antes tu abuelo y yo en llegar a Roma en coche...

Aunque procedía del Finistère bretón, era evidente que el sur siempre había sido el gran amor de Claire. ¡Cómo le brillaban los ojos cuando hablaba de Isquia, la costa de Amalfi, Nápoles o Venecia! En esos momentos Nelly veía de pronto a la joven rubia con falda de lunares y zapatos de tacón a la que solo conocía de verla en fotos antiguas.

Nelly se revolvió incómoda en la silla, delante del escritorio del profesor Beauchamps, y empezó a darle vueltas al anillo adornado con granates que llevaba en el dedo corazón. Se lo había regalado su abuela cuando cumplió veinte años, y al entregárselo Claire, que era una de las pocas personas que sabía que su nieta tenía miedo a volar, le había dicho:

—¡Espero que algún día encuentres a alguien con quien puedas volar, pequeña!

Nelly no descubrió hasta mucho tiempo después las palabras que estaban grabadas en el anillo: *Amor vincit omnia.*

El amor todo lo puede.

Es posible que el amor todo lo pueda e incluso te haga volar, pero todo lo que vuela se puede caer, pensó Nelly entonces. En aquel momento ni siquiera conocía todavía las teorías de Paul Virilio. Pero la vieja joya con los granates sacada del cofre de su abuela se había convertido en su anillo de la suerte y no se lo quitaba nunca.

Y ahora estaba sentada delante de su profesor, cuyas amables palabras oía como a través de algodones, notando cómo se mareaba solo de pensar en volar de París a Nueva York y estar varias horas sin pisar tierra firme.

—Creo que todavía se pueden cambiar los billetes —continuó Beauchamps—. Bueno, ¿qué dice, mademoiselle Delacourt? ¿Viene conmigo? Me gustaría mucho.

—Eh..., bueno... —respondió Nelly, hojeando descontenta su agenda—. ¿Cuándo sería exactamente? —preguntó.

—Dentro de dos semanas.

—Oh..., sí, bueno... —Nelly agachó la cabeza y siguió hojeando—. Me temo..., o sea, me temo que por desgracia no va a ser posible porque..., por desgracia, no es posible.

Y le contó al profesor una historia bastante confusa acerca de su prima Jeanne, a la que había prometido cuidarle el perro justo durante esa semana del congreso porque tenían que operarla de la rodilla («¡El menisco, una cosa muy fastidiosa!») y era muy, muy importante que supiera que su pequeña Loula estaba en buenas manos.

—No puedo decirle ahora que no, con tan poco tiempo, ¿entiende? —Nelly notó que su voz iba camino de sonar histérica. Carraspeó y trató de volver a encontrar un tono normal—. ¡Bueno! Por desgracia, Loula es muy especial. Una chihuahua... ¿Conoce la raza? Bueno, en cualquier caso, si alguien no le gusta puede convertirse en una auténtica bestia. Por suerte, yo le gusto. Y por eso..., no, lo siento, de verdad. —Nelly suspiró, cerró la agenda con determinación y miró fijamente al profesor.

No todo era inventado en esta historia contada de forma tan apresurada: Jeanne Delacourt, la prima de

Nelly, seis años mayor que ella, llevaba varios años viviendo en París y tenía en Saint Germain un pequeño café llamado Les amis de Jeanne, donde trabajaba sin ningún problema de salud ni de rodillas y a donde a Nelly le habría gustado llevar alguna vez al profesor. La especialidad de la casa era una increíblemente exquisita tarta de pera con lavanda. («La pera está infravalorada», solía decir Jeanne cada vez que sacaba del horno una aromática tarta de pera). Y en cuanto a Loula..., era una pacífica y pequeña perrita que cabía en cualquier bolso sin ningún problema.

—Hmmm —murmuró Beauchamps, y su mirada desconcertada se posó un momento en su becaria, que estaba sentada ante él roja como un tomate y visiblemente alterada. Luego añadió en tono tranquilo—: Era solo una idea, mademoiselle Delacourt. Si no le viene bien, no hay ningún problema. Ya encontraré a alguien que tenga tiempo. —El profesor se reclinó en su silla giratoria, juntó las yemas de los dedos y sonrió—. Esa pequeña bestia, Loula, tiene suerte de contar con una cuidadora tan buena. A pesar de todo, es una pena.

—Sí, una pena... —dijo Nelly en tono lastimero.

Las campanas de Notre-Dame sonaron, y Nelly, que seguía sentada en el banco mirándose los zapatos, se preguntó cómo se podía tener un nombre tan rimbombante y ser una fracasada. Porque por desgracia Nelly, que en realidad se llamaba Eleonore, no era tan fuerte y valiente como la famosa Leonor de Aquitania, de quien su madre (que durante el embarazo había leído una biografía de esta gran reina) había tomado el nombre para ponérselo a ella. Como enseguida, y para pena de su madre, se comprobó, la pequeña Eleonore resultó ser más miedosa que valiente y más delicada que fuerte, y no parecía encajar mucho entre las resueltas mujeres bretonas de la familia Delacourt. ¡Eleonore! ¡Cómo pudo hacerle su madre algo así! Furiosa, Nelly apartó una piedrecita con el pie. Siempre había odiado ese nombre, pensaba que ella nunca estaría a su altura. Mientras sus robustas primas se lanzaban a las olas del mar bretón gritando de alegría, la pequeña Nelly huía del agua y se escondía en las dunas. Cuando en la mesa alguien decía algo inoportuno, ella se levantaba de golpe y se encerraba en su habitación. De pequeña se ofendía por cualquier tontería. Y con trece años renunció al legado de su madre y pasó a llamarse simplemente Nelly..., una abreviatura de Eleonore.

Todavía recordaba muy bien las tardes en que, sentada en el desgastado sofá de terciopelo azul que había en la cocina de la vieja casa de piedra, le contaba a su abuela las pequeñas y grandes penas que oprimían su corazón. Claire Delacourt escuchaba con paciencia mientras en el enorme fogón que alimentaba todavía con carbón preparaba unas crepes dulces con almendras y salsa de chocolate cuyo maravilloso olor inundaba enseguida la cocina. Y siempre tenía un consejo para su Nelly, que era su nieta preferida.

—Pequeña —solía decirle (siguió llamándola «pequeña» incluso cuando tenía ya más de veinte años y hacía tiempo que no era una niña)—. Pequeña, no debes tomártelo todo tan a pecho. Si no, la vida te va a resultar muy difícil. —Y le acariciaba el pelo para animarla—. No seas sensible como las mimosas, Nelly. ¡Es mejor que seas una rosa!

Nelly siguió sentada en el banco del parque, girando el viejo anillo, y notó que se le saltaban las lágrimas. ¡Cómo le habría gustado ser una rosa! Pero ella no era una Escarlata O'Hara. Solo era Nelly, que no se atrevía a volar porque le daba miedo. Una lágrima rodaba por su mejilla cuando notó algo blanco delante de la cara. Era un pañuelo.

Sorprendida, levantó la mirada. Delante de ella estaba el músico callejero rubio con la cabeza ligeramente inclinada, apoyado en el estuche de su guitarra y mirándola con compasión.

—*Why are you so blue, mademoiselle?* Una chica tan guapa como usted no *deberría* estar tan triste. —Señaló el banco—. ¿Puedo?

Nelly cogió el pañuelo y asintió. Hay situaciones en la vida en las que lo más lógico es dejar que te consuele un músico callejero.

—*Well..., what happened?* ¿Qué ha pasado? Antes me miró muy mal cuando pasó *couriendo*.

Nelly tuvo que sonreír.

—Corriendo —le corrigió.

—*Yeah...*, ¡cor...riendo! —Se rio—. Cielos, por un momento temí que le iba a dar un *patado* al estuche de mi guitarra. —Hizo una mueca cómica y sus ojos brillaron divertidos—. No *cantou* tan mal como para que usted llore, ¿no?

Nelly se limpió los ojos y meneó la cabeza.

—*Well*, entonces me *alegrou* de *nou* ser el culpable de que usted *lloure*, mademoiselle.

Habría sido el momento adecuado para ponerse de pie y despedirse con dignidad. Pero Nelly se quedó sentada.

—¿Usted vuela? —preguntó de repente, mientras seguía mirándose los zapatos.

—¿Quiere decir... con..., eh...? —Se pasó la mano por el pelo—. ¿En avión? *Clarou...* No he cruzado el Atlántico nadando, ¿no? —Sonrió.

Nelly asintió un par de veces y se volvió hacia él.

—¿Sabe usted realmente lo peligroso que es eso? —Bajó la voz y le miró con los ojos muy abiertos—.

Cuando se inventó el avión, se inventó también su caída.

—¡Oh! —El chico se encogió de hombros—. La vida entera es un peligro. *No risk, no fun!*

—Yo no vuelo nunca, ¿sabe? ¡Jamás lo haría! ¡Por nada del mundo!

Él la observó con atención.

—Y eso... la hace infeliz, ¿no? —preguntó alzando las cejas.

«Alguien debe de haberle dicho que en francés hay que añadir un "¿no?" después de cada frase», pensó Nelly. Se dejó caer sobre el respaldo del banco y suspiró.

—Podría haber volado a Nueva York..., pero he tenido que decir que no, ¿entiende?, porque no puedo subirme a un avión..., y ahora estoy enfadada conmigo misma. —Volvió a apartar una piedrecita con la punta del zapato.

—*Hey, nou*, no debe usted enfadarse, mademoiselle. *No worries!* Y además... ¿qué iba a hacer usted en Nueva York? ¡Yo estoy aquí! —bromeó el americano.

Nelly ignoró su intento de ligar.

—Iba a ir con alguien que me gusta mucho, ¿entiende?

—¿Y sabe ese... *alguien*... que a usted le da miedo volar?

—¡No! —Nelly le miró horrorizada—. ¡No debe saberlo!

—*Oh..., well.* —El músico callejero pensó un instante—. ¿Y qué tal un simulador de vuelo? —añadió luego.

—Demasiado tarde —respondió Nelly—. El vuelo es dentro de dos semanas. —Guardó silencio un instante—. Y ahora el profesor Beauchamps irá con otra acompañante —prosiguió con voz tétrica—. Me habría gustado tanto ir con él...

—Es horrible —dijo el músico callejero, y le apretó el brazo en una muestra de solidaridad.

—Es una ironía del destino —continuó Nelly—. Al fin y al cabo es Virilio quien ha dicho que los aviones son «no lugares» y que toda esta aceleración vehicular y extravehicular a la que el hombre está permanentemente expuesto lleva a su alienación.

—*Okaaay...* —El músico callejero no había entendido una sola palabra—. Y ese tal Virilio... también le interesa a usted, ¿no?

—No. —Nelly pensó un instante—. Quiero decir..., al menos no como hombre.

—¿Y como amigo? —insistió el músico callejero—. ¿Como en *Cuando Harry encontró a Sally*?

Nelly suspiró.

—Escuche, ni siquiera conozco a Virilio personalmente. Si lo conociera en persona posiblemente sería su amiga. Pero seguro que no como en *Cuando Harry encontró a Sally*. Virilio es simplemente alguien cuyas teorías admiro mucho, ¿entiende? Es dromólogo.

—¿*Droumo...* qué?

Nelly se reclinó en el banco y miró con gesto soñador las torres de Notre-Dame, que se alzaban en el cielo despejado como una fortaleza inexpugnable.

—Dromólogo —repitió Nelly.

—*Oh, wow!* Suena genial. ¿Y qué hace exactamente un *droumólogo?*

—Estudia la velocidad y sus efectos sobre la especie humana.

—*Cool* —comentó el músico callejero. Se pasó la mano por la barba rubia de tres días y pareció pensar intensamente—. *Buenou...,* nunca he oído hablar de los *droumólogos.* ¿Hay muchos en Francia? —Lo dijo como si se tratara de una especie de saurios en peligro de extinción incluida en una lista roja, y Nelly tuvo que reírse.

—No, muy probablemente no. Tampoco es una profesión, es más bien una forma de ver la vida. Paul Virilio es un importante filósofo y crítico de los medios de comunicación francés. Y casi inventó la teoría de la dromología. Por eso se llama a sí mismo dromólogo.

—*Entiendou* —dijo el americano, aunque era evidente que mentía. Frunció los labios y asintió un par de veces antes de decidirse a retomar el tema—. ¿Y qué tiene que ver todo esto con ese profesor que quiere volar

con usted a Nueva York? —preguntó—. Y, sobre todo...,
irá también el *droumólogo*, ¿no?

Nelly suspiró por dentro. Había sido un error
empezar a hablar con ese ingenuo músico americano
que tenía tanta idea de principios filosóficos como de
pilotar aviones. Un momento de debilidad. Hablar con
desconocidos nunca había sido una buena idea.

Se incorporó, haciendo un gesto despectivo con la
mano.

—¡Bah, olvídelo! Demasiado complicado. No
quiero aburrirle más, ya se me pasará. —Se puso de pie
y se estiró la gabardina.

—¡No, nada de eso! —También él se puso de pie de
un salto y, con sus dos metros, le tapó la vista de Notre-
Dame—. Creo que ahora es cuando empieza la emoción, ¿no? Por favor, cuénteme *algou* más de toda esa
historia.

—¡Pero si no le conozco!

—Soy Sean. —Le lanzó una sonrisa que habría
desarmado a cualquiera—. Y *adouro* las historias complicadas. ¿Sabe lo que decimos los de Maine?

Nelly negó con la cabeza.

—No. ¿Qué dicen los de Maine?

—Nada es fácil mientras estás vivo. *Life is trou-
ble. Only death is not, you know.* —Se echó al hombro
el estuche de la guitarra y le tendió la mano a Nelly—.
Venga, vamos a tomar *algou*. —Sonrió al ver que ella

dudaba—. ¡Venga, vamos! En Maine decimos también que no hay que dejar nunca sola a una mujer triste hasta que vuelva a sonreír.

Nelly se mordió los labios.

—¡Muy gracioso! Apuesto lo que sea a que eso se lo acaba usted de inventar.

2

*U*n cuarto de hora más tarde estaban los dos sentados en Les amis de Jeanne. Sin pensar demasiado, Nelly había conducido a su nuevo conocido por el laberinto de pequeñas callejas del Quartier Latin hasta llegar al café de su prima, que estaba en una bocacalle de la rue de Buci y no era mucho más grande que un cuarto de estar. Jeanne estaba detrás de la barra de madera oscura y brillante y se quedó atónita al ver que su prima pequeña entraba acompañada de un tipo que medía dos metros y se sentaba en una mesita en el último rincón.

—*Mon Dieu!* ¿Dónde has pescado a este tipo? —le preguntó Jeanne en voz baja mientras Sean echaba un vistazo a la vitrina de las tartas—. No está nada mal para un intercambio.

—Bueno, más bien me ha pescado él a mí —dijo Nelly mordaz, y lanzó una mirada nerviosa hacia la vitrina—. Y, por favor, no grites tanto.

Sin inmutarse, Jeanne dejó dos grandes tazas de *café crème* sobre la pequeña mesa redonda.

—Bueno, escucha, estaba hablando bajo.

—Tú no sabes hablar bajo.

—¡Oh, muchas gracias, señorita Tiquismiquis! —Jeanne sonrió y se recogió un mechón de pelo rubio en el moño que llevaba sujeto solo con una goma.

A diferencia de Nelly, Jeanne, que era alta, no tenía ningún problema con los hombres atractivos. Jamás se le habría ocurrido rechazar a un hombre solo por ser guapo. Al contrario. Para ella los hombres empezaban a partir del metro ochenta. «Yo soy alta, querida, no tiene sentido que salga con enanos, se los dejo a Blancanieves. ¿Y qué es eso de que es demasiado guapo? No digas tonterías, Nelly. No existe un demasiado bueno, como tampoco existe un demasiado rico o demasiado sano o demasiado sabroso».

Así que los criterios de Jeanne estaban bastante bien definidos. En todas las fiestas se dirigía, con una copa de champán llena, directamente hacia el hombre más atractivo de la sala y disfrutaba mucho. La opinión de su prima pequeña sobre este tema le resultaba más que curiosa.

—Estás llena de prejuicios, querida, ¿lo sabes? —le decía cada vez que hablaban de hombres..., lo que por parte de Jeanne ocurría a menudo y por parte de Nelly no tanto—. ¿Por qué prefieres a un calvo horrible cuando puedes tener un Adonis?

—Nunca he estado con ningún calvo horrible —se picaba Nelly—. ¿Y tú por qué prefieres a un estúpido cuando puedes tener un hombre inteligente? ¿O es que te dan miedo los hombres inteligentes?

—¡Bah! Lo uno no quita lo otro. —Era evidente que Jeanne confiaba en la inteligencia de todos los hombres, incluso en la de los que tenían unos ojos maravillosos, la nariz recta, un mentón marcado, mucho pelo y un cuerpo atlético—. ¿Sabes, Nelly?, yo tengo una teoría totalmente diferente. —Y sus ojos verdes gatunos brillaban.

—¿Ah, sí?

—Tú no confías en los tipos guapos porque no confías en ti, *c'est tout!*

—Oh, ¿qué haría yo sin tu útil psicología barata?

—Sí, eso me pregunto también yo a veces.

A pesar de que no coincidían en su opinión sobre los hombres, en el fondo de su corazón Nelly se alegraba de poder contar con su espontánea prima, a la que conocía desde pequeña. En medio de la enorme ciudad de París, Jeanne era alguien de su familia y a Nelly le gustaba pasarse de vez en cuando por su acogedor café, y no solo por la excelente tarta de pera que ya su abuela les preparaba a sus nietas los domingos.

Jeanne estaba siempre de buen humor y no se asustaba fácilmente. Era tranquilizador conocer a alguien que, aunque se hundiera el mundo, seguiría firme como una roca en la marea, pensaba Nelly.

Aunque en ese momento habría sido mejor que Jeanne no se hubiera quedado plantada junto a la pequeña mesa, con su largo delantal verde oscuro, esperando al americano, que por fin se apartó de la vitrina y se dirigió hacia ellas.

—¿Y... ha elegido ya, monsieur? —preguntó, examinando con agrado a Sean, que intentaba encontrar una postura mínimamente cómoda en la sillita del bistró.

—Sus tartas parecen tan *deliciousas* que es difícil decidir —chapurreó Sean—. Pero creo que tendrá que ser la tarta de *perra*... ¿Tarta de *perra*? *Nou*..., ¿cómo se dice? Tarta de *pega*... Nunca he probado algo así.

Las dos primas se miraron y soltaron una carcajada.

—Seguro que le gustará, monsieur, la tarta de pera con lavanda es mi especialidad. Una buena elección. —Jeanne sonrió satisfecha, y Nelly supo lo que venía a continuación—: Yo siempre digo que la pera está infravalorada.

Nelly puso los ojos en blanco.

—Bueno, soy Jeanne, aunque seguro que ya se lo ha dicho mi prima —se presentó Jeanne cuando volvió poco después con dos generosos trozos de tarta de pera.

—Oh, sí... ¡Sí! —Sean sonrió a la rubia propietaria del café que sobresalía por encima de él como un faro verde oscuro, y fue demasiado lejos en su intento de decir algo agradable—: Pues *nou* parecen ustedes primas —bromeó.

Nelly hundió el tenedor en la suave y dorada pera que sobresalía en la *crème fraîche*. Cualquiera con ojos en la cara podía ver que el parecido entre ella y Jeanne era bastante limitado.

—¡Podrían ser hermanas! —exclamó Sean, y sonrió.

Nelly estuvo a punto de atragantarse.

—¿Son todas las mujeres *britonas* tan guapas? Tengo que ir allí cuanto antes. —Sean se rio. Jeanne se rio. Nelly los observó y siguió masticando.

—No todas —respondió finalmente Jeanne, y le lanzó a Nelly una mirada que dejaba claro que el americano le parecía muy divertido—. Así que será mejor que se quede usted aquí en París. —Colocó bien el plato y la taza de café de Sean en la pequeña mesa de mármol para que cupiera todo. Luego se volvió otra vez hacia Nelly—. ¿Es que no vas a presentarme a tu nuevo amigo?

Nelly tragó el trozo de tarta de pera, pero, antes de que pudiera abrir la boca, el americano se puso de pie de golpe y empujó la pequeña mesita. Las bonitas tazas blancas de borde verde oscuro se tambalearon peligrosamente.

—¡Oh, perdón, perdón! —gritó—. ¡Qué descortés por mi parte! Debería haberme presentado. Soy Sean. Sean O'Malley.

—¿Jean? —Jeanne sonrió encantada—. Entonces se llama igual que yo.

—No se llama Jean, sino *Sean* —puntualizó Nelly, que consideraba que ya era hora de que su prima, a la que siempre le había gustado ser el centro de atención, desapareciera detrás de la barra.

—*Yeah*, Sean —confirmó Sean, y tal como lo dijo sonó realmente casi como Jean—. Soy de Maine, pero mi familia viene de Irlanda. Su prima y yo acabamos de conocernos en un *bonco* del parque. Estaba tan... —Iba a decir desesperada, cuando recibió por debajo de la mesa una patada que sin duda procedía de un delicado zapato de pulsera azul.

—A Sean también le interesa Paul Virilio —se apresuró a aclarar Nelly. Tenía que evitar que ese ingenuo tipo de Maine dijera algo que sería mejor que Jeanne no supiera. En realidad, Jeanne Delacourt no tenía ni idea de los profundos sentimientos que su prima albergaba en secreto hacia su profesor. Y debía seguir siendo así para no dar pie a comentarios inapropiados. El nombre de Daniel Beauchamps ya había salido varias veces en la conversación, algo difícil de evitar cuando se está entusiasmada con alguien y, además, se trabaja con él, pero Nelly tenía claro que su admirado profesor no estaba en el *top ten* de los hombres más sexis del mundo. Los dos se habían visto solo una vez por casualidad, cuando en verano Jeanne recogió a su prima una tarde en la Sorbona. Aunque, como era de esperar, Beauchamps no la impresionó demasiado a pesar de su encanto.

—Parece que tiene más de treinta y tantos, ¿no? —había sido su único comentario mientras bajaban las escaleras de la universidad tras el breve encuentro—. ¿Cojea?

No habría tenido sentido explicarle a la prosaica Jeanne por qué le gustaba todo de Daniel Beauchamps..., incluso su paso levemente oscilante, que Nelly jamás habría calificado como «cojera».

—¿Virilio? —Nelly vio cómo las cejas de su prima se elevaban en un gesto interrogante. Entonces Jeanne pareció recordar que ya había oído ese nombre antes. Al fin y al cabo, Nelly no había parado de hablar de su trabajo de fin de carrera durante semanas—. ¡Ah..., Virilio! Sí, mi prima siempre tan lista... Siempre ha sido la más inteligente de la familia. ¿Estudia usted también filosofía, Jean?

Sean agitó las manos.

—¡Oh..., no, no! —aseguró él—. Pero me parece muy interesante. Yo acabo de terminar un máster en ingeniería, pero ahora he hecho *una* parón para viajar un poco por Europa con mi guitarra. No *cantou* tan mal, ¿no? —Dio unos golpecitos en el estuche de la guitarra que estaba junto a su silla y le guiñó un ojo a Nelly—. Aunque siempre estoy muy interesado en..., ¿cómo se dice...?, ampliar horizontes.

—Bueno, entonces no quiero seguir molestando —dijo Jeanne sonriendo, y Nelly pudo ver claramente lo que ocurría en la cabeza de su prima: un tipo alto, atractivo (!), que no solo había terminado sus estudios de ingeniería y hablaba francés bastante bien, sino al que además le gustaba ver mundo, la música y la filosofía.

¡Estaba claro!, parecía decir su mirada cuando por fin se alejó de la pequeña mesa del último rincón del café y dejó a Nelly y Sean solos.

Sean se comió un trozo de tarta y dio un sorbo a la taza de café. Luego se inclinó hacia delante, miró a Nelly con impaciencia y, bajando la voz, dijo:

—*Well.* Ahora que su prima no nos oye puede contarme todo eso de la *droumología.* —Le guiñó un ojo—. ¿Cómo era esa complicada historia entre ese tal Virilio, el profesor volador y usted?

3

Nelly siempre había tenido miedo. Miedo a que detrás de la cortina se escondiera alguien con malas intenciones, miedo a la oscuridad, miedo cuando alguien llegaba tarde, miedo a ser abandonada, miedo a fracasar en una tarea, miedo a los ladrones, miedo a quedarse atrapada en un ascensor, miedo a abrir demasiado su corazón, miedo a no tener dinero, miedo cuando sonaba el teléfono a medianoche, miedo a que alguien enfermara de pronto, miedo a que se la tragara una ola gigante, miedo a que sucediera algo horrible.

La vida no era un lugar seguro en el que uno pudiera instalarse con confianza. Nelly se había convencido muy pronto de que era una fina capa de hielo sobre la que se movían las personas con todos sus sueños, deseos y añoranzas. Incluso al momento más bello y maravilloso podía seguirle —de repente y sin previo aviso— un suceso fatal.

Así que había que mantenerse alerta, uno no podía sentirse nunca demasiado seguro, pues mientras se estaba en la ventana mirando hacia fuera no pasaba nada, pero bastaba con distraerse solo un instante, girarse brevemente, para que sucediera todo de golpe.

Como en aquella ocasión, cuando tenía ocho años y, agitando la mano, decía adiós a sus padres mientras se subían con sus maletas al viejo Citroën de su padre para volar a una isla cuyo nombre parecía sacado de un cuento. Una isla en la que, según le había contado la madre a su pequeña, olía a nuez moscada y altísimas palmeras bordeaban las blancas playas tras las que se extendía un mar que era muy diferente al gris y duro Atlántico. Resplandeciente y cálido, de un suave color turquesa, y tan claro que se podía ver cómo pequeños peces de colores nadaban alrededor de los pies como brillantes arcoíris.

Zanzíbar.

Su madre siempre había soñado con visitar la isla, y pocas veces la había visto Nelly tan contenta y animada como aquella mañana.

—¡Dios mío, me voy a Zanzíbar! ¡No me lo puedo creer! —exclamó cuando subía al Citroën azul claro y se giraba otra vez hacia su hija, que estaba en la ventana de su habitación y se despedía impaciente de sus padres con la mano.

Pero al final no volaron a Zanzíbar. Nelly no volvería a ver nunca más el Citroën azul claro. Ni tampoco a sus padres.

Y todo porque no había estado atenta. Tal vez debería haberse quedado más tiempo en la ventana. Hasta que hubiera perdido de vista el coche en el largo y recto camino que llevaba fuera del pueblo. Tal vez debería haber acompañado mentalmente a sus padres. En vez de eso, Nelly dio media vuelta y bajó las escaleras tarareando una canción y saltando porque estaba impaciente por probar con su amiga Camille el columpio de góndola que su padre había montado esa misma mañana en el jardín. No estuvo atenta y sus padres ni siquiera llegaron a París. De camino al aeropuerto se les echó encima un camión con un conductor agotado que se salió de su carril. El pesado vehículo aplastó el Citroën azul claro como si hubiera sido un coche de juguete.

Desde aquel funesto día la palabra «volar» tenía para Nelly el amargo regusto de la muerte y el peligro. El mundo cambió de forma irremediable de un día para otro y dejó una niña de ocho años traumatizada que, de forma equivocada, estaba firmemente convencida de que toda aquella desgracia se debía a que sus padres querían volar en avión..., aunque el avión en realidad no se hubiera caído, porque no, madame y monsieur Delacourt no llegaron a poner un pie en el aparato que iba a Zanzíbar. La lógica infantil produce a menudo frutos de los que uno no se puede liberar ya en toda su vida.

Todavía años después, cuando Nelly por fin comprendió que la trágica muerte de sus padres no se había debido a un accidente aéreo, la sola idea de subirse a un avión seguía dándole pánico, por mucho que Claire, que se hizo cargo de la niña tras la muerte de sus padres, le explicara una y otra vez que era evidente que dos sinapsis habían funcionado mal y que habría sido mucho más lógico que Nelly se negara a viajar en coche (lo que no había hecho). Ya podía venir Jeanne con todas sus estadísticas que convertían al avión en el medio más seguro para viajar..., era imposible que Nelly cambiara de opinión. Entre todos los miedos que Nelly tenía, el miedo a volar era sin duda el más intenso. Y con el tiempo este miedo se convirtió en una particularidad que Nelly no mostraba públicamente porque se avergonzaba de ella y para evitar que le preguntaran por qué no volaba nunca, ya que esto le hacía recordar inevitablemente la mayor catástrofe de su vida. Pero ella insistía con cierta arrogancia en su máxima de no volar..., como si así formara parte de un pequeño grupo de elegidos que lo sabían todo y se apartaban de la barbarie de los tiempos modernos. Apretujar a un montón de gente en una caja de lata que vuela no es bueno para las personas, pensaba Nelly, como tampoco lo es volar. ¿Por qué demonios había que renunciar de forma voluntaria a tener suelo firme bajo los pies? Cuando Nelly viajaba lo hacía como Marco Polo..., por tierra o por agua. El ser humano no estaba hecho para volar, lo que se veía claramente en el hecho de que no tenía alas, sino brazos. Brazos que, frente a las alas, tenían la extraordinaria ventaja de que podían abrazar..., algo que todavía no hemos visto que hagan los pájaros.

Sin ser demasiado consciente de ello, Nelly había hecho de la necesidad virtud. Nunca contaba ningún detalle de la horrible desgracia que había ensombrecido su vida como una gran nube negra. Si acaso decía que, por desgracia, sus padres habían muerto muy pronto y que ella se había criado con su abuela, y, si alguien era lo suficientemente insensible como para seguir preguntando, ella le hacía callar con una enérgica mirada de sus ojos color gris lluvia y con la indicación de que no le gustaba hablar de eso. Y solo había dos personas que sabían que le daba miedo volar: su abuela Claire y su prima Jeanne.

Cuando a los dieciocho años Nelly se fue a París a estudiar una carrera (se había matriculado en italiano y filosofía), comprobó con alegría y cierta satisfacción que había un filósofo francés, crítico de los medios de comunicación, que —si bien en otro contexto— veía con mirada crítica el hecho de que el hombre volara. Ese hombre era Paul Virilio, y su teoría de la «inmovilidad dromológica» la convenció enseguida.

Todavía recordaba muy bien la sorprendente frase con que el profesor Daniel Beauchamps comenzó su clase sobre Virilio: «La velocidad de la luz es inhabitable».

Entonces Nelly estaba en el cuarto semestre y absorbía todo como una esponja. Aristóteles, Rousseau, Kant, Voltaire, Descartes, Kierkegaard y Sartre..., todos habían intentado desvelar el sentido de la vida, pero esto de aquí, lo que vivía en esta clase, tenía algo que ver con ella personalmente. En Virilio encontró a alguien que pensaba como ella, un defensor de la lentitud que en su teoría de la velocidad y del accidente criticaba duramente la creciente aceleración del mundo. Pero lo mejor era que para Virilio los aviones constituían «no lugares» porque en ellos el hombre no se podía «localizar» y, con ello, perdía su orientación. A él se debía también la gran teoría de que con la invención del avión se inventó su caída. ¡Nelly estuvo a punto de gritar de alegría cuando Daniel Beauchamps citó esta frase del filósofo!

El hombre era un ser espaciotemporal que iba perdiendo espacio en un mundo en constante aceleración, lo que Virilio veía como un peligro para el ser humano, ya que de este modo perdía su contacto con la tierra. El hombre necesitaba un lugar concreto donde asentarse, igual que un árbol necesitaba hundir sus raíces en el suelo para vivir.

Nelly no paraba de asentir y apenas le daba tiempo a anotar todos estos nuevos conocimientos en su cuaderno. Estaba pendiente de los labios del profesor, que entonces empezó a hablar de la teoría de la «inmovilidad dromológica». Virilio había creado el término «dromología» a partir de las palabras griegas *dromos* (pista de carrera) y *logos* (ciencia). Se refería con él al estudio científico de la velocidad, su origen y sus efectos sobre los hombres.

Virilio partía de la base de que al principio el hombre se movía a su ritmo natural. Cuando el mundo estaba, por así decirlo, en orden. Pero con la invención de la máquina de vapor y la revolución de los transportes el hombre empezó a adelantarse a sí mismo..., hasta alcanzar la velocidad de la luz, a la que en la era de la comunicación digital se enviaban e-mails e informaciones, una velocidad que ya no era comprensible para el ser humano. ¿Dónde estaba el hombre cuando estaba en distintos sitios a la vez? La identidad local desaparecía cada vez más deprisa y el sitio de un lugar geográfico lo ocupaban ahora el tiempo y la velocidad a la que se cruza el espacio. Pero como nadie puede estar «localizado» en el tiempo y la velocidad, esto lleva inevitablemente a una alienación y «despersonalización». El hombre pasaba de ser un actor y caminante que todavía conocía sus pasos a convertirse en un teleactor que al final ya no se movía en un medio de locomoción físico como, por ejemplo, el avión, sino en un cuerpo virtual en el que avanzaba sin moverse. Un viajero sin viaje, un pasajero sin pasaje.

Y lo verdaderamente extraordinario, sí, lo notable de todo el asunto era lo siguiente: cuanto más cambiaba a favor del tiempo la estructura espaciotemporal en la que el hombre había tenido su espacio vital durante siglos, cuanto más rápido se movía el mundo alrededor del hombre, menos aprehensible resultaba el mundo y más estático era el hombre. Gracias al automóvil el hombre tenía más movilidad que nunca, pero se quedaba «parado» en el atasco; enviaba e-mails a América a la velocidad de la luz y se quedaba sentado delante de su ordenador en vez de conversar con el vecino del final de la calle; se sentaba en un avión con las piernas encogidas y sin apenas poderse mover mientras cruzaba el espacio a una velocidad descabellada que lo alejaba de la realidad, sí, del mundo.

En algún momento, así finalizó Beauchamps su brillante presentación, tras miles de años de aceleración el hombre caería en la total regresión y se quedaría sentado e inmóvil mirando la luz trémula de su pantalla y solo se movería por simulaciones y sería desterrado de su propio cuerpo. Y esta sería la paradójica fase final de la historia..., la «vertiginosa inmovilidad».

Después de esta clase Nelly tuvo claro que haría su trabajo de fin de carrera sobre Virilio. Había sido como una señal del cielo. Y cuando al final llamó la atención de Daniel Beauchamps por su excelente trabajo y se convirtió en su becaria, también tuvo claro que se había enamorado perdidamente del profesor.

Nelly removió el café, que ya se había quedado frío.

—A veces la vida es una locura, ¿no? —Miró a Sean—. Quiero decir..., encuentro a alguien que explica de forma científica mi miedo a volar, hago un trabajo titulado «Sobre la imposibilidad de viajar en un avión», me enamoro de mi profesor, al que considero un alma gemela y que valora mi trabajo..., ¿y ahora fracasa todo por un vuelo transatlántico? Parece una broma pesada, ¿no?

Sean asintió compasivo.

—En Maine diríamos que es *un* ironía del destino.

Nelly suspiró.

—En París también lo diríamos —convino. Entonces miró el reloj y comprobó sorprendida que llevaba casi dos horas hablando. Eran poco más de las seis y el café se había llenado. Por todas partes había jóvenes charlando y riendo mientras se tomaban su quiche, su *galette* de jamón y emmental o su *soup de poisson avec rouille* con una copa de vino tinto. Nelly notó que tenía hambre.

De algún modo le había sentado bien soltar todas sus penas. Cuando esa tarde el músico se había sentado a su lado en el banco y le había ofrecido su pañuelo no habría creído posible que poco tiempo después le fuera a abrir su corazón a ese desconocido de pelo rubio revuelto y cómico acento. Y lo que más le sorprendió fue que —¡después de muchos años!— había hablado por primera vez del accidente de coche de sus padres. Nelly observó con curiosidad al americano que estaba sentado ante ella con su sudadera de capucha azul claro y que ahora le sonreía animado. Había escuchado todo el tiempo con atención, preguntando de vez en cuando o apretándole la mano cuando los recuerdos la dejaban sin voz y le costaba hablar.

Quizá, pensó, a veces era más sencillo confiar en la amabilidad de los extraños. A diferencia de los amigos o la familia, los desconocidos no tienen ningún interés personal cuando se les cuenta algo, ni tampoco una opinión preconcebida, y eso lo hace todo más fácil.

—¿Quieres saber lo que *opinou*, o no? —preguntó Sean en ese momento. Sin darse cuenta habían pasado al tuteo, lo que parecía más apropiado cuando se permitía a alguien mirar tan dentro de ti.

Nelly apoyó la barbilla en una mano.

—Te escucho.

—No debes preocuparte *tantou* por cosas que no han sucedido. *Don't worry about things that are not going to happen.*

Nelly sonrió.

—¿Eso también se dice en Maine?

—*Nope...*, lo leí en un libro fantástico. Era de una mujer que se preocupaba por *todou*. Hacía listas y más listas. —Miró a Nelly con decisión—. Eso no es *buenou*, Nelly, tienes que acabar con ello, ¡inmediatamente! —Como para subrayar sus palabras, Sean dio unos golpecitos con el dedo índice en la mesa—. Okay, es horrible perder a tus padres tan *prontou*, pero no siempre ocurre lo peor. Debes confiar más en la vida. Tu increíble profesor volará a ese congreso sin ti... ¿Y qué? Cuando vuelva podréis estar otra vez juntos.

—¡Pero si no estamos juntos! —Nelly jugueteó con su tenedor.

—Entonces tienes que hacer algo ahora mismo, ¿no? ¿Por qué no le dices simplemente que le quieres?

Nelly dejó el tenedor junto al plato con cuidado.

—Porque... —empezó a responder, y luego meneó la cabeza—. Todavía no es... el momento adecuado.

—¿Es eso *ciertou*? —Sean levantó las cejas; no era difícil adivinar lo que pensaba acerca de los momentos adecuados.

—Sí. Quiero esperar al momento perfecto. —La conversación empezaba a tomar un rumbo que a Nelly no le gustaba. Se revolvió incómoda en la silla, y notó la indulgente mirada que le lanzó el americano.

—*Well...*, como tú quieras —repuso Sean finalmente—. Pero prométeme una cosa.

—¿Qué?

—No esperes demasiado a que llegue ese momento perfecto. Si no tienes suerte no llegará nunca.

Nelly le lanzó una sonrisa fingida.

—Claro —dijo luego, y cogió la carta—. No soy tonta.

Jeanne se encargó de servir ella en persona la *galette de canard* y la *salade au chèvre*, a pesar de que había sido Céline, la camarera de pelo negro corto y enormes pendientes que no paraban de bailar, la que había tomado nota del pedido. Sean se comió entusiasmado la fina crepe de harina de trigo sarraceno con pechuga de pato, que estaba crujiente por fuera y poco hecha y jugosa por dentro, y aseguró que en toda su vida había probado algo tan exquisito.

—¡Increíble! —exclamó con la boca llena mientras masticaba—. ¡*Adorou* la cocina francesa! Es genial, ¿no? ¿Puedo tomar un *pocou* más de vino, *silvuplé*?

Jeanne sirvió el burdeos en las pequeñas copas de vino, y sonrió halagada.

—¡Entonces tiene que venir usted más a menudo, monsieur O'Malley!

—Oh, lo haré, lo haré. —Sean alzó su copa y brindó por ella—. Y, por favor, llámame Sean..., los americanos no somos tan *fourmales*.

Jeanne soltó una de sus fuertes risas guturales.

—Okay..., Sean. —En realidad dijo Jean, pero solo lo notó Nelly—. Entonces tenéis que probar una cosa, los dos. Tengo una *mousse au chocolat...* dulce como el amor. —Le guiñó un ojo a Nelly y desapareció con paso majestuoso para acompañar a unos clientes que esperaban en la entrada hasta una mesa que acababa de quedar vacía.

—*Wow!* Tu prima es muy agradable —comentó Sean, observando a Jeanne sin ningún disimulo—. ¿Te has dado cuenta tú también de que anda como una reina? —El vino parecía estar soltándole la lengua, y Nelly reprimió una sonrisa.

—Sí, es bastante alta. Por eso le gustan los hombres altos. —En sus ojos apareció un brillo burlón, y Sean se rio.

El americano dio un buen trago de vino y se limpió la boca con la servilleta.

—*Yeah!* Una auténtica... *tigresse!* —murmuró.

«Seguro que a Jeanne le gustaría saber que alguien la describe como una tigresa», pensó Nelly, divertida. También ella agarró la copa de vino tinto y sintió cómo el burdeos se deslizaba suavemente por su lengua. A pesar del ruido de voces que reinaba en el café, o quizá precisamente debido a él, se sentía agradablemente relajada. Se dejó llevar y sus problemas parecieron hundirse en el mar de palabras e ideas. Sean era un ameno conversador que hablaba con gran naturalidad y llevaban ya mucho tiempo charlando de cosas que no tenían nada que ver con Virilio, los aviones o los profesores de filosofía.

Al finalizar sus estudios de ingeniería Sean había trabajado unos meses para ahorrar dinero suficiente para su gran *tour* europeo, y ahora viajaba de una ciudad a otra, vivía al día y se quedaba donde quería y estaba a gusto. Llevaba un año explorando los sitios más bonitos de Europa, y París era, después de Helsinki, Oslo, Londres, Heidelberg y Ámsterdam, su sexta etapa, pero ni de lejos el final de su viaje, según aseguraba. Dentro de dos días quería ir en tren hasta Marsella y desde allí tal vez a Barcelona, Madrid y Granada, y también Italia, con Venecia, Florencia y Roma, estaba en el programa.

—¿Y viajas de un lado a otro así, sin más? —preguntó Nelly sorprendida mientras rebañaba la oscura *mousse au chocolat* del recipiente de cerámica. No podía imaginarse a sí misma viajando de ese modo por el mundo, aunque fuera solo durante un año. En cualquier caso, no ahora. Después del grado venía el máster, y luego había que encontrar un trabajo serio antes de pensar en grandes viajes. Ese era su aburrido (lo reconocía) plan—. ¿No tienes miedo a quedarte desconectado profesionalmente?

Sean le aseguró entre risas que no era el caso. Ya tendría tiempo de meterse en la espiral de trabajo, ahora simplemente quería vivir un tiempo sin *schedule,* sin horario ni agenda.

—¿Y después? —quiso saber Nelly—. ¿Qué pasará después? ¿Tienes alguna idea de lo que quieres hacer con tu carrera de ingeniero? Yo tengo alguna idea, ¿sabes? —Jugueteó pensativa con un mechón de pelo—. ¿Te he contado que mi padre también era ingeniero, igual que mi abuelo y hasta mi bisabuelo Georges Beaufort? Era un famoso ingeniero naval y tenía muchas patentes.

—Impresionante. Una familia de inventores. ¿Y tú estudias filosofía?

—Oh. Bueno... —Nelly se encogió de hombros—. Por desgracia me falta ese gen familiar. —Hizo una pequeña mueca—. Soy una inútil total para la técnica. Creo que he salido más bien a mi abuela, que era muy práctica pero no sabía meter las marchas del coche. —Nelly no pudo evitar sonreír al pensar en Claire, que siempre aparecía por la esquina con el coche rugiendo porque iba, ¡cómo no!, en la marcha equivocada—. Al morir mi abuelo, mi abuela se pasó al coche automático, que era mucho mejor... para ella y seguro que para el pobre coche también...

—Así que tu abuelo era el yerno de *Big George* —dedujo Sean.

—Exacto. ¿Quieres un café? —Nelly levantó dos dedos y le hizo una seña a Céline para que les llevara dos *petit noirs*. Luego le contó a Sean que su abuela le había dicho una vez que el famoso Georges Beaufort solo habría aceptado para su hija pequeña a un hombre que como poco fuera ingeniero—. Y así fue —añadió—. Así que como ingeniero naval tendrías muchas posibilidades en mi familia bretona —bromeó Nelly, sorprendiéndose de su nueva soltura. Lo apuntó mentalmente. Así hablaría en el futuro también con Daniel Beauchamps—. En fin, con la mano en el corazón..., ¿qué tienes pensado?

—Bueno..., me temo que no sirvo como ingeniero naval, mademoiselle.

—¿Es que ya tienes otros planes?

—Oh..., *yes..., yes...,* claro —respondió Sean, inseguro.

—¡Venga, no seas tan misterioso! —Nelly no se rendía.

—Me temo que no te va a gustar mucho.

Nelly le lanzó una mirada llena de curiosidad.

—¿Qué? No querrás trabajar en el servicio secreto, ¿no?

—Es algo peor. —Sean suspiró y se llevó la mano al pecho en un gesto de cómica desesperación—. Con la mano en el corazón... —La miró directamente a los ojos y sonrió—. Quiero ser piloto.

Cuando Nelly se marchó a casa era ya más de medianoche. Había pensado tomar el metro en Mabillon, pero luego decidió ir andando. Había refrescado, la luna tenía un halo verdoso, y ya se anunciaban los lluviosos días de otoño que no tardarían en llegar. Nelly aceleró el paso cuando torció en la rue du Four, y el callado clac-clac de sus zapatos de pulsera azules acompañó sus pensamientos como una alegre melodía. *Come fly with me...* Nelly sonrió y se detuvo un momento delante del escaparate de una pequeña tienda en el que había un bolso rojo pecaminosamente caro que le encantaba y que llevaba tiempo viendo, sin haber sucumbido nunca a la tentación de comprárselo. Se giró y siguió andando. Dejando a un lado el hecho de que con su elección profesional, de la que no pudieron disuadirle ni siquiera los funestos planteamientos de Virilio, Sean la había decepcionado, la velada había sido maravillosa. Se habían reído mucho, al final Jeanne se había sentado con ellos en la mesa, y durante unas horas Nelly había dejado de pensar en el congreso de Nueva York al que no podría ir. Y cuando más tarde se acordó fugazmente de él, no podía entender por qué se había alterado tanto. No pasaba nada. No era ninguna catástrofe. Mientras el profesor Beauchamps regresara sano y salvo a París y el avión no se cayera en medio del Atlántico —algo impensable si podía creer al futuro piloto—, no se había perdido nada.

Después de asegurar repetidas veces que antes de continuar su viaje se pasaría por Les amis de Jeanne para tomar otra «deliciosa tarta de *perras*» y piropear un poco a *madame la tigresse* por sus preciosos ojos, finalmente Sean se había colgado la guitarra al hombro y se había despedido de ellas con un par de besos.

Mientras Jeanne entraba otra vez en el café para cobrar a los últimos clientes, Nelly se había quedado mirando cómo el alto y rubio tipo de Maine se alejaba a grandes pasos por la rue de Buci, dispuesto a explorar nuevos países, y pensó que en realidad era una pena que no fueran a verse nunca más.

—*Take care*. Todo irá bien con el profesor volador —le había susurrado Sean al oído al despedirse.

Nelly sonrió. El profesor volador..., eso le había gustado. Cuando poco después cruzó el gran portalón del viejo edificio de varios pisos de la rue de Varenne y al rato abría la puerta de su casa, no imaginaba que tanto Sean como ella estaban equivocados. El destino, como ocurre a menudo, tenía sus propios planes.

4

El tiempo había cambiado. A los días de octubre cuya brillante claridad se había prolongado hasta bien entrado noviembre les siguió la lluvia. Llevaba semanas lloviendo sin parar, París estaba inundado y resultaba una ciudad inhóspita hasta para los últimos románticos. La situación no mejoró ni con la iluminación navideña de los escaparates de los grandes almacenes, que se reflejaba como plata fluida en las calles mojadas creando una magia muy especial. La humedad se colaba en todos los rincones, ascendía por las piernas y se metía por los cuellos de los abrigos abotonados hasta arriba. Por la calle la gente intentaba evitar los charcos, hacía juegos malabares con los paraguas y estaba de mal humor, y en el metro estornudaba y tosía por debajo de las gruesas bufandas de lana.

También Daniel Beauchamps había sido víctima de ese tiempo frío y húmedo. Llevaba dos semanas con unas anginas que lo mantenían alejado de la universidad. Nelly se había ofrecido más de una vez a llevarle algo.

—Si necesita cualquier cosa, hágamelo saber, no es ninguna molestia —le había dicho con el auricular bien apretado contra la oreja, imaginando ya cómo ponía orden en la cocina de su piso de soltero para preparar luego un limón caliente y llevárselo a la cama al profesor enfermo, quien, agradecido, le apretaría la mano y, con los ojos vidriosos por la fiebre y reconociendo por fin sus sentimientos, tiraría de ella hasta el borde del lecho. Pero, por desgracia, Beauchamps siempre rechazaba la ayuda de forma amable, pero firme.

—Solo faltaba que la contagiara, mademoiselle Delacourt. No, no, me guardaré mis bacilos para mí —había bromeado el profesor antes de despedirse con un ataque de tos.

Al parecer el profesor tenía una asistenta que se llamaba Clothilde, con la que sí estaba dispuesto a compartir sus bacilos y que le llevaba lo que necesitaba..., que era solo sus medicinas, un pañuelo para la garganta y algo de reposo.

—No se preocupe, me las arreglo muy bien. En un par de días estaré de vuelta —le había asegurado en la última llamada telefónica.

Desde entonces había pasado ya una semana. Otra interminable semana más. Nelly no se había atrevido a llamar de nuevo al profesor Beauchamps, que le había dejado claro que quería estar tranquilo. Por desgracia tampoco se le había ocurrido ninguna excusa convincente para volver a molestarle. Y dentro de pocos días se despedirían todos antes de las vacaciones de Navidad.

Todas las mañanas, cuando desde la puerta entornada de la secretaría echaba un vistazo al escritorio abandonado del profesor, suspiraba esperando que el hombre con nariz de boxeador y ojos bondadosos estuviera allí al día siguiente. Y pensaba con gran impaciencia en el sobre azul claro que llevaba desde hacía dos semanas en su bandolera marrón.

—¿Alguna noticia del profesor Beauchamps? —preguntó también esa mañana al asomar la cabeza por la puerta de la secretaría.

—Tiene anginas —era siempre la respuesta de madame Borel, que no parecía echar mucho de menos al profesor. Siguió leyendo una revista y limpió distraída unas migas que sin duda procedían de la *baguette* de atún que se acababa de comer. Desde que se había enterado de que estaba embarazada, y de eso no hacía tanto tiempo, madame Borel había desarrollado una auténtica pasión por las *baguettes* de atún. Por lo demás, la secretaria de pelo oscuro y cara redonda de niña solo se mostró algo más estoica que otras veces—. Es mejor que se quede en la cama —añadió—. Ya se lo dije ayer.

—¿Cree que vendrá por aquí antes de Navidad? —insistió Nelly.

Madame Borel se encogió de hombros.

—¿Acaso soy Jesucristo? —Volvió a concentrarse en la revista y se pasó una mano por la barriga embutida en un vestido de punto verde—. Por mí no va a venir.

—Bien. —Nelly comprendió que esa conversación no llevaría a ningún lado—. Ah, dígame, madame Borel..., ¿ha escrito e imprimido ya el plan de sustituciones?

Madame Borel levantó despacio la cabeza y arrugó la frente.

—Escúcheme, mademoiselle Delacourt. Hago lo que puedo —dijo con la majestuosidad de una reina gorda a la que le incomoda un súbdito—. Pero solo tengo dos brazos. Si tuviera cuatro trabajaría en un circo.

Después de lanzar una elocuente mirada a la puerta, volvió a sumergirse en la revista, se chupó el dedo índice y pasó la página suspirando. El pelo le cayó como una cortina por delante de la cara.

Nelly tuvo por un momento la visión de una madame Borel con muchos brazos sentada, con su tripa verde y la lengua colgando, en una pista de circo como una diosa Kali, otorgando o negando sus favores al público.

Decidió no responder a esta última observación, y cerró la puerta con más fuerza de lo habitual.

Cuando avanzaba por el largo y estrecho pasillo que llevaba hasta su despacho se cruzó con Isabella Sarti. La alta y esbelta italiana, que con sus ojos oscuros y el pelo corto era tan elegante como Audrey Hepburn (aunque en rubio, lo que no mejoraba las cosas), llevaba una gran taza de *café crème* en una mano y una bolsa con *croissants* en la otra. Las finas pulseras de plata que llevaba en la muñeca acompañaron su «*ciao*» con un suave tintineo, y Nelly no pudo evitar volver a pensar que se alegraba y se sentía aliviada por que la atractiva profesora invitada, que había causado cierto revuelo entre los colegas masculinos del departamento, regresara a su Bolonia natal tras las vacaciones de Navidad. Allí le esperaba no solo un puesto en la facultad de filosofía, sino también, según se decía, su prometido, Leandro.

Isabella Sarti le sonrió con ingenuidad.

—¿Serías tan amable de abrirme la puerta?

—Sí, claro —dijo Nelly, algo cortada.

Avanzó unos pasos junto a su colega, que tenía su despacho en la sala contigua, y abrió la puerta, en cuyo lado interior colgaba desde octubre un póster del Metropolitan Museum de Nueva York.

—Por favor —murmuró Nelly.

Cada vez que veía el póster —una reproducción del famoso cuadro de Pierre-Auguste Cot *La tempestad,* en el que dos enamorados, abrazados y a un soñador paso acompasado, buscan refugio de la tormenta y la lluvia— crecía en ella un sentimiento de malestar frente al que no podía hacer nada por mucho que lo intentara. En realidad, ni el pintor ni la bella Isabella tenían la culpa de que ella no hubiera sido lo bastante valiente como para volar con el profesor Beauchamps a Nueva York. De lo contrario, pensó con un asomo de celos, el póster estaría ahora colgado en su puerta. Todo estaría claro y Nelly no tendría que seguir pensando en la carta que llevaba en el bolso y que todavía no había llegado a su destino.

Cuando Isabella Sarti volvió del congreso estaba muy excitada. Nueva York parecía haberla impresionado mucho. No podía parar de contar entusiasmada lo interesante que había sido la reunión, lo inspirados que habían estado los ponentes, lo amables que eran los neoyorquinos, lo magníficos que eran los museos, lo maravillosos que eran los parques, lo fantásticos que eran los colores del otoño.

—Nueva York es una ciudad que te electriza —había dicho más de una vez, y a Nelly le habría gustado poder taparse los oídos.

Ahora observó cómo Isabella se dejaba caer en su sillón de oficina, cortaba un trocito de *croissant* y se lo metía en la boca con delicadeza.

—Bueno…, voy a echar mucho de menos todo esto cuando vuelva a Bolonia —comentó, mirando pensativa su *croissant*—. Es una pena que se acabe. Vuestros *croissants* llegan directamente del cielo, son tan delicados y a la vez tan crujientes... Aaaah... Ni siquiera nuestros *cornetti* pueden competir con ellos, por mucha crema de vainilla que lleven dentro. —Suspiró fascinada y puso los ojos en blanco. Luego le tendió a Nelly la aromática bolsa—. ¿Quieres uno? Todavía están calientes. Pero no te lo pienses mucho, si no no quedará ninguno, me temo.

Nelly negó con la cabeza sonriendo. En el fondo le gustaba Isabella, una persona animada y sin complicaciones. Que pronto estaría en Bolonia. Y que se alegraba de volver a ver a su prometido. Una persona que a ella no le había hecho nada. Que era siete años mayor. Y que, afortunadamente, no mostraba ningún interés por Daniel Beauchamps.

—Bueno, no voy a comerme tu último *croissant* —contestó Nelly—. Disfruta de ellos mientras estés aquí.

Isabella asintió y cortó otro trocito de *croissant*.

—Sí, es lo que también ha dicho Beauchamps.

—¿Lo que también ha dicho Beauchamps? —repitió Nelly, sorprendida—. ¿Cuándo...? quiero decir... —Su cara era una interrogación.

—Anoche hablamos un rato —le explicó Isabella, limpiándose unas migas de sus largos y delgados dedos—. Tenía que firmarme unos papeles. —¿Se lo imaginaba Nelly o había aparecido un leve tono rojo en las mejillas de su colega? —. Bueno, al parecer vuelve mañana. —Isabella se rio—. Habría sido una pena que se perdiera la comida de Navidad, ¿no? —Le guiñó un ojo a Nelly.

Nelly notó que el corazón empezaba a latirle de alegría. De pronto parecían haber desaparecido todas sus cuitas. Daniel Beauchamps estaría mañana otra vez allí. Sentado en su despacho. Y entonces podría darle la carta y esperar hasta que la leyera.

«Cuando se ama a alguien hay que decírselo», le había advertido Sean aquella tarde de octubre. Nelly no había olvidado esas palabras. Había tardado un poco en tomar la decisión. No iba a volver a cometer otra vez el mismo error ni a llorar por haber dejado pasar una oportunidad. Ella, Eleonore Delacourt, iba a tomar las riendas. Y después —¡por fin!— todo iría bien. Lo peor que podía pasar era que tuviera anginas después de besar al profesor. Nelly sonrió.

—Un penique por tus pensamientos —dijo Isabella.

—No te esfuerces —replicó Nelly—. No los adivinarías nunca.

Se despidió de la sorprendida Isabella con un gesto de la mano y desapareció en su despacho. Allí sacó otra vez el sobre azul claro de su bandolera de cuero y acarició con cariño el papel de tina.

Ese sobre contenía, en cinco páginas escritas, todo lo que Nelly tenía que decir.

5

El día siguiente fue catastrófico.

Afortunadamente, Nelly ni se lo imaginaba cuando por la mañana temprano apagó el despertador. Se desperezó un poco entre las sábanas antes de sentarse y buscar con los pies descalzos sus zapatillas, una de las cuales tenía la costumbre de desaparecer todas las noches debajo de la cama.

El suelo de parqué crujió suavemente cuando, todavía medio dormida, se puso el albornoz y se dirigió a la cocina para prepararse un café. Fuera estaba todo oscuro, solo la luz de una farola iluminaba la calle, que estaba mojada por la lluvia caída durante la noche.

Nelly cogió un cazo para calentar la leche y batirla con unas varillas hasta obtener espuma. Luego vertió el café y la leche en su taza favorita, una grande y con lunares azules, y se quedó mirando cómo se mezclaban. Le gustaba este breve ritual matutino. Jamás se le habría ocurrido comerse un *croissant* por la calle o beberse el café en un vaso de cartón mientras andaba. A diferencia de muchos de sus colegas, que desayunaban en la universidad, por las mañanas Nelly se tomaba su tiempo. Se sentaba en la diminuta mesa de madera que tenía pegada a la única pared libre de la cocina, se bebía dos tazas de café y se tomaba un trozo de *baguette* con mantequilla y mermelada de fresa mientras leía detenidamente *Le Figaro* que todas las mañanas encontraba en su buzón. «Hay que cuidar las mañanas», le decía siempre su abuela. «Quien no empieza el día con tranquilidad no puede sorprenderse luego de que le salga todo mal».

A Nelly no le resultaba difícil seguir este consejo. Incluso en el más oscuro invierno parisino era la mañana su momento del día preferido. A esa hora temprana el mundo le pertenecía todavía a ella sola, y únicamente el apagado tintineo de su taza o el crujido del papel del periódico rompía el silencio de vez en cuando. Una hora más tarde despertaría el resto de la casa..., con todas sus historias y sus ruidos: sillas que se arrastraban, pasos que resonaban en la vieja escalera de madera, puertas que se cerraban, besos intercambiados a toda prisa y protestas con lloros de niños medio dormidos.

Nelly dio un sorbo al café fuerte y caliente que enseguida le levantó el ánimo. Claire Delacourt se habría sorprendido al ver cómo había cambiado el mundo desde aquellas tardes en la enorme cocina de frías baldosas de piedra en la que siempre olía bien. Al ver qué implacablemente rápido se había vuelto. Un mundo en el que cada vez había más y más información y todo parecía tener menos y menos importancia.

¿Todo? Nelly sujetó la humeante taza con ambas manos. Notó la ligera presión del viejo anillo de granates que llevaba en el dedo corazón de la mano derecha, y se acordó. No, no todo había perdido importancia. Pensó en la carta de su bolso y se preguntó qué le habría dicho su abuela a Daniel Beauchamps. ¡Lo que habría dado por poder pasar otra tarde en el sofá azul en el fin del mundo y poderle pedir consejo a la anciana!

A los diez años Nelly ya había presentido la importancia de la pérdida que llegaría algún día de forma inevitable. Tampoco Claire Delacourt sería inmortal. Algún día dejaría de estar delante de su fogón, como una roca en la marea, haciendo soportables las pequeñas y grandes catástrofes de la vida con su serenidad bretona.

—Ay, *mamie* —decía Nelly suspirando delante de su cacao caliente—. ¿Qué voy a hacer cuando ya no estés aquí? ¿Por qué no puedes vivir para siempre?

—Mi pequeña, nadie puede vivir para siempre, en algún momento ya se tiene bastante. —A Claire Delacourt, que había sobrevivido a una guerra mundial, no le gustaban las escenas sentimentales—. Pronto serás mayor y seguirás tu propio camino, como hemos hecho todos. Y entonces dirás: «Ay, Dios mío, ¿qué hago yo con la vieja *mamie*?». Así son las cosas... —bromeaba.

—Pero, *mamie*..., ¿cómo puedes decir eso? ¡Yo no dejaré de venir a verte, lo sabes muy bien! —protestaba Nelly—. Pero si tienes que morirte algún día, por lo menos prométeme que me enviarás alguna señal. La que sea..., estés donde estés.

—Lo haré, mi niña, lo haré —le aseguraba siempre su abuela sonriendo—. ¿No creerás que me voy a olvidar de ti solo porque esté muerta? Y ahora déjate de lamentaciones y cómete el pan.

Nelly dejó el periódico a un lado y untó un buen trozo de mantequilla salada en su *baguette* como siempre había hecho de pequeña. No había nada más sencillo y mejor que una *baguette* recién hecha con mantequilla bretona salada.

Mientras la mantequilla se derretía en su boca y se mezclaba con el pan crujiente, Nelly pensó que hasta ahora su abuela no había cumplido todavía su promesa. Y entonces pensó que Claire Delacourt no había sido una mujer dispuesta a esperar durante meses una señal. Además, sentía una sana desconfianza hacia las cartas de amor. Y eso tenía —¡naturalmente!— su motivo.

Ya de joven Claire había hecho siempre lo que quería. Se había lanzado en brazos de la vida sin dudarlo. Y eso a pesar de tener un padre muy estricto que controlaba mucho a sus tres guapísimas hijas. En la blanca villa de estilo modernista de los adinerados Beaufort se celebraron regularmente bailes en los años que pasaron entre las dos guerras mundiales y, después, hasta los años cincuenta. Pero casi ningún joven se atrevía a sacar a bailar a las hermanas Beaufort. Porque el temido señor de la casa, de bigote poblado y gesto duro, estaba apoyado en la puerta listo para dar por terminado el baile si tenía la sensación de que podía suceder algo indecoroso.

A pesar de todo, su hija pequeña —ignorando las severas miradas de su padre— se enamoró de un joven que había quedado cautivado por ella en cuanto la vio.

Claire conoció a Maximilien Delacourt, que era ocho años mayor que ella y acababa de finalizar sus estudios de ingeniería, en el té de los domingos en casa de su mejor amiga, Antoinette. Y él enseguida empezó a conversar, sin ahorrar en cumplidos ni en miradas de admiración, con la alegre joven de veintiún años que se sentó a su lado. Y al final ocurrió lo que tenía que ocurrir: las manos se juntaron debajo de la mesa de largos manteles blancos y fina porcelana, los besos llegaron en el apartado pabellón del extenso jardín, y Antoinette, que encontraba todo aquello sumamente romántico, aceptó encantada convertirse en *postillon d'amour* y entregar unas cartas en las que enseguida fijaron lugar y hora para un encuentro secreto.

Eligieron un pequeño hotel en Plogonnec, en el que los enamorados pretendían reunirse un domingo a mediodía para hacer tras las cortinas cerradas lo que los amantes siempre habían hecho sin tener en cuenta lo que pensaran los demás.

En su última carta Claire había escrito con letra grande y enérgica que apenas podía esperar a encontrarse con Maximilien el domingo a las once y diez en la estación de Plogonnec para compartir con él la *grand lit* que el joven había reservado para él y su «mujer» (mientras oficialmente ella estaba invitada a un picnic de verano en casa de su amiga Antoinette).

Pero habría sido mejor que Claire no hubiera escrito esa carta, ya que, por desgracia, y debido a una fatal casualidad, llegó a manos de la madre de Maximilien, una mujer sumamente dominante con al menos un kilo de pelo oscuro amontonado sobre la cabeza que, sin respetar el secreto de la correspondencia —en realidad su hijo seguía viviendo en su casa—, abrió el sobre con desconfianza y sin demasiados cumplidos, aunque con mucho estilo, usando un elegante abrecartas de plata.

Cuando se enteró de la cita planeada en el hotel, los ojos estuvieron a punto de salírsele de las órbitas. ¿Qué pasaba con la moral? ¡¿Es que una jovencita de Quimper quería hacer perder la cabeza a su maravilloso hijo, el señor ingeniero en ciernes?! ¡Había que evitarlo... como fuera! La madre del incauto Maximilien tenía muy claro quién iba a elegir a su futura nuera..., es decir, ella. Su fama de estricto siempre había precedido a monsieur Beaufort, a quien madame Delacourt, que provenía de una respetable familia de médicos, consideraba un poco esnob, y madame Delacourt ya se alegraba de la cara que pondría el viejo gruñón cuando se enterara de lo buena pieza que era su hija pequeña. Eso le pasaba por organizar bailes en casa. ¡Bailes, bah!

Madame se sentó inmediatamente en su elegante secreter y escribió una carta algo menos elegante en la que le pedía al señor ingeniero naval que en el futuro vigilara un poco más a su hija, que era evidente que estaba algo desmandada, e hiciera todo lo posible para evitar ese inaudito encuentro. Insidiosa como era, madame Delacourt no previno a su hijo. Pensó que el encuentro con el furioso monsieur Beaufort les daría al joven y a su servicial amante una lección que no olvidarían en toda su vida.

Muchos años después colgaría en casa de la familia Delacourt un retrato al óleo de Caroline Delacourt. Mostraba a una persona de mediana edad, con aspecto de matrona y mirada fría alguien de quien era imposible imaginarse que alguna vez había sido joven. Siempre que Claire —que primero colgó el cuadro en el salón, pero después lo desterró al pasillo tras el traslado a la vieja casa de piedra bretona— pasaba por delante del retrato de su suegra, no podía reprimir una sonrisa triunfal. Luego recordaba aquel domingo de junio en que, con su vestido de rayas azules, un gran sombrero de paja y el corazón palpitante, bajó del tren con su delicado zapato color crema para encontrarse en secreto con Maximilien.

Solo que en el andén de la pequeña estación no la esperaba ningún Maximilien. Sorprendida, Claire miró alrededor y, cuando finalmente se dirigió con paso inseguro hacia la salida, de pronto oyó una voz profunda que conocía muy bien. Parecía salir directamente del enorme ramo de peonías y gipsófilas que alguien le tendía.

—Hola, Claire —dijo la voz.

Del susto, a Claire se le paró el corazón un momento. Ante ella estaba, como surgido del suelo, Georges Beaufort.

—¡Papá! —susurró Claire, sintiendo que estaba a punto de desmayarse.

—Sí. Soy yo. Ha llegado a mis oídos que estás citada hoy aquí con un joven —dijo Georges Beaufort casi gritando.

Luego sonrió con satisfacción, entregó las peonías a su atónita hija y la cogió del brazo muy contento.

—Tu caballero espera en el vestíbulo. He pensado que estaría bien que fuéramos los tres a comer juntos, ¿te parece?

Georges Beaufort podía ser un hombre estricto e implacable cuando se trataba del bienestar de sus hijas. Pero reconocía enseguida las malas pasadas. Y lo que la vieja bruja Delacourt quería hacer con su ayuda a los jóvenes era jugarles una mala pasada. Para su gusto, demasiado mala.

Cuando Georges recibió la incisiva carta que Caroline Delacourt había escrito comportándose como una auténtica tramposa, primero se puso furioso al saber que su pequeña Claire, su hija preferida, le engañaba de esa manera. Pero luego se informó sobre Maximilien Delacourt y se convenció de que su hija pequeña, a la que al parecer no debía perder de vista, esta vez había demostrado tener muy buen gusto. El joven provenía de una respetable familia bretona que no carecía de fortuna precisamente. Y aunque seguro que a su hija eso le daba igual —esas chicas, en su ingenuidad de enamoradas, no veían más allá de mañana—, le tranquilizaba que al menos se cumplieran algunas condiciones fundamentales. Georges Beaufort estuvo varias horas dando vueltas, preocupado, en su despacho. Sin duda era una insolencia lo que los jóvenes se habían permitido hacer.

Si podía dar crédito a la carta de la vieja señora Delacourt, «gracias a Dios no había sucedido nada malo».

A pesar de todo, al final el indignado ingeniero naval llegó a la conclusión de que una tontería que se cometía por amor era más perdonable que jugar una mala pasada intencionadamente.

Así que decidió hacer de tripas corazón y ayudar a los ingenuos jóvenes reconduciendo la situación. El hecho de que Maximilien, a quien llamó al orden en el mismo andén, pareciera amar de verdad a su hija (si bien el ramito biedermeier del joven no era tan impresionante como el ramo de flores del padre) tal vez no fuera tan decisivo —algo que debía reconocer con franqueza— como la certeza de que ese hombre podía garantizarle a su hija una vida libre de preocupaciones. ¡Al fin y al cabo era un ingeniero!

Y así fue como dos jóvenes algo cohibidos y con la cara roja y un señor mayor de ojos grises y gran bigote que los miraba con jovialidad comieron aquel domingo en el restaurante más elegante de la ciudad y al final se entendieron perfectamente.

Claire siempre le estuvo muy agradecida a su padre por no mencionar una sola palabra sobre los motivos que le llevaron a aparecer por sorpresa en el andén de Plogonnec.

—No me hizo el más mínimo reproche, simplemente estaba allí sonriendo, con su ramo de flores, y nos invitó a comer. Fue muy elegante por su parte —decía todavía años después cada vez que Nelly le preguntaba por esa historia del ramo de flores que nunca se cansaba de escuchar.

El encuentro secreto se convirtió, así, en un compromiso matrimonial que se anunció de forma oficial en septiembre de ese mismo año. Para disgusto de Caroline Delacourt, que de rabia apretó tanto los dientes que se le cayó una muela. La autoritaria vieja dama tramó todavía algunas tretas para evitar la inminente boda. Aunque había infravalorado la fuerza de voluntad de su futura nuera.

—Eso lo veremos —pensó Claire después de que en su primer y frío encuentro tras la cita frustrada su futura suegra le dijera en voz baja que su hijo era todavía muy joven para comprometerse y que seguro que podía encontrar algo mejor.

Claire, que al igual que madame Delacourt sabía muy bien lo que quería, le comunicó entonces a su futuro esposo que si la vieja víbora no controlaba su lengua ella se lo pensaría mejor y se marcharía a Inglaterra.

La historia de *papie* Maximilien, que apareció un día en la comida con un revólver cargado y, agitándolo delante de su madre, amenazó con pegarse un tiro si Claire no era su mujer, era una anécdota que en la familia de Nelly les gustaba contar una y otra vez. De hecho, aquel día tan dramático el revólver se disparó sin querer. La bala, por suerte, no alcanzó a ninguno de los presentes, sino que dejó en la pared de piedra de la cocina un agujero en el que muchos años después la pequeña Nelly y su prima Jeanne metían el dedo con respeto. Y convenció a Caroline Delacourt —mejor que cualquier otro argumento— de que era mejor dejarlo estar. A partir de entonces mantuvo la boca cerrada y siguió odiando en silencio a su nuera durante mucho tiempo, hasta que finalmente tuvo que admitir de mala gana que Maximilien y Claire Delacourt, que se dieron el «sí, quiero» un soleado día de diciembre (lo que se celebró con un último y espléndido baile en casa de la familia Beaufort), no solo formaban una pareja magnífica, sino que además crearon una familia feliz que tuvo dos hijos, uno de los cuales incluso llegó a ser ingeniero.

Claire fue la única de las jóvenes Beaufort que pasó por el altar. Sus hermanas Anne-Solange y Marie, que no eran tan resolutivas, siguieron bajo la protección de su estricto padre hasta que en algún momento ya no fue necesario seguir velando por su virtud. Una se hizo profesora y compartió casa (y, según luego se decía en voz baja en la familia, también cama) con una amiga que trabajaba como modista. La otra siguió viviendo toda su vida en la villa blanca con sus padres, se instaló en la habitación de la torre y se dedicó al cuidado de un pequeño jardín de rosas en el que, además, escribió algunas poesías que tras su muerte cayeron en el olvido.

Afortunadamente la historia de Claire y Maximilien tuvo un final feliz. De lo contrario no habrían existido ni su padre, el ingeniero fallecido trágicamente, ni ella misma, pensó Nelly. Pensativa, dio vueltas al anillo como para invocar al espíritu de Claire Delacourt, que había seguido su camino con determinación cuando del amor se trataba.

—Hoy puedes pensar en mí, *mamie* —murmuró—. *L'amour gagne toujours!* El amor siempre triunfa. Ese era tu credo, ¿no? —Sonrió satisfecha. Al menos ella no tendría que vérselas con una suegra malvada, solo tenía que entregar una carta que no iba a acabar en las manos equivocadas.

Media hora más tarde ya estaba vestida. Los platos estaban limpios, la cama hecha. Nelly cerró tras de sí la puerta de su casa de dos habitaciones de la rue de Varenne y giró la llave dos veces. Luego bajó andando los cuatro pisos, abrió su paraguas de cuadros y salió con paso decidido a la fría mañana de París.

Todavía llovía cuando después de media hora subía los escalones mojados que llevaban a la puerta por la que se accedía al edificio de la universidad.

Madame Borel la saludó masticando. Toda la secretaría olía a atún.

—Ya ha vuelto —dijo sin más, señalando la puerta cerrada con la barbilla.

Nelly asintió.

—Lo sé.

Cuando poco después llamó a la puerta del despacho del profesor Beauchamps no imaginaba lo mucho que iba a necesitar los consejos de su abuela al final de aquel día.

O cualquier otro consejo.

6

*D*aniel Beauchamps no había estado durante su convalecencia en una situación tan digna de compasión como Nelly se imaginaba. Tenía fiebre y le dolía la garganta al tragar, pero había estado la mayor parte del tiempo metido en la cama en una agradable penumbra, escuchando el sonido de la lluvia con la satisfacción de un enfermo que no tiene que salir a la calle y esperando que la llave que abría la puerta de su casa girara en la cerradura.

Beauchamps no recordaba cuándo había sido la última vez que había tenido anginas —¿de niño, tal vez?—, pero entre las ventajas que tenía esta enfermedad no estaba solo el helado que se deslizaba por su garganta aliviando el dolor, sino sobre todo la mano suave que le acariciaba con cariño la frente caliente con un suave tintineo de pulseras que a él le sonaba a música celestial.

No era difícil adivinar que esa delicada mano de mujer no era la de Clothilde, la asistenta que dos veces por semana trasteaba en casa del profesor, se quejaba del desorden y lo dejaba todo reluciente.

Era Isabella Sarti la que casi todos los días se sentaba en la cama de Beauchamps y, a pesar de la cara enrojecida y los ojos vidriosos de él, le miraba con cariño. Y cuando ella se marchaba, el profesor pensaba durante un buen rato en Central Park, donde todo había empezado con una tormenta. Una tormenta que se había desatado de forma repentina e imprevista sobre él y su colega, como si Cupido hubiera disparado sus flechas.

Beauchamps vio pasar las imágenes ante sí como en una película que pudiera proyectar en cualquier momento. Tras el segundo día de congreso algunos de los participantes decidieron dar un paseo por un otoñal Central Park cuyos árboles llameaban al sol del atardecer como un fuego rojo y naranja y amarillo y violeta oscuro. Pero luego fueron fallando uno tras otro: unos estaban demasiado cansados, otros preferían volver al hotel o irse de compras a la Quinta Avenida. Así que al final fueron solo Isabella Sarti y él los que pasearon por el parque del centro de Nueva York admirando el vistoso juego de colores.

—Nunca había visto nada tan bonito —dijo Isabella, y su peculiar acento italiano mostró un gracioso contraste con su elegante aspecto cuando una repentina ráfaga de viento le revolvió su cuidado pelo corto—. Su conferencia ha sido magnífica.

—¿Usted cree? —preguntó Beauchamps halagado, y en ese momento cayeron las primeras gotas.

—¡Vaya! Creo que empieza a llover —exclamó Isabella Sarti a la vez que aceleraba el paso.

—Creo que tiene usted razón. —El profesor Beauchamps trató de seguir el paso de la alta mujer que iba a su lado, lo que hizo que aumentara su cojera. Por desgracia la lluvia arreció, el cielo se cubrió de amenazantes nubes negras, un potente trueno retumbó en el aire, Isabella gritó y se agarró con fuerza al brazo del profesor, y empezó a caer el chaparrón del que ambos trataban de escapar. ¿Pero hacia dónde?

Beauchamps fue el primero en ver el pequeño pabellón.

—¡Venga! —Se quitó la gabardina que llevaba puesta y la extendió como una vela sobre sus cabezas mientras corrían entre risas por el parque. Cuando llegaron casi sin aliento al pequeño pabellón de piedra estaban empapados y fuera la lluvia seguía cayendo con fuerza.

—*Mamma mia!* —dijo Isabella jadeando—. ¡¿Qué ha sido eso?! —Como era casi tan alta como el profesor, su cara acorazonada quedó justo ante la de él, y a través de sus gafas empañadas el profesor pudo ver cómo el agua le goteaba por los ojos. Se le había corrido el rímel. Beauchamps sonrió.

—Podría trabajar en el zoo de Central Park. ¡Parece usted un panda! —dijo.

—¡Pues usted parece que no ve!

Isabella Sarti soltó una carcajada, y luego rio él también. No podían parar de reír. De pronto se vieron arrastrados por una ola de loca alegría de vivir, y, poco después de que dejaran de reír y se quedaran uno frente al otro en el pequeño pabellón, no solo se le había corrido el rímel a Isabella Sarti, sino también el pintalabios rojo.

Tras aquel inesperado beso en Central Park, al que había seguido por parte de Isabella un asustado «Pero... Leandro», no pudieron volver a separarse. Así, los días en Nueva York ya no estuvieron condicionados solo por las teorías de Virilio sobre la velocidad y los accidentes —el accidente ya había ocurrido, y a la velocidad de la luz—, sino también por llamadas furtivas a las puertas de las habitaciones y una pasión a la que no le interesaba la lentitud, sino que buscaba impaciente su satisfacción. Y cuando el último día del congreso Isabella se quedó extasiada en el Metropolitan Museum ante el cuadro de Pierre-Auguste Cot —del que Beauchamps le compraría en la tienda del museo un póster que colgaría después en la puerta de su despacho en la facultad de filosofía, donde Nelly lo descubriría con una extraña sensación—, los dos sabían ya que había llegado el momento de planificar el futuro y legalizar la relación secreta que siguieron manteniendo en París con discreción.

La enfermedad del profesor llegó en el momento preciso, ya que durante las muchas horas que Isabella y él pasaron en el dormitorio que olía a mentol y limón Isabella tomó la triste decisión de separarse de su prometido («¡El pobre, pobre Leandro!»). Aunque no podía imaginar una vida lejos de su familia italiana.

—¡No puedo quedarme en París, tienes que entenderlo, querido! —dijo con grandes ojos suplicantes, ojos a los que no se les podía negar nada—. ¡La familia es la familia!

Aunque Beauchamps no veía eso de la familia con demasiada euforia, estaba dispuesto a tantear discretamente el terreno y solicitar una plaza en la universidad de Bolonia. Y como la suerte está —no siempre, pero sí muy a menudo— de parte de los enamorados, y el profesor además tenía muy buena reputación, lo aceptaron allí para el otoño del año siguiente. Aprovecharía el tiempo que quedaba hasta entonces organizando el traslado y aprendiendo italiano, idioma del que hasta entonces solo dominaba el vocabulario del amor.

Naturalmente, no tenía ganas de soltar el bombazo. Las anginas le habían concedido una pequeña prórroga, pero ahora tenía que mantener algunas conversaciones urgentes para anunciar su despedida. Ese mismo día tenía una cita con el decano. Ya no había vuelta atrás. El viernes, en la comida de Navidad, Isabella y él les contarían por fin la verdad a todos los demás. Y él celebraría las Navidades con *panettone* con su futura esposa y su gran familia italiana. El amor siempre llegaba de forma inesperada. ¡Era siempre una sorpresa!

El profesor Beauchamps meneó la cabeza y hojeó los papeles que tenía sobre el escritorio. Naturalmente, iba a echar mucho de menos a su agradable equipo, sobre todo a mademoiselle Delacourt, su mejor y más capacitada estudiante, que preparaba su trabajo de fin de carrera con él y de la que no sabía muy bien qué pensar. Sentía una responsabilidad casi paternal por esa atractiva chica que estaba siempre revoloteando a su alrededor como un espíritu despierto. Un agua tranquila aunque —de eso estaba seguro— profunda. Un poco seria para su edad, pero cuando se reía se llenaba la habitación de luz. Eso era lo que le diría al despedirse..., que debía reír más.

Un discreto golpe en la puerta le apartó de sus pensamientos. Beauchamps se colocó bien las gafas y levantó la mirada.

7

*A*h..., mademoiselle Delacourt! ¡Pase, pase! Precisamente en este momento estaba pensando en usted. —El profesor Beauchamps dejó unos papeles a un lado y le hizo una seña a Nelly para que se acercara. Estaba sentado delante de una gran estantería llena de libros que cubría casi toda la pared y parecía de muy buen humor.

—*Bonjour,* monsieur Beauchamps. ¡Me alegro de que haya vuelto! —Nelly sonrió y cruzó el despacho a grandes pasos, hasta que se detuvo delante del escritorio del profesor. Que el profesor estuviera pensando en ella le pareció un comienzo prometedor—. ¿Se encuentra ya bien del todo?

—Sí, me encuentro muy bien —dijo Beauchamps haciendo honor a la verdad. De hecho, jamás en su vida se había encontrado mejor—. ¡Por favor! —Señaló el sillón que había delante de su escritorio, y sus ojos reposaron atentos en su ayudante, que hoy estaba especialmente guapa.

Nelly se sentó. Unos minutos antes había comprobado su aspecto en el espejo del cuarto de baño: el ligero vestido morado de cuello redondo que le quedaba un palmo por encima de la rodilla, los pequeños pendientes que bailaban cada vez que movía la cabeza, el pelo castaño brillante que le caía suelto por los hombros y que la humedad de la calle había encrespado un poco, el pintalabios rojo..., todo perfecto.

Con el corazón latiendo con fuerza escuchó al profesor, quien, sin sospechar nada y con el cuello envuelto en una bufanda de cachemira que protegía sus delicadas anginas del frío y las corrientes de aire, hablaba del horrible tiempo en general y de sus anginas en particular. Luego juntó las manos y se inclinó hacia delante.

—¿Y cómo le va a usted, mademoiselle Delacourt? ¿Todo bien? ¿Ha avanzado en su trabajo de fin de carrera? La introducción me gustó mucho. Tal vez debería tratar usted el aspecto de...

—¡Profesor Beauchamps! —le interrumpió Nelly, a quien en ese momento el trabajo de fin de carrera le traía sin cuidado. Tenía una misión más importante que cumplir. Sin vacilar, sacó el sobre azul claro del bolso—. Tenga..., llevo tiempo queriendo darle esto. —Le tendió el sobre al profesor.

—¡Oh, me ha escrito una tarjeta de ánimo para desearme una rápida recuperación! ¡Qué amable! —Beauchamps le dio la vuelta al sobre y cogió el abrecartas que estaba en un cubilete plateado junto a unos lápices.

—¡No, ahora no! —Nelly vio la sorprendida mirada del profesor y se sonrojó—. ¿Sabe...? Me gustaría que leyera esta carta con tranquilidad y luego..., quiero decir... Hace tiempo que deseaba hablar con usted de esto, pero... No se me da bien... ¡Bueno, venga! ¡Lea la carta y lo entenderá todo!

Nelly se reclinó en el sillón y se quedó callada. Sentía un gran alivio. ¡Lo había hecho! El resto ya no estaba en sus manos.

Beauchamps dejó caer la carta y le hizo un guiño.

—Vaya, suena todo muy misterioso. —Pensó un instante, luego bajó la voz—. Creo que yo también tengo que contarle un secreto. —Sonrió.

Nelly se incorporó.

—¿Un secreto? —El corazón le dio un vuelco.

Beauchamps asintió.

—Dejo pronto la Sorbona.

—¡¿Qué?! —Nelly le miró boquiabierta.

—Sí, lo sé, ha sido todo muy rápido. También para mí. En realidad tomé la decisión definitiva mientras estaba con esas horribles anginas.

—Pero... no es posible. ¿Por qué...? —balbució Nelly—. ¿Se va usted de París? —No entendía nada, pero tenía la sensación de que esa sorprendente noticia no significaba nada bueno para ella.

Beauchamps suspiró con resignación.

—Bueno, en el fondo no me voy de forma voluntaria, puede decirse... Voy a echarles mucho de menos a todos. Ha sido estupendo trabajar con usted. Confío mucho en usted, mademoiselle Delacourt, si puedo decírselo.

Nelly abrió mucho los ojos.

—Pero, entonces..., ¿por qué se va? ¿No le han renovado el contrato o qué?

Nelly veía a Beauchamps muy tranquilo para *tener* que irse. Alarmantemente tranquilo.

El profesor carraspeó.

—Si me promete guardar el secreto hasta la comida de Navidad se lo cuento ahora mismo —dijo muy alegre—. Me voy a Bolonia... por amor.

—¿A Bolonia? —Nelly notó que se mareaba. No había que ser muy experto en matemáticas para sumar dos más dos.

—A Bolonia —repitió Beauchamps—. Ahora sí que está sorprendida, ¿verdad? —Sonrió—. Y para ser exactos, se lo debo a usted, o, mejor dicho, a esa pequeña perrita. —El profesor se echó hacia atrás y sus ojos adquirieron una expresión soñadora—. ¿Se acuerda de que en octubre no pudo venir conmigo al congreso sobre Virilio de Nueva York porque tenía que cuidar a la pequeña Lila?

—Loula —le corrigió Nelly de forma automática antes de que su cabeza se quedara vacía.

Y mientras el profesor le contaba cómo el amor había entrado por sorpresa en su vida como una tempestad y le hablaba del radiante futuro que le esperaba al lado de la rubia profesora italiana de las pulseras de plata, Nelly intentó reprimir las lágrimas que luchaban por salir.

—Es usted la primera persona a quien se lo cuento, mademoiselle Delacourt..., bueno, ¿puedo llamarla Nelly? Ya sabe usted lo que pasa... Isabella y yo creímos que era mejor mantenerlo en secreto para evitar los chismorreos en la facultad. Hoy hablaré con el decano. Y en la comida de Navidad haremos el anuncio oficial. —Beauchamps estaba radiante. De pronto pareció notar lo pálida que estaba su ayudante—. Pero, Nelly, ¿qué le ocurre? —La miró con curiosidad—. ¿Está usted llorando?

Nelly negó con la cabeza y notó que el callado zumbido de sus oídos se convertía en un huracán atronador.

—No, no —aseguró con voz apagada—. Solo estoy... tan... emocionada...

—Oh, Nelly, es usted una criatura adorable. Creo que voy a echarla mucho de menos. —El profesor sonrió. Él también estaba emocionado y dispuesto a abrir su corazón—. Es una historia bastante romántica, ¿verdad?

Nelly se puso de pie con las rodillas temblorosas y asintió. Tenía que salir del despacho cuanto antes.

—Todo esto... Me..., me alegro mucho —tartamudeó.

El profesor Beauchamps también se levantó.

—¡Gracias, Nelly! —Hizo un gesto de entusiasmo—. Y en cuanto a su trabajo de fin de carrera..., no se preocupe. Seguiré con usted hasta que lo termine.

Nelly tragó saliva y miró al profesor como si se estuviera ahogando en el agua.

—Muy amable.

—Pero, por favor, es lo más normal. Y..., Nelly.

—¿Sí?

—Debería usted sonreír más a menudo. ¿Sabe lo encantadora que está cuando sonríe?

Nelly apretó los labios y forzó una sonrisa. Miró a Daniel Beauchamps una última vez. ¡No había entendido... nada!

—¡Nos vemos en la comida de Navidad! —dijo él—. Y, por favor..., guarde nuestro pequeño secreto hasta entonces, ¿de acuerdo?

—No se preocupe... —Nelly ya iba a dar media vuelta para marcharse cuando vio el sobre azul que seguía sobre la mesa y contenía un secreto mucho mayor. Empezó a sudar. Dio un paso y con un rápido movimiento cogió la carta en la que había escrito todo lo que tenía que decir.

El profesor, sorprendido, levantó las cejas.

—Pero, Nelly, ¿qué...? —protestó.

—Ya no hace falta —dijo Nelly con una leve sonrisa, y guardó el sobre en el bolso—. En realidad, ya está usted recuperado. —Luego se giró y salió del despacho del perplejo profesor (que volvió a pensar que mademoiselle Delacourt era una persona muy enigmática) con paso rápido y con los ojos anegados de lágrimas. Pasó por delante de madame Borel y sus *baguettes* de atún, de su despacho, donde recogió la gabardina y la bufanda de una silla, de Isabella Sarti, que en ese momento abría, tarareando una canción, la puerta en la que colgaba el traicionero póster del Metropolitan Museum. Pasó por delante de todo lo que aquella misma mañana había sido importante.

Y durante todo ese tiempo retumbaban sin parar en su cabeza unas palabras que habrían sido dignas de Alexis Zorba: *The full catastrophe, the full catastrophe!*

Media hora más tarde Nelly ya no sabía si eran lágrimas lo que corría por sus mejillas o era la fina llovizna la que mojaba su cara. El paraguas de cuadros se había quedado abierto en su despacho, secándose. Había salido de forma tan precipitada que se lo había dejado olvidado, pero le daba igual.

Sin pensarlo, había llegado hasta el Jardin du Luxembourg, que aquel día estaba totalmente desierto.

Recorrió sin rumbo fijo los caminos que discurrían bajo los enormes y viejos árboles que estiraban sus ramas hacia las nubes negras como si allí pudieran tocar un trocito de cielo. Nelly miro hacia arriba y vio cómo avanzaban las nubes. «Trabajos de amor perdidos, trabajos de amor perdidos», pensó con amargura, y notó cómo su zapato derecho se inundaba porque acababa de pisar un charco. Maldiciendo, dio un salto hacia un lado.

—Maldita sea, ¿es que hoy va a salirme todo mal? —exclamó. ¿Y por qué, siguió pensando indignada, el profesor Beauchamps había sido siempre tan amable con ella si no quería nada? Había sido todo imaginación suya..., las miradas, su sonrisa, todas esas frases maravillosas que ella se había llevado a casa como un valioso tesoro. La lista de coincidencias que ella había elaborado de forma tan meticulosa. Era totalmente lógico que antes o después acabaran siendo pareja. Ella había confiado en que el tiempo jugaría a su favor, había esperado su oportunidad, paciente como una oveja. Y entonces apareció esa italiana, que ya tenía un prometido, y una maldita tormenta había bastado para que el profesor se enamorara de ella. La vida no era justa. No había que estudiar filosofía para entenderlo.

«¿Y qué habría pasado si hubieras estado tú con él en Central Park?», dijo una vocecita corrosiva en la periferia de su nuca. «Tal vez entonces todo habría tenido otro final. ¿No lo habías pensado?».

Nelly se tapó los oídos.

—¡Bah! ¡Hubiera, hubiera! —gritó con desespe-ración—. «Hubiera» no me sirve ya de nada. ¡No exis-te la vida en subjuntivo! Y es inútil soñar. ¡Hay que actuar, *actuar!*

Un señor mayor que a pesar del mal tiempo no había renunciado a su paseo matutino se acercó con paso cauteloso. Alzó un poco su paraguas negro y miró a la joven con una mezcla de curiosidad y fascinación.

—¿Puedo ayudarla, mademoiselle?

—¡No! —Nelly aceleró el paso y siguió avanzando bajo la lluvia. Lo último que necesitaba ahora era la com-pasión de un jubilado. ¿Es que no se podía descansar de la gente ni siquiera en el parque? Giró a la izquierda y enfiló un embarrado camino secundario que llevaba a un restaurante que ahora estaba cerrado y bajo cuyos árbo-les en verano a veces había tomado una ensalada durante la pausa de mediodía. Una vez incluso con el profesor Beauchamps. Por desgracia entonces no hubo ningún chaparrón. Volvió a suspirar. Entonces vio una papelera junto al camino y se detuvo. Furiosa, tiró de la cremalle-ra de su bolso, que se había atascado, y al final la arrancó. Pocos segundos después caían en la papelera cientos de trocitos de papel azul claro que nadie volvería a unir nunca para tener otra vez una carta de amor.

Tras ese ataque de heroico masoquismo Nelly se sintió algo mejor. Dio media vuelta y decidió abandonar el Jardin du Luxembourg, que hoy no podía servirle de consuelo. Estaba helada. Tenía los pies mojados. Era una estupidez seguir andando bajo la lluvia durante horas, eso no iba a mejorar las cosas. Iría al Vieux Colombier, un pequeño café cerca de la iglesia de Saint-Sulpice, para entrar en calor con una copa de vino y una *soupe d'onion* gratinada. Y después llamaría a su prima Jeanne, que, al igual que su abuela, siempre sabía darle un buen consejo.

8

Jeanne permanecía sentada en el gran sofá azul que antaño había estado en la cocina de Claire Delacourt, escuchando perpleja. Observaba pensativa a Nelly, que estaba sentada junto a ella y era la viva imagen del desconsuelo. Se había envuelto en una manta de lana blanca, tenía los ojos llorosos y sujetaba en la mano un pañuelo arrugado.

—Ay, Nelly, Nelly, en qué historias te metes —dijo Jeanne suspirando.

—¡Achís! —soltó Nelly—. ¿Yo? ¡Pero si yo no he hecho nada!

—Pues por eso.

Jeanne se recostó contra el brazo del sofá. Había tardado un rato en entender lo que había pasado. Cuando Nelly la había llamado por la tarde llorando para preguntarle si podía ir a su casa inmediatamente, se había pegado un susto de muerte. Cuando alguien sollozaba de esa forma tan desgarradora por el teléfono solo podía deberse a dos motivos..., al menos para Jeanne, que era algo más práctica que su prima: o alguien se había muerto o alguien estaba gravemente enfermo. Para Jeanne, los desengaños amorosos no figuraban entre las enfermedades serias. Nadie se moría por eso, le acababa de decir a Nelly.

—¿Se trata de Jean?

—¿Jean? ¿Quién es Jean? —Nelly, atónita, había dejado de sollozar por un momento.

—Bueno, el guitarrista ese de Maine que te ponía ojitos. Hay algo entre vosotros, ¿no? Siempre he pensado que seguíais en contacto. Era un tipo muy agradable.

—¡Ah, te refieres a Sean! —A pesar de lo triste que estaba, Nelly casi se había reído al ver que su prima iba en la dirección equivocada—. No, no, ¿cómo se te ocurre algo así? Nunca ha habido nada entre nosotros. Es un amigo, un conocido. Ese Sean no es mi tipo.

—Ajá. —Nelly había oído cómo Jeanne soltaba aire con un curioso sonido de alivio—. ¿Y quién es entonces tu tipo, si puedo preguntártelo? Quiero decir, el que te ha roto el corazón. Cuéntamelo y le mandaré a mi banda de matones.

Nelly tragó saliva.

—Daniel Beauchamps —respondió con voz apagada.

—*Mon Dieu,* ¿no lo dirás en serio? —había grita-
do Jeanne por el auricular, y se había echado a reír—.
No me lo puedo creer..., ¡el profesor cojo! Bueno, entonces no es para tanto. Era demasiado mayor para ti.

—No lo era —replicó Nelly ofendida. Tal vez no
había sido tan buena idea llamar a Jeanne—. Y no le
llames siempre el profesor cojo, es muy cruel.

—Está bien. —Jeanne no estaba dispuesta a seguir
discutiendo con su prima sus problemas amorosos—.
Escúchame, pequeña, ahora estoy sola en el café y no
me puedo marchar. Vas a hacerte un té, quitarte la ropa
mojada y echarte un rato. Intenta dormir un poco. Tengo que esperar a que venga Céline. Como tarde estoy
contigo dentro de tres horas. ¿Aguantarás hasta entonces?

—Sí, lo intentaré —contestó Nelly.

Después de prometerle a su prima que el mundo
no se iba a acabar por esto y que pronto Nelly se rei-
ría de este funesto episodio, Jeanne había colgado el
teléfono.

Y ahora llevaba ya un rato sentada en el sofá con
Nelly, tratando de entender lo que había ocurrido. Sobre la mesa había dos tazas de té negro y dos platos en
los que se veían todavía restos de tarta de pera.

—Ahora no puedo comer nada —había protesta-
do Nelly cuando Jeanne entró por la puerta con la
tarta.

—Venga, vamos, un trocito de tarta de pera... Te gusta tanto... —En el universo de Jeanne la buena comida era siempre un buen consuelo. Le puso a Nelly debajo de la nariz un plato con la dorada tarta y sonrió animándola. Y finalmente Nelly se había ido metiendo un trozo tras otro en la boca mientras le contaba a Jeanne la gran catástrofe que se había producido aquella mañana.

—Hmmm —murmuró Jeanne, encogiéndose de hombros. No entendía muy bien por qué era una catástrofe, pero sabía lo sensible que podía ser su prima. Trató de formular con cuidado las ideas que cruzaban por su cabeza—. Naturalmente todo esto no está... bien. Pero visto desde fuera tampoco es todo tan... malo. Quiero decir..., ¿ha pasado algo entre ese hombre y tú? No, por lo que veo. Así que no puedes afirmar en serio que ese profesor coj..., que Beauchamps te ha engañado.

—Tampoco he dicho eso. —Nelly miró a su prima con gesto infeliz.

—No me mires así, Dios mío, no lo puedo soportar. —Jeanne agarró la mano de Nelly, que seguía aferrada al pañuelo, y se la apretó para darle ánimo—. No encajáis juntos ese Beauchamps y tú. —Jeanne pensaba que el profesor era un aburrido, pero por delicadeza se lo calló.

Nelly pensó en su lista de coincidencias y guardó silencio.

Después de permanecer las dos calladas un rato, Jeanne se echó hacia delante y cogió la tetera para volver a llenar las tazas. Le entristecía la cara afligida de Nelly, aunque el sufrimiento de su prima era innecesario, totalmente absurdo. Jeanne dio un trago y dejó la taza en la mesa con decisión.

—¿Quieres que te diga la verdad?

—No. —Nelly no quería oír verdades.

—La verdad es que te has montado una película tú solita. Quiero decir, que esa «historia de amor» —Jeanne hizo las comillas con los dedos en el aire— frustrada solo existe en tu cabeza. Pura proyección. Has estado soñando, Nelly. La estudiante que se enamora de su profesor... ¡Todo un clásico! Vale, no está prohibido, pero ahora baja de la nube. ¡Por favor!

—¿Qué sabes tú de sentimientos? —Nelly se mordisqueó el labio inferior, y Jeanne suspiró. Nunca había soportado a los románticos. Esa exagerada afectación, ese deshacerse en insinuaciones, todo ese blablablá de la luz de la luna y la añoranza que en principio podía sonar muy bien, pero que por lo general no servía para nada.

—Sé mucho de sentimientos —contestó Jeanne muy tranquila—. Los tuyos, en cualquier caso, han sido siempre unilaterales. Ese Beauchamps no tenía ni la más remota idea de lo que sentías, eso lo tengo claro. —Extendió las manos—. ¿Y cómo iba a saberlo si nunca le dejaste ver nada? ¿Hace cuánto tiempo que conoces a Beauchamps? ¿Un año? ¿Dos? ¡Por favor, Nelly! Lo que tiene que ocurrir, ocurre. En el fondo todo este tiempo has sabido que no iba a pasar nada. Pero, naturalmente, es mucho más fácil engañarse uno mismo que mirar las cosas de frente.

—No, no ha sido así —se apresuró a replicar Nelly, que de pronto ya no estaba segura de que no hubiera sido así—. Aunque te suene raro... Yo siempre he tenido buenas sensaciones... —dijo—. Solo quería esperar...

—¿Esperar? ¿A qué?

—Una señal —repuso Nelly en voz baja.

Jeanne se dio un golpe en la frente con la mano.

—Oh. Dios. Mío. No lo dirás en serio, ¿verdad? —Había olvidado totalmente que su prima creía en las señales. Nelly tendía a ver conexiones donde no las había, a dar importancia a las cosas y a «ver» algo en todas y cada una de ellas. Jeanne meneó la cabeza.

—¡Ay, Dios mío, pobre primita! ¿Es que no puedes ocuparte de los filósofos de verdad? Sartre sería una buena elección. —Miró a su prima con compasión—. No existen las señales, Nelly, admítelo. ¿De dónde iban a venir? Solo nosotros podemos darle sentido a nuestra vida. Así que, por favor, deja de esperar una señal. Créeme, al universo le da igual lo que hagamos aquí abajo en la tierra.

Nelly se limpió la nariz y se subió la manta hasta el cuello.

—Pues yo creo que a tu versión del mundo le falta magia —dijo—. Hay que creer en algo. —Seguía teniendo frío.

—Yo creo en lo que veo. Eso me parece suficientemente mágico. —Jeanne sonrió y se puso de pie—. Ya es tarde, y tú deberías meterte en la cama, querida. Pero, con magia o sin ella..., una cosa te puedo prometer: en un par de semanas el profesor Beauchamps será historia y no podrás entender por qué te has alterado tanto.

—¡Achís! —estornudó Nelly—. Prefiero la magia.

Una vez se hubo marchado su prima, Nelly se acercó tiritando a la ventana. La luna brillaba sobre París y parecía tan perdida como ella misma. Por primera vez desde que vivía allí deseó estar muy lejos de esa ciudad. En algún lugar del sur donde hiciera calor, brillara el sol y la gente fuera feliz y viviera sin preocupaciones. Cerró las cortinas y estornudó.

Pensativa, dejó vagar la mirada por la casa que había comprado hacía unos años con su herencia. Un dormitorio tranquilo con balcón, un amplio cuarto de estar en el que tenía su escritorio y el enorme sofá de su abuela, una cocina pequeña y confortable, un cuarto de baño con ventana y bañera. Una casa en un bonito edificio antiguo en el centro de París que ya era suya... o casi. Se había sentido tan orgullosa. Había ahorrado mucho para poderle pagar al banco todos los años la cantidad acordada. Cada vez que en enero hacía la transferencia le invadía una increíble sensación de satisfacción. Setenta metros cuadrados de seguridad. Pero ahora le parecía que todo aquello carecía de importancia. De pronto París era oscuro y frío y estaba a millones de años luz de aquella tarde de verano en el Parc des Buttes Chaumont, delante del Rosa Bonheur, cuando ella estaba enamorada y llena de esperanza.

—Vamos, anímate —le había dicho Jeanne al despedirse—. Lo superarás. Ya has pasado lo peor. Recuerda lo que decía siempre *mamie:* en mitad de la noche empieza un nuevo día.

El nuevo día empezó a una hora temprana, de forma muy poco prometedora, con dolor de cabeza y escalofríos. Nelly no asistió a la comida de Navidad de la facultad (lo que le ahorró el cursi discursito del profesor, que acabó con un feliz *«Tanti auguri!»*), ni pasó las vacaciones, como otros años, con su prima y el resto de la familia bretona en Locronan, en la casa con contraventanas azules junto al mar donde se había criado.

Se quedó en la cama, sin parar de toser, y tuvo mucho tiempo para pensar en oportunidades perdidas y sueños sin cumplir. Pero tres días después de que las campanas de Notre-Dame anunciaran el año nuevo y Nelly por fin se levantara, hizo un misterioso descubrimiento que daría un giro total a su vida... en sentido literal.

Seguro que Jeanne habría negado que lo de la dedicatoria del libro había sido una señal. Nelly, en cambio, estaba convencida de que era exactamente eso. Una señal.

9

Cada vez que Nelly se encontraba mal o desbordada por la vida, empezaba a recoger la casa. Si uno era capaz de poner orden en las cosas pequeñas y darle a cada una el lugar que le correspondía, también podía controlar las grandes cosas, pensaba. No había que dejar que las cosas te dominaran, pues entonces en algún momento perderías el rumbo y te hundirías.

No es que en los armarios y cajones de Nelly reinara un caos terrible, que hubiera ropa encima de las sillas o el sofá o que ya no se viera el escritorio porque estaba cubierto por completo de papeles —estaba claro que Nelly tenía algún que otro defecto, pero el desorden no era uno de ellos—; no obstante, en las últimas semanas había dejado algunas cosas sin hacer. En la pequeña cocina se amontonaban en una gran cesta paquetes y cajas de comida que Jeanne le había llevado antes de marcharse a Bretaña. Había botellas de agua vacías junto a la mesilla de noche. El baño necesitaba una limpieza y también el suelo de madera agradecería algún cuidado.

Cuando uno de los primeros días de enero Nelly por fin sacó los pies de la cama y, todavía tosiendo un poco, abrió el balcón, le acarició la nariz un suave rayo de sol que se había colado entre las nubes grises. Nelly aspiró el aire de la mañana y comprobó sorprendida que se encontraba mucho mejor. El dolor de cabeza y de huesos había desaparecido, y por primera vez desde aquel funesto día de mediados de diciembre no había pensado en Daniel Beauchamps al despertarse. Al menos no inmediatamente.

Nelly se preparó un café, se vistió y decidió que había llegado el momento de ordenar la casa. No podía seguir así. El orden restablecido probablemente ahuyentaría los pensamientos oscuros.

Puso sábanas limpias en la cama, tiró las cajas vacías de las medicinas a la papelera, bajó la basura, los periódicos viejos y las botellas de plástico al patio, donde estaban los contenedores de reciclaje, lavó vasos y platos, quitó el polvo de los estantes, pasó la aspiradora a la alfombra bereber del cuarto de estar, sacó brillo a la mesa de comedor ovalada antigua, separó la ropa y los zapatos que hacía tiempo que no se ponía, y notó cómo su estado de ánimo iba mejorando. Era lo bueno de hacer cosas con las manos..., enseguida se veía el resultado y eso era sumamente satisfactorio, no como cuando trabajaba sentada en su escritorio.

Cuando a Nelly de pequeña le preguntaban qué quería ser de mayor, siempre contestaba que quería ser «vendedora de libros» como *maman*. El Au Hortensia Sauvage, la pequeña librería y *salon de thé* que su madre regentaba en Quimper, había sido un local muy especial con sus paredes pintadas de amarillo como el sol y su puerta azul claro, a cuyos lados, a derecha e izquierda, crecían unas magníficas hortensias azules. No solo la niñita se sentía bien allí, sino también los clientes que compraban los libros y los tés seleccionados y —cuando querían y tenían tiempo— se sentaban en las mesitas redondas del salón contiguo o en pequeños sillones, para leer las novelas y los libros de fotos recién adquiridos, mientras tomaban *thé à la rose* en delicadas tazas de porcelana acompañado de un trozo de *gâteau au chocolat*. Cuando tenía ocho años Nelly pensaba que no había nada mejor en el mundo que sentarse con un libro y un buen trozo de tarta de chocolate en su sillón favorito, que estaba bajo una de las dos grandes ventanas del salón de té, y sumergirse en otro mundo.

En los dos locales que habían sido un paraíso para los amantes de los libros había ahora una tienda de ropa en la que se podían encontrar camisas de pescador, gorras de capitán y chubasqueros y abrigos resistentes al agua. Y, naturalmente, también las típicas camisas de marinero de rayas azules y blancas que a los turistas tanto les gustaba llevarse de Bretaña como *souvenir.*

Cuando empezó a estudiar en París, en sus paseos alrededor de la Sorbona Nelly descubrió un día *La fourmi ailée...* La hormiga alada. La antigua librería de extraño nombre que estaba a la sombra de la vieja iglesia de St-Julien-le-Pauvre y en la que ofrecían una selección de treinta y cuatro variedades de té, era un magnífico refugio en el bullicioso quinto *arrondissement.* El pequeño salón de té con la puerta pintada de color azul de la rue du Fouarre —a solo unos pasos de la famosa librería Shakespeare and Company— le llamó la atención enseguida y le recordó al Au Hortensia Sauvage. En este *salon de thé,* que ofrecía también pequeños platos deliciosos, no había hortensias silvestres, pero era un local encantador cuyas paredes estaban llenas de espejos, cuadros y, sobre todo, libros que se podían coger para hojearlos. Y allí, entre dos estrechas columnas de color claro y después de sentarse en una de las mesas cuadradas de mármol negro y abrir la carta, aquel ventoso día de noviembre Nelly descubrió su té favorito de entonces.

Thé à la rose. Recordaba muy bien el delicado olor a rosas que desprendía la bonita taza; de pequeña siempre tomaba el té negro con mucha leche y tres terrones de azúcar, porque si no le resultaba muy fuerte, y al llevarse la taza de asa dorada a la boca se sentía siempre muy mayor y elegante. «Lleva siempre la taza a la boca, nunca la boca a la taza», le había dicho su madre la primera vez, y Nelly nunca había olvidado esa frase.

Mientras sacaba ahora la escoba del armario de la cocina pensó un poco por encima en qué habría ocurrido si sus padres no hubieran muerto en aquel accidente. ¿Se habría cumplido su sueño infantil y se habría encargado ella del Au Hortensia Sauvage? ¿O a pesar de todo se habría ido a estudiar a París? ¿Habría estudiado italiano? ¿Habría conocido las teorías de Paul Virilio y al profesor Beauchamps? ¿Habría volado con él a Nueva York porque quizá su relación con los aviones no habría sido tan tensa?

Suspirando, Nelly se dirigió hacia su escritorio y pensó con malestar en su trabajo de fin de carrera, que todavía debía terminar. Su motivación había disminuido rápidamente. La sola idea de comentar cualquier detalle con el desleal profesor o de defender las tesis de su trabajo ante un tribunal del que formara parte Beauchamps le hacía caer en una pequeña depresión. Agarró la escoba con fuerza.

—¡Contrólate, Nelly! —se ordenó a sí misma—. ¡Ya está bien!

Entró en el dormitorio y empezó a barrer el parqué con enérgicos movimientos. Dos horquillas de pelo, una pastilla contra el dolor que se había caído de la mesilla, migas de pan, un bolígrafo, un cuadernillo de sellos de correos y tierra seca, que debía de proceder todavía de su desolador paseo por el Jardin du Luxembourg, quedaron acumulados formando un pequeño montón. De debajo de la cama sacó pelusas y el termómetro para la fiebre que no encontraba. Se agachó para llegar mejor con la escoba debajo de la amplia cama, que estaba pegada a la pared en un rincón de la habitación, y de pronto chocó contra un obstáculo. Se arrodilló con curiosidad para mirar. Allí, al fondo del todo, había una caja que era demasiado pesada para sacarla con la escoba. ¿Qué era eso?

Sorprendida, se tumbó en el suelo boca abajo y se metió debajo de la cama hasta que pudo alcanzarla. Mientras tiraba de ella gimiendo y la arrastraba para sacarla, de pronto se acordó de que era la caja con los libros favoritos de su abuela que, tras su muerte, ella se había llevado a París. Entonces acababa de mudarse a la casa de la rue de Varenne y, como todavía no tenía estanterías, había metido la caja cerrada ahí debajo para abrirla en algún otro momento con calma. Desde entonces habían pasado casi cinco años.

Hasta ella misma se sorprendió de que se le hubiera olvidado por completo esa caja. Era como cuando te encuentras de forma inesperada en un abrigo viejo un billete de cien euros o en el fondo de un cajón un regalo que recibiste antes de tiempo y guardaste para abrirlo el día de tu cumpleaños.

El cumpleaños de Nelly había pasado hacía tiempo o faltaba mucho para que llegara, según cómo se mirara... Su cumpleaños era el día 22 de julio. No obstante, se alegró mucho por el hallazgo, del que colgaban un par de pelusas que quitó enseguida. Era como un regalo de Navidad recibido con retraso.

Nelly sabía que a Claire le gustaba mucho leer. En los primeros años de su matrimonio con Maximilien Delacourt era frecuente que la cena se sirviera con retraso porque a la joven esposa se le había ido el santo al cielo leyendo en la cocina. Nelly sonrió mientras retiraba la cinta adhesiva y abría la tapa de la caja. Con una extraña sensación de solemnidad, retiró el papel de seda negro que había arriba del todo y miró dentro de la caja para examinar los libros favoritos de Claire Delacourt.

Nelly no había dudado nunca del buen gusto literario de su abuela. Las jóvenes Beaufort habían recibido una educación excelente. Pero esta caja contenía algunos tesoros con los que no había contado. Clásicos franceses antiguos encuadernados en piel que debían de haber pertenecido al padre de Claire, ya que en ellos aparecía el ex libris esquemático con las iniciales de Georges Beaufort: obras de teatro de Molière y Racine, dos novelas de Victor Hugo, la famosa colección de poemas de Baudelaire *Las flores del mal* y *Las aventuras de Telémaco* de Fénelon. El maravilloso volumen de poemas de Aragon *Los ojos de Elsa,* en cambio, estaba claro que era de su abuela, lo mismo que una edición antigua de la novela *El gran Meaulnes,* de Alain-Fournier, que también estaba en la estantería de Nelly y era una de sus lecturas preferidas. La historia del desgraciado *Doctor Zhivago* estaba junto a la novela sureña *Lo que el viento se llevó,* seguro que en aquel entonces un excitante novelón para las chicas jóvenes. Nelly descubrió también una edición bastante manoseada de *Marnie.* Se acordaba muy bien de este libro con la letra del título inclinada. Cuando era pequeña lo vio en una de las estanterías oscuras del salón de la casa de Locronan y leyó equivocadamente *Mamie.* «¡Mira, *mamie,* aquí hay un libro sobre ti!». Nelly soltó una carcajada y siguió sacando libros de la caja. *Retrato de una dama* y *Las alas de la paloma,* de Henry James, *La letra escarlata* de Hawthorne y *Tess, la de los d'Urberville* de Hardy, una novela que ella misma había devorado hacía años en unas vacaciones de verano. Recordó que una vez su abuela le había contado que Locronan había sido en los años setenta escenario de los famosos rodajes de Polanski con Nastassja Kinski. En el fondo de la caja estaban las novelas de autores italianos, entre las que se encontraban *El jardín de los Finzi-Contini*, de Bassani, y *La historia*, de Elsa Morante, pero también algunas obras de fechas más recientes de Umberto Eco, *Si una noche de invierno un viajero* de Calvino, así como *El amante sin domicilio fijo* y *El palio de los jinetes muertos*, de Fruttero y Lucentini.

Nelly estaba ensimismada junto a la caja de libros. Sacó un libro tras otro, los volvió a poner con cuidado donde estaban y finalmente arrastró la pesada caja hasta el cuarto de estar para colocar en la estantería los libros de su abuela con cinco años de retraso.

Pero antes de ordenarlos los hojeó un poco. Nunca se sabía qué podía esconderse entre sus páginas. ¿Tal vez una postal, una foto antigua o un billete? Nelly solía guardar en los libros cosas de las que luego a veces se olvidaba, pero en los libros de la caja no encontró nada de ese tipo.

Sin embargo, en todos los libros —excepto los que habían pertenecido a Georges Beaufort— su abuela había escrito o bien su nombre de soltera, Beaufort, o luego el de casada, Delacourt, en la segunda página de la derecha y con la fecha correspondiente. Solo un libro, uno de los últimos que Nelly sacó y que estaba en el fondo de la caja, era una excepción, porque su propietaria no se había inmortalizado escribiendo en él su nombre.

Era la edición original de un libro del autor italiano Silvio Toddi, del que Nelly no había oído hablar nunca y cuya novela *Validità giorni dieci* había llegado a las cinco ediciones, según se leía debajo del título en la cubierta amarillenta. Su abuela debió de dominar muy bien el italiano si podía leer una novela entera en esa lengua. *Válido diez días...*, sonaba algo raro, más a billete de tren ya caducado, y seguro que no era una gran obra de la literatura universal.

Nelly sopló el polvo del libro y lo abrió por la primera página, que empezaba con las prometedoras palabras del protagonista, jurando que ese día no iría a la oficina ni aunque se acabara el mundo.

Nelly sonrió. Parecía que la novela no estaba tan mal. Hojeó un poco las páginas, lo suficiente como para ver que se trataba de una deliciosa historia de amor con giros sorprendentes que se desarrollaba en Venecia y en la que al final un tal Paolo y una tal Clara se encontraban después de varios malentendidos. Su mirada se quedó clavada en una frase subrayada con lápiz que pudo traducir fácilmente:

Lograría lo imposible junto a ella y con ella, que lo adoraba.

¿Habría subrayado su abuela ese pasaje? Nelly pasó las hojas hacia delante y hacia atrás sonriendo, y ya iba a poner el pequeño volumen en la estantería cuando le llamó la atención algo que antes había pasado por alto.

En la hoja de guarda, que era algo más gruesa que las páginas normales, había algo escrito en la parte inferior que unas gotas de agua habían dejado casi ilegible. Nelly intentó descifrar las palabras. *Noi... sempre... al Settimo Cielo...* Debajo había una inicial borrosa que podía ser tanto una R como una B, una D, una G o una P, *Venezia* y una fecha: *12-V-1952.*

Curioso. Tal vez ese libro no pertenecía a su abuela y acabó en la caja de libros de forma imprevista, pensó Nelly. Pero entonces descubrió en la parte superior de la hoja una frase en latín que parecía impresa porque alguien la había escrito con las mismas letras de imprenta. Eran tres palabras, y a Nelly le resultaron conocidas:

Amor vincit omnia.

No era la primera vez que Nelly lamentaba no haberle preguntado a Claire Delacourt por la inscripción que había en el viejo anillo de granates. Naturalmente, sabía lo que significaba esa frase que los caballeros medievales solían escribir en sus estandartes. El amor todo lo vence. Pero no sabía qué significado personal podían tener para su abuela esas palabras.

Cuando Nelly cumplió veinte años Claire le regaló ese anillo antiguo de oro adornado con un óvalo de diminutos granates que recordaban a una mora y que Nelly siempre llevaba en el dedo corazón. «Antes era mío, y ahora debes tenerlo tú», le dijo entonces, y luego añadió sonriendo la frase acerca de volar que Nelly todavía recordaba muy bien.

Un día después regresó a París. Cuando su abuela se despidió de ella agitando la mano en el andén de Quimper, Nelly no sabía que esa sería la última vez que vería a la persona que más había significado para ella en toda su vida.

Nelly se quitó el anillo unos días después, y fue entonces cuando descubrió la inscripción. Se propuso preguntarle por ella a su abuela en su próxima visita a Locronan, pero ya no hubo una próxima vez.

Claire Delacourt se murió sin avisar, sin molestar, como una estrella que se apaga. Se fue sin más, sencillamente ya no se levantó de su sillón favorito, y Nelly, que estaba sentada en un banco en el Jardin du Luxembourg cuando sonó su teléfono móvil y su tío le comunicó la triste noticia, se quedó parada con su cuenco de plástico lleno de ensalada en su mano temblorosa y se sintió de pronto como una niña muy pequeña.

Tras la muerte imprevista de su abuela Nelly estuvo un tiempo tratando de averiguar qué significaba la inscripción. Le preguntó a su tío si la frase del amor omnipotente era algo así como el lema de los Delacourt. Pero su tío, que entretanto se había trasladado a la vieja casa de Locronan con su familia, no sabía nada. Tampoco el resto de la familia Delacourt. Jeanne supuso que el anillo había sido un regalo de Maximilien a su futura esposa. Aunque también pudo ser el viejo Beaufort quien trajera a su hija favorita el anillo de uno de sus viajes e hiciera grabar la inscripción, a pesar de que a Claire nunca le había faltado el valor, tampoco en cuestiones amorosas. En algún momento Nelly dejó de preguntar y vio el valioso anillo como lo que era: un legado muy personal de su querida abuela.

Pero ahora había descubierto justo esa misma frase, que siempre le había parecido muy enigmática, en una vieja novela italiana que era evidente que había sido comprada o regalada a comienzos de los años cincuenta y había acabado en la caja de libros de su abuela.

Nelly volvió a mirar la fecha y calculó. En mayo de 1952 Claire tenía diecisiete años. ¿Estaba el libro dedicado a ella? Pensativa, Nelly pasó la mano por la cubierta, en la que estaba impreso el nombre del autor con grandes letras ya anticuadas.

Silvio Toddi. ¿Quién era ese hombre? Nelly no recordaba haber oído nunca ese nombre en la gran casa de piedra de Finistère, pero eso no significaba nada. Se quedó pensando. ¿Era posible que su abuela hubiera conocido a un escritor italiano que le había regalado su novela con una dedicatoria?

Nelly se acercó a su ordenador con el libro en la mano. Media hora más tarde ya tenía todos los datos de Silvio Toddi, que en realidad se llamaba Pietro Silvio Rivetta di Solonghello, nació en Roma en 1886 y provenía de una familia aristocrática. Era japonólogo y en la primera mitad de los años veinte medió entre el gobierno italiano y Japón. Publicó algunas obras como periodista y escritor, pero sus novelas las firmó siempre con el seudónimo «Toddi».

Validità giorni dieci apareció en 1931 y fue sin duda una de sus novelas preferidas. De ella se hicieron varias ediciones y en los años cincuenta resurgió tras la versión cinematográfica que hizo Camillo Mastrocinque en 1940. Toddi murió en 1952 en Roma.

Nelly volvió a mirar otra vez la dedicatoria del libro y negó con la cabeza. En el año 1952 Toddi ya era un hombre mayor. No resultaba muy creíble que un hombre de sesenta y seis años, que ya casi estaba en su lecho de muerte, le prometiera el *settimo cielo* a una chica de diecisiete años. Por otro lado, cualquier otra persona podía haber comprado el libro y habérselo dedicado a una mujer que no tenía que ser obligatoriamente Claire Delacourt, que en ese momento se llamaba todavía Claire Beaufort y a quien podía no pertenecer el libro.

Todo eso, naturalmente, podría haber sido así. En realidad, el nombre de su abuela no aparecía en la dedicatoria. Pero ¿cómo se explicaba entonces que la frase en latín apareciera tanto en el libro como en el anillo de su abuela?

Amor vincit omnia.

Nelly sintió un escalofrío en la espalda. No podía tratarse de una casualidad. Tenía que existir alguna relación entre el libro y el anillo. Tenía que haber una historia en la que su abuela había desempeñado algún papel. Pero ¿cuál? ¿Qué ocurrió en mayo de 1952 en Venecia?

«Venezia». Nelly pronunció la palabra susurrando, y de pronto le pareció como una palabra mágica que podía cambiarlo todo. ¿Era realmente una casualidad que, después de tantos años, hubiera encontrado el libro justo ahora, en un momento en el que necesitaba apoyo y ayuda? ¿O era esta la señal que *mamie,* con una sonrisa indulgente, había prometido enviarle muchos años antes en la vieja cocina? Nelly giró el anillo en su dedo sin dejar de reflexionar.

«Curioso», pensó. «Curioso, curioso, curioso».

Y entonces surgió en su cabeza una idea que fue creciendo más y más, hasta que al final Nelly la expresó en voz alta.

—Debería ir a Venecia —dijo.

10

El sur siempre sonaba a nostalgia..., independientemente de que el viaje empezara en Siorapaluk o se tomara el tren en París. Era solo una cuestión de localización, pero la promesa era siempre la misma. Se viajaba al sur como si se volviera con un viejo amor.

Nelly apoyó la frente en el cristal y miró cómo el paisaje pasaba volando ante ella. Tenía las mejillas rojas y le brillaban los ojos. Había salido de la Gare de Lyon al amanecer para emprender la mayor aventura de su vida.

Podría decirse también que estaba huyendo, aunque ella no lo habría descrito así. «Demasiado dramático», habría comentado, quitándose algo cohibida un mechón de pelo de la cara. Y sería evidente que no estaba diciendo toda la verdad.

Nelly no era el tipo de persona que una fría mañana de enero decide hacer las maletas, retirar sus ahorros del banco, comprarse un bolso rojo carísimo y abandonar París... sencillamente para ir a Venecia.

Pero a veces pasaban cosas en la vida. Cosas como una tos mala o, aún peor, un desengaño amoroso. Cosas como una enigmática frase en un libro viejo. Aparte del hecho de que la lluvia de París ya casi resultaba insoportable. Y de pronto te veías en un compartimento del TGV, el sol abriéndose paso entre las nubes, el año recién estrenado, y todo parecía posible.

Una sonrisa cruzó el rostro de Nelly mientras el tren plateado seguía imparable su viaje hacia el sur. *Il sud.*

A ella misma le había sorprendido lo rápido que había sido todo. Lo lanzada que había sido. Qué deprisa había tomado la decisión, con la extraña certeza de estar haciendo lo correcto. Había buscado varios alojamientos en internet y finalmente se había decidido por un apartamento en San Polo que alquiló para cuatro semanas. ¡Cuatro semanas enteras! Nelly ya no recordaba cuándo había sido la última vez que había estado todo un mes de viaje. Le parecía bastante audaz, sí, casi descarado, y el corazón le latía con fuerza cuando confirmó el alquiler con un clic. Al elegir el barrio se había guiado únicamente por su intuición: San Polo... Le había gustado el nombre, sonaba un poco a Marco

Polo, el gran descubridor que, como ella, solo viajaba por agua y por tierra, si bien es verdad que en sus tiempos no existían los aviones, aunque Nelly no entraba en tantos detalles. Luego compró un billete de tren y una pequeña guía turística. En la maleta, aparte de pantalones y jerséis, metió también un par de vestidos ligeros e incluso unas sandalias. Al fin y al cabo, iba al sur.

Como la mayoría de las personas, de forma totalmente irracional Nelly asociaba el sur con un lugar donde siempre lucía el sol y la vida era más tranquila y apacible que en ningún otro sitio. Y eso era precisamente lo que ahora necesitaba. El hecho de haber encontrado el pequeño libro de Silvio Toddi le parecía cada vez más una señal del cielo. Había sido el pequeño empujón que tanto necesitaba. La novela iba en su bolso rojo nuevo, junto a un pequeño diccionario de italiano, y Nelly se había propuesto leerla durante el largo viaje en tren.

Se acomodó en el asiento. La primera clase era realmente mucho más espaciosa. Cuando el empleado de la taquilla de la estación le preguntó, al principio dudó unos instantes (era todavía la vieja Nelly, racional y ahorradora), pero luego dijo:

—¡Primera clase, por favor!

Sí, se marchaba, y ese año no habría liquidación extraordinaria con el banco. Necesitaba todo el dinero para viajar a Venecia. Bueno, aunque el bolso no era tan necesario...

Nelly miró feliz el elegante bolso color carmesí que estaba a su lado y que llevaba meses viendo en el escaparate de una elegante tienda de la rue du Four, sin haberse planteado nunca gastarse una suma de dinero tan insensata en algo tan pequeño. Que ese bolso iba a desempeñar enseguida un papel nada irrelevante en su vida era algo que ni siquiera imaginaba ahora, mientras acariciaba con admiración la suave piel y cerraba y abría un par de veces la hebilla dorada. Nelly no tenía muchas cosas caras. Cuando salió de la tienda con el bolso que la amable dependienta hizo desaparecer primero en una suave bolsa de tela y después en una bolsa de papel azul turquesa con letras doradas, había sentido un subidón que incluso a ella la sorprendió y todavía le duraba. ¡Claro que había cosas más importantes en la vida que... ciertos objetos! ¡Por supuesto!

A thing of beauty is a joy forever. ¿No había escrito eso el poeta inglés Keats en un poema? «Una cosa bella es una alegría para siempre». Nelly suspiró satisfecha. A veces era importante cumplir un sueño..., a pesar de que mucho, si no todo, en él se oponga a la razón.

A esa conclusión acababa de llegar Nelly cuando se abrió la puerta del compartimento. Afortunadamente era el revisor, que quería ver su billete. Nelly se alegraba de tener todo el compartimento para ella sola.

Era estupendo poder mirar por la ventanilla y ensimismarse en sus pensamientos sin ser molestada por el ruido de los periódicos o las conversaciones de otras personas. Eso era precisamente lo bueno de un viaje en tren tan largo: que tenía tiempo para pensar. Que se apreciaban los cambios del paisaje o el tiempo que hacía fuera. Que se viajaba, pero se sabía en todo momento dónde se estaba.

Nelly le mostró su billete al barbudo revisor. Él lo observó antes de picarlo.

—¡Venecia! Le queda todavía un largo viaje por delante, mademoiselle, un auténtico viaje al cielo. Espero que no le resulte aburrido. Enseguida le traerán café y algo para picar. —Mostró su bondadosa sonrisa de revisor a la joven de mejillas rojas y bonita boca que viajaba sola.

Nelly le dio las gracias y volvió a guardar el billete en el bolso.

—¿Sabe?, me gusta mucho viajar en tren —replicó, y pensó un instante si debía explicarle al revisor que en el siglo XXI todavía quedaba gente que bajo ningún concepto pisaría un avión y mucho menos volaría en él. Pero no lo hizo.

—Nos gusta oír decir eso. Que tenga un buen viaje. Transbordo a las 12:24 en Turín. *Bon voyage!* —El revisor se llevó la mano a la gorra antes de cerrar la puerta del compartimento.

«Un auténtico viaje al cielo», pensó Nelly sonriendo, y evocó de nuevo las palabras del libro de su abuela. *Il Settimo Cielo*. ¿Y si ese viaje la llevaba de forma totalmente inesperada al cielo, al séptimo, se entiende?

Nelly cogió el libro de Silvio Toddi y empezó a leer. Enseguida se vio totalmente sumergida en la lectura, que la llevó hasta Venecia mucho antes de que el tren llegara allí. Conoció todo sobre Paolo Rubini, un joven que tiene un trabajo de oficina bastante monótono en una productora de cine y que al comienzo del libro promete no ir a trabajar ese día. Poco después encuentra en una cabina telefónica de Roma un billete de ida y vuelta a Venecia en primera clase y con una validez de diez días. Corre a la estación para encontrar al legítimo propietario del billete, pero de pronto el tren se pone en marcha antes de que el honrado Paolo pueda bajarse. Y así se ve inmerso de forma voluntaria-involuntaria en una maravillosa aventura (¡casi!) sin dinero. Una desconcertante historia de amor, un nuevo trabajo y una ciudad que engancha. Pues en las pequeñas calles y los puentes arqueados de Venecia Paolo siempre se encuentra a una chica muy guapa a la que nunca llega a alcanzar y que en tres ocasiones, por motivos totalmente diferentes, solo dice una palabra: «Oh». Por lo que Paolo llama con cariño a la bella desconocida «signorina Oh».

Durante esa lectura sumamente divertida que solo interrumpió de vez en cuando para consultar alguna palabra en el diccionario, Nelly aprendió que Venecia ha sido siempre la ciudad ideal para los enamorados. Aprendió que las *calli* se dividen en dos grupos: las que visita todo el mundo y las que no pisa nadie. Y que dos personas que estén en Venecia siempre acabarán encontrándose en la Piazza San Marco.

Ese ameno librito rebosaba de expresiones poéticas y optimismo. Era una declaración de amor al amor y a la ciudad que el autor describía con palabras maravillosas. Nelly estaba impaciente por llegar. Como hechizada, siguió los pensamientos de Paolo Rubini, quien, como ella, no había visto mucho mundo y visitaba Venecia por primera vez:

> Se sintió enriquecido por el espectáculo que Venecia le ofrecía en todo su esplendor: la laguna, el espejismo de una ciudad que flotaba en un cielo rosa pálido; incluso el agua parecía ser éter y su color se iba intensificando a la vez que el del cielo. Paolo absorbió la luz que le cegaba con un brillo dorado cada vez más claro. Se sintió tan feliz como si todo le perteneciera.

Después de tres horas de lectura Nelly llegó al final feliz del libro y lo cerró. ¡Era increíble que esa novela se hubiera escrito en 1931! Hacía mucho tiempo que no disfrutaba tanto con un libro. Le habría gustado decirle a Silvio Toddi que su novela era una inyección de optimismo y buen humor. Lástima que llevara tanto tiempo muerto.

Guardó el libro en el bolso y levantó la mirada. Había estado tan concentrada en la lectura que de pronto comprobó con sorpresa que habían subido dos pasajeros más: un matrimonio que ya no tenía mucho que decirse y que la miraba con curiosidad.

Nelly les hizo un pequeño gesto de saludo y dio un sorbo a su café, que se había quedado frío. Media hora más tarde el tren se detuvo en Turín. Y otra media hora después Nelly estaba sentada en el tren que la llevaba a Venecia.

A pesar de la alegría anticipada que sentía, empezó a notarse cansada. Bostezó tapándose la boca. Once horas de viaje eran ya mucho tiempo. Miró por la ventanilla, y el paisaje se fue desvaneciendo poco a poco ante sus ojos..., ojos que a la luz de la tarde brillaban con los colores de la laguna. Aunque, naturalmente, Nelly no lo sabía porque todavía no había tenido la oportunidad de ver el agua de la Serenissima.

Y mientras el tren avanzaba kilómetro a kilómetro y a Nelly se le iban cerrando los ojos, por un momento sus pensamientos volvieron al punto de partida de su viaje: el vestíbulo de la Gare de Lyon, donde poco antes de salir el tren le había mandado una críptica postal a su prima que no creía en las señales. En ella se podía leer:

> Querida Jeanne:
> No te sorprendas al no verme en casa cuando vuelvas a París. No te preocupes. El universo sí tiene alma, estaré cuatro semanas de viaje.
> Besos,
> Nelly

11

Hacía ya más de media hora que Nelly esperaba en la estación del vaporetto de Rialto Mercato. Estaba oscuro. Empezaba a ponerse nerviosa, por no decir que le estaba entrando el pánico. El signor Pozzi, al que buscaba con la vista a pesar de no conocer su aspecto, no se dejaba ver por allí. Nelly miró el reloj por enésima vez y sacudió indignada la cabeza. Había quedado allí a las seis y cuarto con el signor Pozzi, y la aguja ya se acercaba imparable a las siete. Volvió a sacar su teléfono móvil del bolsillo del abrigo y marcó el número que aparecía en la página web de la agencia de alquiler. Volvió a saltar el buzón de voz que, con tono gruñón, le comunicaba en italiano que el signor Luigi Pozzi no podía atenderla en ese momento.

Nelly maldijo en voz baja.

Cuando después del largo viaje en tren había llegado por fin a media tarde a la Stazione Santa Lucia, ya se había puesto el sol. Nelly había salido de la estación y se había detenido fuera un rato para disfrutar de esa primera vista de Venecia. *Venezia.* ¡Por fin estaba allí!

Al pie de los escalones que bajaban de la estación estaba el Gran Canal, que brillaba sugerente bajo las luces de la estación del vaporetto de Ferrovia. A la izquierda había algunas calles estrechas iluminadas con luces de colores en las que se veían pequeñas tiendas y bares. Y unos metros delante de ella vio un puente de piedra que se arqueaba blanco y pálido sobre el Gran Canal, que empezaba más o menos allí.

Hacía más frío de lo que se esperaba. Un frío húmedo ascendía del canal, y Nelly, tiritando, se abrochó el abrigo, que estaba claro que era demasiado optimista para aquellas temperaturas. Se alegró de haberse puesto debajo pantalones y un jersey de lana. Pero también se sintió algo decepcionada al ver que en Venecia el tiempo era tan desapacible como en París. Aunque al menos no llovía.

Por suerte, la estación del vaporetto donde debía coger el barco estaba a solo unos pasos. Nelly bajó las escaleras con su maleta de ruedas azul oscuro y compró un billete en la taquilla. Luego subió al vaporetto que debía llevarla al sitio donde había quedado y que ya esperaba en el embarcadero. La mayoría de los pasajeros se instaló dentro del pequeño barco, protegidos del viento y la humedad; se sentaron en los incómodos asientos de madera mirando fijamente al frente. Nelly se quedó en la cubierta con su maleta.

Estaba demasiado nerviosa y no quería arriesgarse a que se le pasara la estación Rialto Mercato. Además, este era su primer viaje por el Gran Canal, que cruzaba la increíble ciudad flotante formando una enorme S, y quería verlo todo. El viento le apartó el pelo de la cara cuando el vaporetto inició la marcha y se deslizó ruidoso junto a los coloridos edificios y *palazzi* de varios pisos que se elevaban hacia el cielo azul nocturno. A ambos lados del Gran Canal ardían pequeños faroles y antorchas que iluminaban las fachadas de las casas; estas, con sus altas ventanas apuntadas, parecían sacadas de un cuento oriental. Las luces se reflejaban en el agua, cuya superficie se rizaba en pequeñas olas doradas, y cuando el vaporetto se deslizó lentamente por esta majestuosa calle entre las góndolas que pasaban a su lado como delgadas sombras oscuras sobre la superficie del agua, Nelly sintió que el corazón se le hinchaba de felicidad. Aquello era verdaderamente maravilloso.

Se quedó tan absorta viendo una gigantesca lámpara de cristal veneciano que resplandecía en una ventana en el *piano nobile,* el primer piso, de un pequeño *palazzo* que a punto estuvo de pasarse de estación.

Cuando el vaporetto atracó con un fuerte golpe en Rialto Mercato, que estaba justo enfrente del palacio, y Nelly volvió la cabeza y leyó el cartel, se dio un buen susto y tiró de su maleta hacia la salida por las tablas de madera de la pasarela. Se encontró entonces ante el viejo mercado de la Pescheria con sus toldos rojos.

Nelly había leído en su guía que el mercado de pescado de Venecia era uno de los más bonitos del mundo, pero a esa hora de la tarde de un frío día de enero no tenía ninguna actividad y la nave parecía un gigantesco velero abandonado.

Se paró un momento para mirar alrededor. Cuando los demás pasajeros, la mayoría de ellos habitantes de la ciudad, se bajaron del vaporetto y se alejaron con paso decidido, solo quedó delante del mercado una parejita de turistas japoneses haciéndose, entre risas y extrañas contorsiones, unos *selfies* con el *smartphone* y un largo palo de *selfie*. Nelly arrugó la nariz. Conocía esos chismes de París. No podía soportar la necesidad actual de la gente de hacerse fotos continuamente. Ella ni siquiera tenía un *smartphone,* sino un móvil de teclas antiguo con el que llamaba o mandaba SMS. Y también tenía una cámara de fotos, naturalmente. Todo a su tiempo.

Mientras la parejita de japoneses se afanaba en fotografiarse juntando las cabezas y levantando los dedos haciendo la señal de la victoria, de pronto salió de la nada un chico con una cazadora de cuero que se dirigió hacia ella a paso lento. Nelly le miró con gesto interrogante, y él sonrió.

—¿Es usted el signor Pozzi? —preguntó en italiano.

El chico se detuvo y le lanzó también una mirada interrogante.

—*Perché?...* ¿Por qué? —Sonrió, y alargó las sílabas de forma totalmente innecesaria.

—Porque he quedado aquí con él.

—*Perché?* —repitió el joven sacando un paquete de tabaco del bolsillo de su cazadora.

Nelly arrugó la frente.

—Porque... ¿Qué pasa? Usted no es el signor Pozzi, ¿verdad?

El joven sacudió la cabeza.

—Por desgracia, no —dijo—. Una lástima, ¿no? —Le guiñó un ojo mientras encendía un cigarrillo con una cerilla. La llama iluminó por un instante sus rasgos angulosos. Luego le tendió el paquete a Nelly—. ¿Quiere un cigarrillo? Podríamos esperar juntos.

—No fumo.

—Ya, me lo temía.

—Odio que la gente sea impuntual.

El joven asintió con una sonrisa apenada. Probablemente él llegaba siempre tarde. Luego extendió los brazos con un gesto jovial.

—¡Bah! ¿Por qué no se olvida de ese tal signor Pozzi? Yo podría invitarla a una copa de vino. Aquí al lado.

—De ninguna manera. —¡Empezábamos bien! No llevaba sola ni dos minutos y ya aparecía el primer gigoló que quería camelarla—. Gracias, pero me van a recoger enseguida.

—¿Está segura de que no puedo ayudarla en nada?

—Sí, muy segura —respondió Nelly con determinación—. *Buona sera.*

Le hizo un breve gesto al chico de la cazadora de cuero y se apartó unos metros con su maleta. Pocos minutos después llegó el siguiente vaporetto. Nelly vio de reojo que el chico se subía y un par de pasajeros se bajaban. Y volvió a quedarse allí plantada con su maleta y su bolso rojo.

¿Y si ese tal signor Pozzi no aparecía? Nelly sintió un escalofrío en la espalda. Esa zona no parecía estar muy transitada por la noche, al menos en enero. Y aunque encontrara el camino al apartamento de la *calle del Teatro* con la ayuda de su guía —lo que era más que improbable, ya que, en primer lugar, estaba ya muy oscuro y, en segundo lugar, Nelly tenía un sentido de la orientación catastrófico—, ¿cómo iba a conseguir la llave para entrar?

El corazón empezó a latirle aún más fuerte. Era la primera vez que reservaba un apartamento por internet y, al parecer, le había salido mal. Desesperada, casi se arrepintió de haber rechazado la ayuda del chico de la cazadora de cuero. Tal vez solo quería ser amable, sin malas intenciones. Nelly dio unos pasos arriba y abajo mirando nerviosa en todas direcciones. ¡Las siete y cinco! ¡Era increíble! «En último caso buscaré un hotel para la primera noche», pensó, cuando oyó un ruido que parecía salir de la Pescheria.

Se giró. Un hombre mayor con gorra y bastón se acercaba a ella arrastrando los pies.

—¿Es usted la signorina Delacourt? —dijo con voz ronca.

—Sí, sí, soy yo —se apresuró a confirmar Nelly. Miró con alivio al anciano, cuyos ojos marrones guiñados la examinaron brevemente.

—Luigi Pozzi —se presentó—. ¿Ha tenido un buen viaje?

—Sí —contestó Nelly—. Llevo casi una hora esperando —añadió luego en tono de reproche—. Pensaba que ya no iba usted a venir.

El anciano asintió y levantó la mano quitándole importancia al asunto.

—Tranquila, tranquila —murmuró. Era evidente que no pensaba disculparse por el retraso—. ¡Venga conmigo! La llevaré al *appartamento* —dijo señalando la oscuridad con su dedo índice torcido—. ¡Por aquí, signorina Delacourt, *andiamo!*

El hombre echó a andar con un paso sorprendentemente rápido. Su bastón resonaba en la oscuridad en el empedrado de la pequeña calle por la que torció.

Nelly suspiró para sus adentros. No parecía que el signor Pozzi estuviera dispuesto o en condiciones de ayudarla con el equipaje. Resignada, agarró el asa de su maleta y siguió al anciano.

Diez minutos más tarde Nelly tenía claro que su enorme maleta parisina no estaba hecha para una ciudad como Venecia. Siguió decidida al signor Pozzi, que la guio con la seguridad de un sonámbulo por las oscuras callejas de San Polo. En realidad, Nelly no había visto nunca una ciudad con tantos escalones. Subían y bajaban con armónica regularidad, y Nelly tiraba de su maleta sin dejar de tropezar y rogando que no se rompiera alguna de las ruedas en cualquier momento. Le costaba seguir el paso del anciano, quien de vez en cuando se giraba para comprobar que ella estaba ahí y exclamaba impaciente:

—*Andiamo, signorina Delacourt, andiamo!*

Cuando por fin llegaron al apartamento (¡cuarto piso, sin ascensor!), Nelly estaba sudando y sin aliento.

—*Ecco!* —dijo el signor Pozzi satisfecho al abrir la pesada puerta de madera empujándola con el bastón.

Luego se apartó a un lado con gesto señorial para dejar pasar a Nelly. A él no le faltaba el aliento.

Nelly avanzó indecisa... y se encontró de pronto en un *salone* decorado en estilo veneciano cuyo suelo de mármol color siena brillaba debajo de una alfombra antigua rojo oscuro. Su mirada vagó por los dos sofás color azafrán que —separados por una mesita baja de madera oscura con libros y revistas— estaban uno frente al otro, rodeados de cuadros y lámparas antiguos. Sobre la chimenea, en la pared del fondo de la habitación, colgaba un espejo plateado ya medio ciego en el que se reconoció a sí misma borrosa. Un dormitorio con pesadas cortinas de terciopelo gris azulado que daba a un pequeño jardín, un baño alargado con una pequeña ventana y una cocina con una ruidosa nevera y una mesa redonda en la que había una botella de vino de bienvenida... Nelly estaba fascinada. La casa le parecía tan acogedora que enseguida se le olvidaron las fatigas del viaje. Se volvió hacia el signor Pozzi con ojos resplandecientes.

—*Troppo bello!* —dijo.

—*Ecco!* —respondió el signor Pozzi.

Señaló con gesto serio un interruptor junto a la puerta de entrada y lo movió un par de veces arriba y abajo.

—*Riscaldamento!* —Luego giró una ruedecita junto al interruptor—. *Freddo-caldo! Freddo-caldo!*

—Miró a Nelly con gesto inquisitivo para ver si lo había entendido.

—Todo claro —aseguró ella—. El regulador de la calefacción, lo he entendido, gracias.

Después de que el signor Pozzi organizara una pequeña visita guiada por todos los armarios de la casa, por fin le puso a Nelly la llave en la mano y se despidió.

—Si tiene algún problema, llámeme —añadió—. ¡Por el *telefonino!* —Sacó un teléfono móvil de las profundidades del abultado bolsillo de su pantalón y lo agitó en el aire delante de la cara de Nelly.

Nelly levantó las cejas y asintió despacio.

—Lo haré, signor Pozzi. Pero usted tiene que contestar.

—Siempre contesto —dijo el signor Pozzi, indignado. Luego le deseó buenas tardes y desapareció.

Nelly cerró la pesada puerta de la casa tras él, y suspiró aliviada. Esperaba no tener nunca motivos para llamar al signor Pozzi. Se quitó el abrigo, dejó el bolso en la mesa baja de centro y examinó contenta su nueva casa. Recorrió pensativa todas las habitaciones, examinó los cuadros y los libros, cogió la pesada bandeja de plata que había sobre la chimenea, encendió y apagó la lámpara de pie de pantalla amarillenta, abrió una ventana y contempló el callado jardín. Luego inspeccionó los armarios y los cajones de la cocina, y descubrió un sacacorchos, con el que abrió la botella de vino.

—*Andiamo, signorina Delacourt, andiamo* —dijo con una sonrisa mientras brindaba consigo misma en el espejo de la chimenea. El vino era bueno. Se bebió una copa de un trago y notó cómo el calor fluía benéfico por sus venas. Luego subió un poco la calefacción. Deshizo la maleta y guardó la ropa bien ordenada en el viejo armario del dormitorio y en la cómoda de madera oscura y amplios cajones que había enfrente de la cama. Esta estaba cubierta con una colcha gris azulado sobre la que había repartidos un par de cojines, y resultaba muy tentadora.

Nelly no se pudo resistir y decidió descansar media hora antes de ir a tomar algo a un pequeño bar que había visto en la calle. Le dolían los brazos del inusual esfuerzo. Eran ya las nueve y media.

—Solo media horita —murmuró mientras se tumbaba en la cama y se ponía uno de los cojines de terciopelo debajo de la cabeza. Cerró los ojos y sintió que la invadía un pesado cansancio.

Luego el sueño llenó el pequeño *appartamento* de la *calle* del Teatro.

12

Venecia era la ciudad ideal para andar despacio..., al menos para los que no eran de allí, que ralentizaban sus pasos de forma involuntaria al contemplar esa pequeña maravilla que parecía estar formada solo por los *palazzi* de color rosa, los puentes de piedra y el agua de la laguna que llenaba los canales, por casas inclinadas, pequeñas torres y callejas intrincadas que de vez en cuando dejaban admirar una maravillosa vista sobre un *campo* alrededor del cual se agolpaban pequeñas tiendas y bares. San Polo estaba en el corazón de Venecia, y Nelly no se cansaba de contemplar la encantadora iglesia de Santa Maria Gloriosa dei Frari que ahora estaba rodeando.

Por la mañana se había despertado temprano y algo sorprendida al verse vestida con ropa de calle en la cama azul. Había dormido casi diez horas. Después de tomar en un bar de Campo San Polo un breve desayuno compuesto por un *cappuccino* y un *cornetto* cubierto de azúcar glas, decidió dar su primera vuelta por Venecia. Hacía sol, y disfrutó explorando cada rincón de la ciudad, que le pareció tan desconcertante como mágica y que en esa época del año estaba más vacía de lo normal.

No tenía ni idea de la cantidad de visitantes que llenaban las calles de San Marco o Rialto a partir de mayo. Y todavía faltaban un par de semanas para el famoso *carnevale,* que atraería durante unos días a cientos de miles de turistas que celebrarían la fiesta en la calle. No obstante, los escaparates de las pequeñas tiendas mostraban ya máscaras de colores y elegantes disfraces, y Nelly, para la que todo aquello era nuevo, apretó la nariz contra el cristal para verlos.

Fascinada —y esta vez equipada solo con su bolso rojo, bien sujeto, nunca se sabe—, Nelly paseó por las estrechas calles de San Polo, al final de las cuales siempre brillaba un trozo de cielo y debajo el azul verdoso de uno de los pequeños canales que cruzaban toda la ciudad formando un auténtico laberinto. Se detuvo en varios puentes pequeños para ver pasar las góndolas que se deslizaban por el agua entre las pintorescas fachadas. Después de una hora le otorgó a Venecia el título de la ciudad más lenta de Europa. Escuchó satisfecha sus pasos, que —¡de forma totalmente dromológica!— resonaban en el *sotopòrtego* que ahora cruzaba a paso lento, y la ausencia del ruido de los coches y sus bocinazos fue música para sus oídos. Estaba tan entusiasmada que por un momento se olvidó de Daniel Beauchamps y de sus problemas sentimentales. Vagó sin rumbo fijo por las pequeñas calles laterales, cruzó el Campo San Rocco con la gran Scuola en la que colgaban los cuadros del pintor Tintoretto, que iría a ver otro día, y finalmente llegó a la orilla del Gran Canal, que brillaba en tonos plateados con el sol de la mañana.

Descubrió un *traghetto*, una góndola con la que se podía cruzar al otro lado. Le dio al *gondoliere* unas monedas y subió a la oscilante barca negra en la que se cruzaba el ancho canal de pie. No le pareció un sistema muy seguro, pero el *gondoliere* con sombrero de paja y jersey de rayas le lanzó una sonrisa tan amable que no quiso mostrarse incómoda. Pocos minutos después se bajó y se encontró en otra gran plaza, el Campo Santo Stefano, donde se tomó una Orangina antes de continuar su paseo.

Como Nelly no podía evitar curiosear en los pequeños patios y callejones o detenerse delante de las tiendas, tardó un buen rato en llegar al lugar al que cualquiera que ande por Venecia acaba llegando: la Piazza San Marco.

Las campanas del Campanile tocaban al mediodía cuando Nelly se asomó por una de las arcadas que rodean la Piazza San Marco y se detuvo sobrecogida. La plaza se extendía ante ella como un gigantesco salón sin techo. Los imponentes edificios de varios pisos de las Procuradurías con sus altas ventanas terminadas en arco cerraban la plaza alargada por tres lados; al fondo se alzaba —como una corona— la magnífica Basílica de San Marcos con sus cúpulas redondas y sus torres afiladas. Sobre la puerta principal de la basílica brillaba dorado el símbolo de san Marcos, el león alado.

Nelly cruzó la plaza, que en esa época del año estaba más animada que el resto de las plazas de Venecia. Un hombre vendía en un pequeño puesto sombreros de paja de gondolero, sombrillas de encaje blanco y negro y vistosos cuadros al óleo que mostraban el Palacio Ducal, el Puente de los Suspiros o la basílica; un tipo de piel oscura con un gorro rojo lanzaba al aire balas luminosas azules que, evidentemente, también se podían comprar. En el centro de la plaza se producía una curiosa simbiosis entre los turistas y las palomas. Las palomas buscaban la comida en las manos de los turistas, los turistas buscaban la foto con la paloma en la mano. Sonriendo, Nelly observó a una americana ya mayor en cuyos brazos extendidos se habían posado varias palomas. Estaba allí plantada, como un espantapájaros con abrigo de piel, dejándose fotografiar por su marido, que le gritó: «*Now, honey, cheeeese!*» antes de apretar el disparador de su cámara.

Las sillas del Caffè Florian y del Caffè Quadri, en las que en los días de más calor los clientes disfrutaban al aire libre, estaban recogidas, el escenario para las pequeñas orquestas que amenizaban la plaza con música clásica estaba tapado, y quien quisiera tomarse un café o una copa de *prosecco* tenía que pasar dentro. Nelly miró con nostalgia tras los cristales del legendario Caffè Florian, en el que un par de clientes tomaban chocolate caliente en las mesas de madera. Los precios eran desorbitados, pero al fin y al cabo la Piazza San Marco era «el más bello salón de baile de Europa», como dijo Napoleón.

Nelly siguió avanzando y se quedó admirada ante la Torre dell'Orologio con su reloj astronómico redondo y azul con estrellas doradas y sus estatuas de los due Mori negros en el tejado, que estaban siempre listos para marcar con sus mazas las horas en la campana.

Pero lo que más le gustó a Nelly fue el Campanile. La alta torre de mampostería roja que sobresalía por encima de los demás edificios y era el símbolo de la ciudad de Venecia le entusiasmó. Se alzaba silenciosa en medio del bullicio de turistas, viandantes y palomas. Nelly miró hacia arriba y, al igual que otros miles de visitantes, intentó en vano que el Campanile encajara en la pantalla de su pequeña cámara.

Retrocedió un paso y un paso más y otro más. Y entonces chocó de espaldas con un grupo de turistas, perdió el equilibrio y se agarró al primer brazo que encontró.

El brazo pertenecía, como pudo comprobar enseguida, a un veneciano descaradamente atractivo que ejercía de guía de un grupo de turistas italianos.

—*Ehi!* —exclamó sorprendido cuando la guapa desconocida cayó por así decirlo en sus brazos, aunque fue lo suficientemente rápido como para sujetarla antes de que aterrizara en el suelo con su bolso rojo.

Una mirada burlona de unos ojos oscuros, una amplia sonrisa con unos dientes blanquísimos, un autocomplaciente *«Ciao, bella!»*, y Nelly lo tuvo claro.

Aquel tipo era uno de esos presuntuosos italianos, no cabía la menor duda.

—Es mejor ir en la dirección en la que se puede ver, *signorina,* a no ser que se tengan ojos en la nuca —bromeó él.

Nelly, algo cortada, se incorporó entre las risas del grupo de turistas.

—*Grazie* —respondió, y se vio obligada a dejar que el joven veneciano, que con una sonrisa cautivadora y en un inglés terrible enseguida se presentó como Valentino Briatore (¡Valentino, qué típico!), la ayudara a recoger el contenido de su bolso. De nuevo se confirmó en su opinión sobre los hombres atractivos. Este, aparte de decir tonterías, no parecía tener nada en la cabeza.

—¿Está sola? *Are you alone? First time?* ¿Primera vez en Venecia? *You like to join us?*

Nelly negó con la cabeza sin decir nada y cerró su bolso de forma inequívocamente brusca. Pero el veneciano no se rendía fácilmente.

—*Where you come from?* ¿De dónde es? —insistió—. *America? Sweden? Germany?*

—París —respondió Nelly, que no pensaba demostrar que en caso de duda ella hablaba mejor italiano que el desconocido inglés.

—Aaah, ¡París! —exclamó él en tono elogioso, para luego añadir—: *Verrry nice city... I love! But Venezia is mucho nicer than Paris, you will see, mademoiselle...???* Venecia es mucho mejor. —Volvió a mostrar esa amplia sonrisa despreocupada que, para el gusto de Nelly, enseñaba demasiados dientes.

Ella dejó en el aire la pregunta no formulada acerca de su nombre, le hizo un gesto de despedida y dio media vuelta para irse.

—*Wait!* —El tipo se pasó la mano por los rizos oscuros y sacó del bolsillo de sus vaqueros la cuenta de un restaurante, en la que apuntó rápidamente su nombre y un número. Nelly no pudo evitar que el guía turístico le diera su número de móvil—. *You take this!* —le ordenó él con amabilidad tendiéndole el papel—. *I'll show you*

Venice, mademoiselle. If you have time, you just call me... Llámeme, le enseñaré la ciudad. —Y le guiñó un ojo.

Nelly no era una maleducada. Así que cogió el papel y se lo guardó en un bolsillo con una pequeña sonrisa.

—*Grazie* —dijo otra vez.

—*You call me, okay?* —gritó todavía el tal Valentino a su espalda cuando ella torció en dirección a la Piazzetta.

Nelly sonrió. «Pues ya puedes esperar sentado», dijo en voz baja. Pasó por delante del Palacio Ducal rosa y blanco, que sin duda visitaría en los próximos días, y se dirigió hacia el león real que coronaba la columna izquierda de las dos que había al final de la Piazzetta y que parecía vigilar la laguna. Nelly sacó la cámara e hizo una foto. Esta vez sin incidentes. Sonrió satisfecha y dejó vagar la mirada por la laguna, sobre cuya superficie plateada destacaba a lo lejos la isla de la Giudecca. Luego decidió continuar su paseo por la Riva degli Schiavoni y desde allí echar un vistazo al famoso Puente de los Suspiros, en el que se había hecho callar hasta a Casanova.

Cuando diez minutos más tarde pasó por delante del hotel Metropole ya se había olvidado del papel que llevaba en el bolsillo del pantalón. Si alguien le hubiera dicho entonces que tres horas después iba a marcar desesperada el número de un joven veneciano llamado Valentino, se habría echado a reír.

13

Tres horas más tarde Nelly estaba en el famoso Puente de Rialto que une San Marco con San Polo, contemplando admirada la vista.

Había comido en Saraceno, un agradable restaurante que estaba justo en el Gran Canal cerca del puente y que al principio le había parecido el típico sitio para turistas. Pero los camareros fueron muy amables y atentos y le buscaron un buen sitio junto a una de las ventanas en las que, alineadas a distintas alturas como si fueran farolillos en una cuerda, colgaban mágicas lámparas de seda de estilo veneciano-oriental que a Nelly le recordaron un poco a mangas pasteleras de filigrana.

La comida también había sido deliciosa. Nelly, siguiendo las recomendaciones del camarero, pidió como entrante un *carpaccio* de pescado blanco con zumo de limón que se deshacía en la boca. Después tomó una pizza con salami que estaba exquisita con los tomates frescos y la mozzarella fundida y cuyo sabor algo picante ella suavizó con dos copas de un vino tinto que, aunque le pareció un poco fuerte para mediodía, rodó aterciopelado por su lengua. Ya se echaría luego una pequeña siesta en el apartamento.

Cuanto más lo pensaba, más genial le parecía la idea de estar un mes entero en una ciudad donde la mayoría de la gente solo pasaba un fin de semana. Esa cultura del *weekend-trip* se había impuesto en los últimos años. La gente volaba a cualquier sitio para pasar dos días y medio allí y luego todos se preguntaban por qué resultaban tan agotadoras las visitas turísticas a una ciudad.

Había una gran diferencia entre un viaje y una escapada. Cuando se viajaba de verdad había que tomarse algo de tiempo, puede que incluso mucho, pensó Nelly cuando ya iba por el postre —una bola de helado casero de limón con frutos del bosque—. Entonces uno podía permitirse detenerse en los sitios, volver a los lugares que le habían gustado o simplemente echarse una siestecita sin lamentar perderse en ese tiempo cinco monumentos.

Después de terminar la comida con un *espresso* que era fuerte y dulce e iba acompañado de una pasta *amarettino*, Nelly pagó y contempló otra vez las lámparas de seda amarillas que colgaban en la ventana.

El camarero le había explicado que eran lámparas Fortuny, fabricadas según diseños del famoso artista Mariano Fortuny, que vivió una temporada en Venecia. El Museo Fortuny, que estaba en un rincón bastante escondido de San Marco y a menudo pasaba desapercibido para los turistas, era totalmente recomendable, opinaba él. Nelly anotó mentalmente «visitar el Museo Fortuny», y luego preguntó:

—¿Y estas lámparas? ¿Se venden todavía hoy?

—¡Sí, claro! Por desgracia son muy caras. No son precisamente un *souvenir* para turistas. —El camarero sonrió satisfecho y le indicó una de las tres tiendas Fortuny, que estaba en San Marco junto al Ponte del Lovo—. Debe cruzar otra vez el Puente de Rialto en dirección a San Marco y siga por la derecha, no tiene pérdida.

Y así fue como poco después Nelly estaba otra vez en el Puente de Rialto, que ya había cruzado por la mañana en su paseo por San Marco. Esta vez también se quedó parada en el centro del puente, dejó que el sol le diera un momento en la cara, puso el bolso en la barandilla que tenía delante y contempló el resplandeciente Gran Canal que a lo lejos se desdibujaba mezclándose con el cielo.

Silvio Toddi no había exagerado, Venecia era algo único. Todavía. Nelly también se empapó de la luz de aquella primera tarde en la ciudad. Se preguntó si también su abuela Claire habría estado alguna vez en ese puente que ofrecía una vista tan grandiosa del canal.

Se apoyó en la barandilla de piedra y miró una góndola llena de gente que se deslizaba majestuosa hacia el puente.

Nada indicaba que poco después iba a producirse un pequeño accidente que al final resultó ser —como ocurre a menudo con los pequeños accidentes— lo mejor que le podía haber pasado.

Pero Nelly todavía no sabía nada de todo esto. Quizá fue el vino tinto lo que le hizo ser algo imprudente, o tal vez fuera solo mala suerte. El caso es que Nelly se inclinó un poco más para poder ver mejor la góndola con los japoneses sonrientes y el gondolero cantando entusiasmado, cuando alguien pasó deprisa a su lado. Un empujón, un grito de sorpresa... y el bolso rojo que estaba en la barandilla delante de ella cayó como una piedra y aterrizó no en el Gran Canal, sino en la parte posterior de la góndola, sin que el gondolero ni los turistas se enteraran de nada. Sin ser consciente de la similitud con la protagonista de la novela de Toddi, la boca de Nelly formó un horrorizado «¡Oh!» al que, tras el primer segundo de sorpresa, le siguió un fuerte «¡Oh..., no!».

—¡Mi bolso! ¡Mi bolso! —gritó Nelly en francés porque en ese momento no le salió la palabra italiana para bolso. Hizo señas hacia abajo sin parar de gritar:

—¡Eh! ¡Hola! ¡Mi bolso! ¡Se me ha caído el bolso!

Los turistas del grupo japonés que iban sentados en la góndola miraron hacia arriba al unísono, asintieron sonriendo y devolvieron el saludo encantados con esa muestra de hospitalidad europea.

Y mientras el gondolero cantaba *O sole mio* sin inmutarse y el remo volvía a hundirse en el agua con un suave movimiento, la góndola desapareció por debajo del Puente de Rialto.

En una película Nelly habría encontrado toda esa situación muy divertida —esas son precisamente las escenas que definen una buena comedia—, pero por desgracia todos sabemos que solo el arte es divertido. La vida es seria, a veces incluso muy seria.

Así que después de que la góndola desapareciera con el bolso bajo la mirada atónita de su propietaria, Nelly se quedó un rato como petrificada encima del puente.

Pensó lo que la mayoría de las personas piensan en una situación tan desesperada como esa. Pensó: «¡No puede ser verdad!». Pensó: «¡Esto no me está pasando a mí!». Pensó: «¡No es a mí a quien se le ha caído el bolso en una góndola!».

Cuando se dio cuenta de que el accidente del Puente de Rialto no era el espejismo de una pesadilla que desaparecería al despertarse, se le escapó una fuerte exclamación en francés que en circunstancias normales jamás habría salido de sus labios, pero que describía bastante bien la situación.

En realidad, la pérdida de un pequeño bolso no tenía por qué ser demasiado dolorosa, aunque fuera, como en este caso, un bolso carísimo. La auténtica tragedia era que Nelly, antes de abandonar su *appartamento* por la mañana, buscó en vano un *tesoro* en el que poder guardar sus cosas de valor y todo lo que no necesitaba en un primer paseo por una ciudad desconocida.

Pero cuando comprobó que en la pequeña vivienda no había ninguna caja de seguridad y además observó intranquila que para cualquier escalador entrenado sería muy fácil entrar por la ventana de la cocina para robar todo lo que se puede robar a los turistas ingenuos, decidió no vaciar el bolso. Y eso significaba —¡horror!— que en el bolso llevaba todo, pero realmente todo: dinero en efectivo, todas las tarjetas de crédito, su *carte d'identité,* su agenda, el plano de la ciudad y el billete de vuelta, que en este caso tenía una validez de cuatro semanas. Y, naturalmente, también su teléfono móvil y la llave de la casa de San Polo.

Nelly estaba a punto de echarse a llorar. ¿Dónde había quedado la belleza de aquel día, dónde? ¡En una góndola veneciana!

Tenía que hacer algo, pero ¿qué? ¿Qué se hacía en un caso así? Ir a la policía. O a la embajada francesa.

Nelly no estaba segura de que en Venecia hubiera una embajada de Francia, pero conocía la *questura* por una novela de Donna Leon. Así que preguntó a la primera persona que pasó que le pareció en cierto modo de confianza y en cierto modo italiana para que le indicara el camino.

En realidad, podría haber ido en el vaporetto hasta Santa Croce, donde estaba la *questura,* pero en primer lugar no tenía dinero y en segundo lugar las indicaciones que le dio la anciana italiana no eran tan confusas. En principio.

La amable señora vestida de negro le indicó con una paciente sonrisa que debía volver a bajar el puente y luego simplemente mantenerse a la izquierda para torcer en la segunda calle a la derecha, luego seguir recto y a unos doscientos metros tendría que pasar un pequeño puente donde había una tienda de telas, no había pérdida, y allí otra vez a la izquierda...

Nelly probó suerte y se puso en camino.

Después de preguntar a otras siete personas, la mayoría de las cuales no eran de allí y las demás se rascaban la cabeza y empezaban siempre con la misma frase —«¿La *questura*? Oh, es muy fácil...»—, Nelly ya estaba harta.

Ya no sabía dónde se encontraba en medio de aquel caos de canales, puentes y calles estrechas. En algún momento había pasado por un puente de madera grande en el que había una flecha donde ponía *Accademia*, pero de eso hacía ya un buen rato. En cualquier caso, de pronto le pareció estar en esas *calli* que Toddi describió como las que no pisaba nadie.

Hacía cinco minutos que no veía ni un alma.

¡Si al menos pudiera llamar a alguien por teléfono! Pensó con nostalgia en su prima Jeanne, a la que había despachado con una simple postal y que seguro que ya había vuelto de Bretaña. Incluso al malhumorado signor Pozzi habría podido imaginárselo como su salvador si hubiera tenido su número a mano... y un teléfono, naturalmente.

Y entonces se acordó del papel que llevaba en el bolsillo del pantalón..., lo único que no había perdido.

En contra de su costumbre, esta vez Nelly no vio aquí ninguna señal. Pero sí vio el famoso clavo ardiendo, al que se agarró al momento.

Poco después entró tropezando en un pequeño *caffè-bar* —por extraños caminos y sin saberlo había llegado a uno de los rincones más apartados de Dorsoduro— y preguntó si podía llamar por teléfono.

El *barista* la miró sorprendido. Era evidente que no era frecuente que llegara a su bar un turista perdido y le pidiera llamar por teléfono.

—*Si tratta di una situazione di emergenza!* —aseguró Nelly. ¡Era una emergencia!

El hombre le entregó su teléfono móvil sin decir nada.

Nelly suspiró aliviada.

—*Grazie! Grazie mille!* —exclamó exultante.

El hombre sonrió suavemente.

—*Prego mille!* —respondió mirando a la atractiva y nerviosa joven mientras ella sacaba un trozo de papel y marcaba un número en su *telefonino*.

—*Pronto?*

Nelly casi se desmaya de alegría al reconocer la voz del guía turístico de la Piazza San Marco.

—¿Valentino? —preguntó por seguridad.

—*Sì!*

—¡Ah, Valentino, gracias a Dios! ¡Es estupendo hablar con usted! —dijo Nelly en su más sonoro italiano—. ¿Sigue en pie su generosa oferta de esta mañana de que podía llamarle en cualquier momento? ¡Por favor, tiene que venir enseguida! Estoy... —Miró al *barista* con gesto interrogante y él le dio una dirección que ella repitió enseguida—. Sí, sí. Aquí solo hay un bar. Me he perdido. Y... he perdido el bolso... ¡con todo dentro! —Le habría gustado llorar de alivio porque había alguien a quien conocía. O al que conocía un poco—. ¡Tiene que ayudarme, Valentino, por favor!

Al otro lado de la línea reinó por un momento un silencio estupefacto.

—Sin problema. Claro que la ayudaré. En diez minutos estoy ahí —dijo Valentino Briatore—. Pero ¿con quién hablo?

Nelly se sorbió los mocos por el auricular.

—Con Nelly Delacourt. La chica de la Piazza San Marco. La del bolso rojo.

14

En realidad, Valentino Briatore no había contado con volver a saber nada de la chica del bolso rojo que había acabado en sus brazos de forma tan sorprendente en la Piazza.

Aunque sí esperaba hacerlo.

Desde su primer encuentro, que para ella no fue voluntario pero a él le pareció un golpe de suerte, no podía quitarse a esa chica francesa de la cabeza. Y eso que ella no había dicho mucho más que *grazie*. Era algo muy raro.

Una mirada de esos ojos grandes y serios que aparecieron de pronto y de forma tan sorprendente ante su cara... y el corazón le dio un salto hasta el cuello. Por un instante solo existieron en la Piazza esa arrebatadora joven y él. Todo lo demás desapareció..., los turistas, las palomas, el Campanile, sí, incluso el cielo de San Marco palideció en silencio ante esos ojos en los que Valentino Briatore se sumergió como en un mar profundo.

Pero el mágico momento pasó con la misma rapidez con la que había surgido. Apenas duró más que una de las campanadas cuyo eco llegaba desde el Campanile.

Ella dijo *grazie* y se liberó de sus brazos, él trato de ser gracioso, hizo el ridículo con su penoso inglés mientras pensaba qué podía hacer para evitar que ella desapareciera de su vida antes de tener la oportunidad de conocerla.

Le había dado su número de teléfono, que ella se guardó sin mucho interés en el bolsillo del pantalón. Ella ni siquiera le había dicho su nombre. Para ella no había sido un momento mágico. Y cuando le hizo un breve gesto y se alejó con paso decidido hacia la Piazzetta, él supo que no iba a volver a verle.

¡Y ahora esta llamada! Tenía que existir un dios protector de los amantes. Y estaba claro que tenía mucho sentido del humor. Al parecer alguien le había robado el bolso y ahora ella buscaba su ayuda.

Valentino volvió a guardarse el *telefonino* en el bolsillo del pantalón y, con una amplia sonrisa, abandonó el café en el que se acababa de tomar un *espresso* y que casualmente estaba cerca del bar de Dorsoduro donde le esperaba la chica desesperada.

Al principio no había reconocido la voz agitada del teléfono. ¿Quién era esa mujer con un acento tan gracioso que le preguntaba si seguía en pie su oferta y le suplicaba que fuera lo antes posible? Cuando se dio cuenta de que era *ella*, la chica que rondaba por su cabeza desde el choque en la Piazza San Marco, gritó de alegría por dentro. ¡Nelly Delacourt! ¡Así que ese era su nombre! Para su sorpresa, ahora de pronto hablaba un italiano bastante aceptable. Eso simplificaría las cosas. En su lengua materna, de eso estaba Valentino seguro, resultaría mucho más convincente que con su lamentable chapurreo en la Piazza. Ahora podría desplegar todo su encanto y su gracia para impresionar a la chica francesa. Por desgracia, nunca había tenido una especial facilidad para los idiomas. Sus talentos estaban en otros ámbitos.

Valentino no era (como podría hacer suponer su nombre) un caradura. Pero tampoco era tímido. Era un hombre llamativamente guapo y alto que no pasaba desapercibido a las mujeres fácilmente. A él, en cambio, desde los catorce años le fascinaban esas misteriosas, contradictorias y maravillosas criaturas. Las mujeres le parecían mucho más interesantes que los hombres. Y apreciaba la belleza cuando la tenía delante. No solo en las pinturas de Tiepolo o Tiziano, sino también en la Piazza San Marco.

En cualquier caso, en sus veintisiete años de vida no le había pasado nunca algo así al veneciano de rizos oscuros. Ni así, ni parecido.

Cuando poco después Valentino Briatore empujó la puerta del algo decrépito bar de Dorsoduro, la única cliente que había dentro estaba en la barra con una *grappa*. Era evidente que el *barista* se había compadecido de la joven, cuyo gesto serio se iluminó cuando él entró.

—Vaya, jamás habría pensado que volveríamos a vernos tan pronto —dijo Valentino, y sonrió.

—Yo tampoco —respondió Nelly haciendo honor a la verdad—. Gracias por haber venido tan deprisa. Es usted muy amable. —Sonrió y se bajó del taburete—. No sé qué hacer. Me he quedado sin nada. Sin dinero ni tarjetas. Y sin la llave ni siquiera puedo entrar en mi apartamento —añadió abatida—. Si no hubiera tenido su número, entonces... —Se calló, avergonzada.

Valentino sonrió. Una mujer que no sabía a quién acudir era el premio gordo de la lotería.

—No se preocupe, lo resolveremos —dijo con un gesto tranquilizador, y dio gracias al cielo por que Nelly Delacourt no hubiera tirado a una papelera el papel con su número de teléfono—. Pero..., cuénteme..., ¿dónde le han robado el bolso?

Nelly le miró sorprendida y negó con la cabeza.

—No, no, no me lo han robado. Se ha ido a dar un paseo en góndola. —Suspiró poniendo los ojos en blanco.

—¿En góndola? —repitió Valentino atónito—. ¿Quiere decir... que se lo ha dejado en una góndola?

Nelly volvió a negar con la cabeza.

—Se me cayó desde el Puente de Rialto y fue a parar a una góndola.

Valentino no pudo evitar reírse.

—¡Dios mío! ¿Cómo lo ha conseguido?

—¿La suerte del principiante? —respondió Nelly, y también se rio—. ¿Cree que podrá ayudarme?

—Creo que algo se puede hacer —dijo Valentino, que en cuestión de segundos se había percatado de que aquella era su gran oportunidad—. La situación es desesperada, pero no seria. ¡Venga conmigo!

El sol no se había puesto del todo cuando Nelly ya tenía otra vez en sus manos el valioso bolso. Estaba sentada con su «guía turístico» en una *trattoria* de San Marco y no se podía creer la suerte que había tenido.

Valentino Briatore había conseguido rescatar el bolso perdido gracias a su red de contactos entre los gondoleros. Increíblemente aliviada, Nelly tenía apoyado sobre sus rodillas el bolso, al que no le faltaba nada, y observaba agradecida al joven que había realizado ese pequeño milagro.

Al principio Nelly había seguido con sentimientos encontrados al chico veneciano de ojos color chocolate, que seguro que ya habían derretido el corazón de más de una mujer (¡por suerte con ella no existía ningún peligro!), hasta Fondamenta Orseolo, una zona no lejos de la Piazza en la que varias góndolas se mecían en el agua esperando nuevos clientes. Apenas se habían acercado al Servizio Gondola cuando un gondolero ya había salido disparado hacia Nelly.

—*Gondole, gondole!* —gritó, invitándola a subir a una góndola negra con asientos color burdeos.

—Busco mi bolso —dijo Nelly.

—*Ciao*, Sebastiano! —dijo a su vez Valentino.

Se llevó a un lado al hombre de jersey de rayas y sombrero plano de paja, que se empujó el sombrero hacia delante y se pasó la mano por la nuca. Un minuto después empezó un parloteo salvaje al que se incorporaron otros tres gondoleros. Los hombres hablaron y gesticularon, sacaron sus *telefonini*, por los que gritaron frases rapidísimas, y Nelly, que enseguida renunció a seguir la discusión, solo entendió algunas palabras sueltas como «Rialto» y «bolso» y «difícil» y «favor» e «importante». Asintió. Sí, era importante. Por no decir vital.

De pronto los gondoleros enmudecieron y miraron a Nelly con gesto interrogante.

—¿Cuándo ocurrió lo del bolso? —tradujo Valentino.

Nelly se llevó el dedo a la nariz.

—Hacia... las tres, creo.

Empezó otra vez el parloteo, y Nelly, que quería colaborar, le tiró a Valentino de la manga.

—Iban japoneses en la góndola —dijo en voz baja—. Y el gondolero cantaba *O sole mio* cuando pasaron por debajo del puente.

Valentino asintió. Repitió en voz alta lo que ella había dicho, y los hombres de las camisetas de rayas estallaron en fuertes carcajadas.

Nelly se puso roja como un tomate y frunció el ceño.

—¿De qué se ríen tanto? Solo quiero ayudar.

Valentino levantó la mano para tranquilizarla.

—No se enfade, *signorina,* pero eso no sirve de mucha ayuda.

Nelly no llevaba en Venecia el tiempo suficiente como para saber que todos los gondoleros cantan a veces (o casi siempre) *O sole mio* y que una de cada dos góndolas va llena de japoneses.

—Vale —admitió—. Espero que no se le haya olvidado mencionar que el bolso es rojo. *Una borsetta rossa!* —repitió con insistencia mirando a los gondoleros, que empezaron a telefonear otra vez. Este parecía haber sido el dato decisivo. Tampoco podía haber tantos bolsos rojos en las góndolas venecianas.

De hecho, solo había un bolso rojo en una de las góndolas de la ciudad de la laguna. Reposó tranquilamente a la sombra de dos cojines con forma de corazón hasta que Mariano Bruni, el propietario de la góndola, lo sacó de entre los asientos. Ya terminaba su jornada laboral cuando por medio de la cadena telefónica se enteró de que últimamente había turistas medio locas que tiraban sus bolsos desde los puentes directamente sobre las góndolas.

—¡Hay que ser tonto! —murmuró Mariano meneando la cabeza y sacando el teléfono de su bolsillo para comunicar el hallazgo.

El sol se ponía como una bola roja sobre la laguna cuando Valentino dio por terminado el tiempo de espera. Había desaparecido durante media hora para luego volver a la *fondamenta* y, con una sonrisa de orgullo y las palabras «¿Es este?», mostrarle a Nelly su bolso. Ella sintió tal alivio que, espontáneamente, se tiró a su cuello. Luego retrocedió unos pasos, avergonzada.

—En el futuro debe tener más cuidado. —Valentino le entregó el valioso objeto. Luego miró sonriendo a la joven que tenía tendencia a dejar por ahí su bolso—. Me debe un favor —dijo con voz calmada.

Nelly asintió solícita.

—Sí, lo sé. Le invito a cenar. —Dio unos golpecitos en el bolso—. Ahora ya tengo dinero.

Valentino negó con la cabeza.

—Soy veneciano, *signorina*. Yo la invitaré a cenar.

Una vez aclarado el asunto, Valentino Briatore condujo a Nelly Delacourt hasta su *trattoria* favorita.

Ya estaban casi en el postre y Valentino tenía la mala sensación de no haber avanzado un solo paso. Cuando en la *fondamenta* la chica parisina se había tirado a su cuello y durante un momento había estado en sus brazos por segunda vez aquel día, se había sentido muy confiado. El contacto físico le había parecido tan normal y natural que esperaba que hubiera sido el comienzo de algo maravilloso. Pero solo había sido un impulso de desahogo por el que ella se había dejado llevar. Durante la cena le había agarrado la mano una vez de pasada, pero ella la había retirado al instante.

En cualquier caso, había sido una velada muy agradable. Nelly —ya habían pasado al tú— había perdido la timidez. La alegría por haber salido indemne del incidente y no tener que pasar la noche en la *questura* ni poner fin de golpe a sus vacaciones recién empezadas la había puesto de buen humor. Se rio con Valentino y ella misma también contó algo sobre París, sus estudios de dromología (¡fuera lo que fuese eso!), su llegada a Venecia, que se la esperaba con un tiempo más caluroso, el gruñón signor Pozzi y el fatigoso camino tirando de la enorme maleta de ruedas.

—A pesar de todo, ahora ya puedo decir que Venecia me ha hechizado totalmente —exclamó con los ojos brillantes y las mejillas sonrosadas por el vino—. Aquí todo es tranquilo. Todo está lleno de silencio y belleza.

Valentino tuvo que reírse.

—Así es Venecia en invierno —respondió—. Ahora la ciudad cae durante un breve periodo de tiempo en un sueño maravilloso y nos pertenece otra vez a nosotros, los venecianos. Pero espera a que llegue el carnaval o la primavera con todos esos turistas de un día que se agolpan en la Piazza, dejan todo lleno de basura y peregrinan en manadas hasta el Puente de Rialto. Entonces es menos bella y silenciosa.

—Entonces es una suerte haber venido ahora —opinó Nelly.

—Oh, en abril, mayo o junio también pueden encontrarse sitios tranquilos en Venecia —se apresuró a asegurar Valentino—. Solo hay que saber dónde están.

—Pues no me voy a quedar tanto tiempo. —Se rio. Estaba tan guapa cuando se reía. Debía tener cuidado de no mirarla tan fijamente.

—¿Cuánto tiempo vas a estar?

—Cuatro semanas.

—¿Cuatro semanas? ¡Vaya! —Intentó no dejar ver su alegría y giró las últimas *fettuccine* Alfredo en su tenedor. ¡En cuatro semanas podían ocurrir muchas cosas!

Nelly asintió.

—Sí. Tenía la sensación de que debía salir de París una temporada.

—Ajá.

—Tenía... una tos mala.

—¿Y querías curarte aquí?

—Sí. —Asintió, y resopló de risa en su copa de vino—. Pensé en viajar al sur.

Él también se rio. Luego le lanzó una mirada inquisitiva.

—Pero seguro que ese no era el único motivo, ¿verdad?

Notó su repentina confusión. Vio la infelicidad en sus ojos.

—Bueno..., digamos que... estoy siguiendo las huellas de mi abuela —dijo ella finalmente, revolviendo ensimismada los restos de sus *spaghetti alle vongole* en el plato—. Me hablaba a menudo de Italia entusiasmada.

No era difícil adivinar que la historia de la abuela no era toda la verdad. Pero Valentino tuvo el tacto suficiente para no seguir preguntando. En realidad, tampoco era tan importante saber cuál había sido el motivo del viaje de Nelly a Venecia. Cada viaje tenía su motivo. Pero cuando se llegaba al destino podía cambiar todo. Podía ocurrir, incluso, que el sentido original del viaje quedara en un segundo plano. Eso era precisamente lo excitante de viajar: no se podía saber nunca lo que iba a pasar.

Naturalmente, Valentino no sabía que había sido un desengaño amoroso lo que había hecho a Nelly huir de París, que era considerada por todos como la ciudad del amor. Pero sabía que ella le ocultaba algo. Aunque eso tampoco le preocupaba. Ni siquiera le habría desanimado el hecho de saber que la enigmática joven que de pronto se quedó callada y empezó a pintar con el tenedor en el mantel amarillo le había entregado su corazón a otro. Un hombre que estaba a punto de enamorarse no se rendía tan pronto. Valentino, que siempre veía el lado bueno de las cosas, con toda probabilidad habría dicho que en cualquier caso era mejor enamorarse de una chica que ha sufrido un desengaño amoroso que de una chica que está enamorada.

—¿Un postre? ¿Un tiramisú o un zabaione? —preguntó para cambiar de tema.

Nelly negó con la cabeza.

—Me temo que ya no puedo más.

—¿Y un *espresso*? Un *espresso* siempre sienta bien.

Sí, un *espresso* siempre estaba bien. Comprobó con alivio que Nelly volvía a sonreír. Pero después del *espresso* la cena se acabó definitivamente. Nelly dijo que estaba muy cansada y quería meterse en la cama cuanto antes. Valentino insistió en acompañarla a su apartamento de San Polo.

—No vaya a ser que te vuelvas a perder o, peor aún, que pierdas el bolso otra vez.

Caminaron en silencio por la ciudad. Valentino no eligió el camino más corto precisamente. Habría podido seguir andando toda la noche, pero en algún momento llegaron a la *calle* del Teatro.

—Gracias por todo. —Nelly sacó la llave del bolso y sonrió.

Estaban uno frente al otro en la callada calleja. Hacía frío. Una neblina cubría los pequeños canales. Valentino la miró a los ojos, le habría gustado besarla. De forma involuntaria, dio un paso adelante. Ella le puso una mano en el pecho con gesto compasivo y le apartó con suavidad.

—Me temo que no es una buena idea.

—Pero ¿por qué...?

Ella le miró con sus grandes ojos.

—Mi vida ya es bastante complicada en este momento, Valentino. No quiero complicarla aún más.

Él asintió. Era la primera vez que Nelly pronunciaba su nombre.

—Pero ¿por qué quieres ser desgraciada cuando puedes ser feliz? —insistió.

—Nadie quiere ser desgraciado.

—Entonces olvídate de tu vida complicada y déjame ser tu ministro de pensamientos bonitos.

Ella tuvo que reírse.

—¿Mi ministro de pensamientos bonitos? Me gusta.

—¿Podemos volver a vernos? ¿Mañana tal vez?

Ella negó con la cabeza, sonriendo.

—¿Pasado mañana? ¿Pasado pasado mañana?

—¿Es que no tienes que trabajar, Valentino Briatore? ¿No tienes que enseñar la Piazza San Marco a más turistas?

Ella seguía pensando que Valentino era un guía turístico, y él dejó que lo creyera.

—*Carissima*, preferiría enseñarte Venecia a ti. Guía privado. —Extendió los brazos—. Toda la ciudad es tuya.

Ella asintió levemente.

—Ya veremos.

—Ahora tienes un amigo en Venecia.

—Te lo agradezco.

—Pues si vuelves a perder el bolso, me llamas, ¿prometido?

—Prometido.

Nelly le sonrió y desapareció en la entrada de su casa.

Valentino regresó sin prisa por las calles oscuras a Dorsoduro, donde vivía. Sus pasos resonaban en el desigual empedrado mientras él repasaba mentalmente aquel curioso día. Cuando por la mañana se ofreció a enseñar San Marcos a unos napolitanos conocidos de su padre, no contaba con encontrarse con ella. Ella, que tenía el precioso nombre de Eleonore pero lo había cambiado por la forma abreviada de Nelly porque le parecía «demasiado rimbombante». Meneó la cabeza. Nelly sonaba demasiado normal para esa chica que era tan especial. Y también un poco misteriosa. Y un poco reservada. ¿A qué se refería con aquello de que su vida era demasiado complicada? ¿Era la amante de un hombre casado o estaba metida en algún lío? Le había contado muchas cosas de París, algo sobre sus estudios y casi nada sobre su vida privada. Cuando durante la cena le había preguntado medio en broma si estaba con alguien, ella se había encogido de hombros y había respondido con otra pregunta.

—¿Estaría entonces sola en Venecia, la ciudad de los enamorados? —dijo sonriendo con sarcasmo.

Pero entonces... ¿qué hacía cuatro semanas en esta ciudad que en invierno visitaban los fotógrafos o los amantes empedernidos de Venecia que querían tener la Serenissima para ellos solos y, en último caso, resignarse con el *acqua alta* y las botas de agua?

A Valentino le habría gustado saber qué le ocultaba Nelly. A veces ella daba vueltas al anillo de granates que a él enseguida le llamó la atención..., no solo porque era antiguo y las piedras estaban muy bien talladas, sino también porque era la única joya que ella llevaba.

—¿Una joya heredada? —le preguntó, sintiéndose aliviado cuando ella asintió. Al parecer le había regalado el anillo la abuela cuyas huellas ella iba siguiendo (una excusa..., ¡estaba claro!).

—Sin este anillo yo no habría venido a Venecia, seguro —dijo ella pensativa. Y luego levantó la mirada y le hizo una pregunta que en cierto modo le sorprendió porque parecía totalmente fuera de contexto.

—¿Te dice algo el nombre de Silvio Toddi?

—¿Silvio Toddi? No lo había oído nunca. ¿Por qué? ¿Vive aquí?

Su estúpido corazón empezó a palpitar celoso. ¿Quién era ese tal Toddi? ¿Era él el motivo por el que Nelly había ido a Venecia?

Nelly se rio e hizo un movimiento indeterminado con la mano.

—No, no.

—¿No, no?

—Bah, olvídalo. No es tan importante.

—Bueno..., está bien.

Se rieron los dos, cada uno por un motivo.

Por desgracia, la velada no había terminado como Valentino hubiera querido. Pero no estaba todo perdido. Sobre todo cuando tenía cuatro semanas por delante, una dirección y el número de un teléfono móvil. Lo había conseguido por la tarde, cuando iban hacia la *fondamenta*, con el pretexto de poder así informar a Nelly sobre los avances en el asunto de su bolso.

Valentino cruzó otro pequeño puente, torció a la derecha y entró en un estrecho *sotopòrtego* tras el que había una pequeña plaza.

Cuando abrió la puerta de su casa en silencio estaba ya convencido de que la gente del norte —y para Valentino Briatore el norte era todo lo que estaba más allá de Milán— simplemente pensaba demasiado. Le daba vueltas y vueltas a las cosas en su cabeza, no perdía de vista sus problemas, esperaba siempre lo peor y buscaba la desgracia como si les pagaran por ello. ¡Cuando era mucho mejor buscar la felicidad!

Él, en cualquier caso, no iba a esperar a que Nelly Delacourt perdiera otra vez el bolso. ¡Eso estaba claro!

15

*N*elly estaba sentada al sol en las escaleras de la iglesia de Santa Maria della Salute, y acababa de desenvolver un sándwich cuando le sonó el móvil.

Ese tipo la perseguía con una tenacidad admirable. Valentino Briatore llevaba varios días llamándola para proponerle todas las citas posibles. Pero ella había ido a Venecia buscando la tranquilidad. Y eso significaba que también quería reflexionar con calma sobre el asunto del profesor Beauchamps. En otras palabras: quería estar triste con calma, y ese veneciano con la cabeza llena de salvajes rizos marrones y la boca siempre sonriente quería impedírselo. ¡Su ministro de pensamientos bonitos! Nelly sonrió de forma espontánea. Era muy amable de su parte, pero ¿de qué servía eso cuando se está de luto?

Sí, de luto, porque el corazón le pesaba cada vez más cuando pensaba en Daniel Beauchamps. Las cosas no iban tan deprisa. Dio vueltas por la callada ciudad, y cuando veía un *palazzo* especialmente bonito o las góndolas vacías que se deslizaban balanceándose por la Riva degli Schiavoni arriba y abajo esperando la primavera, o cuando sencillamente recorría al atardecer una calleja especialmente pintoresca, se imaginaba cómo sería si el profesor estuviera a su lado.

Venecia era una ciudad demasiado romántica para estar sola. No era de extrañar que la melancolía se apoderara de ella. Sí, anhelaba el amor. Pero no una aventura con un tipo (supuestamente) simpático y caradura que acabaría en un abrir y cerrar de ojos. Los italianos solo querían conquistar a las chicas guapas..., eso era allí una especie de deporte.

El teléfono dejó de sonar.

Nelly mordió un trozo del suave pan blanco que estaba cortado en dos apetitosos triángulos y relleno de *prosciutto*, huevo y alcaparras, y masticó satisfecha.

Tras un primer día desesperante en el que había perdido el bolso, los tres días siguientes habían resultado muy agradables. Por la mañana había dormido hasta despertarse, que por lo general había sido bastante temprano. Luego había tomado un pequeño desayuno en un bar de Campo San Polo y a continuación había hecho su ronda diaria por la ciudad, siempre por calles y barrios distintos. Había estado en varias tiendas de máscaras, y finalmente había entrado en un pequeño taller llamado Il ballo del doge, donde una joven italiana estaba sentada en una mesa pintando sus propias máscaras, y había comprado un antifaz azul claro con el borde dorado que seguro que no usaría nunca. Había ido —naturalmente— otra vez a la Piazza, había contemplado la Basílica de San Marcos y luego había realizado una visita guiada por el Palacio Ducal, donde había admirado la grandiosa Sala del Consejo y había sentido un agradable escalofrío al ver las mazmorras antiguas. Había tomado el mejor *cappuccino* de su vida —decorado con un corazón algo torcido que reflejaba el estado de su propio corazón— en un café de las arcadas de la Piazzetta, y detrás de la estación del vaporetto de San Zaccaria se había sumergido, a través de una arcada, en el laberinto de calles pequeñas. En ellas se alineaban, una tras otra, tiendas de antigüedades con espejos dorados y hombres negros con túnicas rojas que portaban candelabros en la mano, papelerías con libretas de bonita encuadernación y elegantes portacartas, confiterías con pastas de *amaretto* envueltas en papel de colores y montañas de bombones blancos, y tiendas de zapatillas venecianas de terciopelo y bailarinas de seda de todos los tonos posibles.

En el escaparate de una pequeña joyería se había enamorado de golpe de unos pendientes de perla antiguos y finalmente los había comprado entre las exclamaciones de entusiasmo de la vendedora *(«che bello!»)*. Venecia era muy tentadora, y allí, tan lejos de casa, regían de pronto otros criterios. Nelly se había llevado puestas las perlas bamboleantes con su superficie irregular de brillo rosado. Poco después, de vuelta a casa había tenido que refugiarse de un pequeño aguacero en el hotel Metropole. Había estado casi dos horas sentada como una princesa veneciana en el salón decorado con muebles de terciopelo rojo y mesas y arcones orientales, tomando un té servido en una pequeña tetera de plata.

La tarde anterior había descubierto por casualidad el Museo Fortuny, que estaba en el pequeño Campo San Beneto. Salía de una calle estrecha y oscura y se encontró de pronto ante el *palazzo* rojizo en cuyo primer piso había un museo..., una sala oscura y mágica a la que se accedía por una gastada escalera de madera y que estaba llena de tesoros. Nelly había estado un rato recorriendo la sala de techo alto, que esa tarde estaba casi vacía y parecía el taller de un artista.

Enormes pinturas al óleo colgaban en penumbra en las altas paredes, figurines con largos vestidos plisados de colores pálidos se exhibían entre sillones de terciopelo y biombos decorados, y detrás se abrían pesadas cortinas de fantásticos diseños para dejar ver una alta pared pintada. Era un lugar donde uno podía olvidarse del tiempo.

Cuando algo después Nelly paseaba no lejos del Puente de Rialto por la orilla del Gran Canal, incluso había encontrado el Venetia Studium con las lámparas Fortuny que el amable camarero del Saraceno había mencionado. Las lámparas de seda colgaban en el escaparate entre caros chales de terciopelo de color burdeos y turquesa y pequeñas bolsas de cordón retorcido, y eran realmente extraordinarias. Por desgracia, también eran extraordinariamente caras. Al menos para una universitaria que estaba haciendo su trabajo de fin de carrera y tenía un presupuesto reducido. Pero Nelly no había visto nunca lámparas que provocaran un estado de ánimo tan mágico. Al verlas se pensaba sin querer en los cuentos de las *Mil y una noches,* en antiguos palacios del sultán y patios nocturnos en los que las naranjas brillaban entre hojas verdes.

Nelly había estado un rato en la tienda observando maravillada las magníficas telas y las luces doradas. Bajo el techo flotaban lámparas más anchas que tenían la forma de una bandeja que se abría hacia arriba, pero a Nelly le gustaban más las delgadas lámparas alargadas de cuyo extremo colgaba una borla de seda. Le había encantado una estilo Fortuny que colgaba de un soporte de latón como un farol oriental y que habría quedado genial junto a un sillón de lectura. Había paseado entre las valiosas lámparas de seda, hasta que un vendedor se le había acercado y le había dicho en inglés: «Enviamos a todo el mundo». Nelly asintió y le dio las gracias. Luego abandonó la tienda con cierta lástima.

Y ahora estaba sentada en las escaleras, absorta en sus pensamientos, y contemplaba el Gran Canal y los *palazzi* color pastel que se alzaban sobre el agua en la orilla de enfrente. Un vaporetto pasó traqueteando, seguido por un taxi acuático. A Nelly le seguía sorprendiendo que todavía hoy pudiera existir un sitio como Venecia. Una ciudad flotante en la que los canales servían de calles y las calles estaban reservadas para los peatones. Una ciudad por la que jamás circularía un coche. Iba a sacar el segundo sándwich de la servilleta, cuando su móvil empezó a sonar otra vez. Miró el reloj. ¡Ese Valentino no se rendía nunca! Ahora llamaba cada diez minutos. Suspirando, Nelly dejó el sándwich a un lado y sacó el teléfono móvil del bolso.

Pero esta vez no se veía un número italiano en la pantalla, sino uno francés. Nelly se llevó el teléfono a la oreja con sentimientos encontrados.

—¿Sí?

Oyó un resoplido irritado, y antes de oír la primera sílaba ya sabía que era Jeanne. Luego le cayó encima una auténtica catarata verbal.

—¡Nelly! Vamos, dime, de verdad. ¿Por qué no contestabas? He encontrado hoy tu misteriosa carta en el buzón. ¡Menudo susto me has dado! ¿Qué significa eso de que vas a estar cuatro semanas de viaje? ¿Dónde te metes? ¿Va todo bien?

Nelly estiró las piernas y observó el agua verdosa de la laguna, que chocaba contra los escalones a sus pies.

—Jeanne, no grites tanto, por favor. Claro que va todo bien. Te dije que no te preocuparas.

—Pues me preocupo cuando escribes esas cosas tan esotéricas. *¡El universo sí tiene alma!* —Jeanne soltó un extraño ruido—. ¡Pensaba que te habías largado a la India!

—Sabes que no vuelo nunca en avión, Jeanne.

—Bueno, vale. Pero ¿dónde estás?

—En Venecia.

—¿En Venecia? ¿En invierno? ¿Qué haces en enero en Venecia? ¡Está totalmente vacía! ¿Cómo es que te has ido hasta allí?

A Nelly le dio de pronto mucha pereza tener que volver a contar toda la historia de la caja de libros de su abuela, el libro de Silvio Toddi y la enigmática frase que para ella había sido una clara señal de que tenía que marcharse. En cualquier caso, su prima no lo habría entendido. (*¿Una señal? ¡Hasta tú deberías reírte!*).

—¿Y por qué no? —Nelly giró su anillo—. Puedo venir a Venecia. Tengo mis motivos. —El agua brillaba a sus pies—. Además, esto está precioso.

—Dios mío, a veces eres más rara, Nelly. ¿Por qué no vas a Italia en primavera, como hace la gente normal?

Nelly guardó silencio.

También Jeanne se quedó callada.

—¡Oh, no... No me digas que has ido hasta allí siguiendo a ese tal Beauchamps! —gritó.

—Él está en Bolonia, no en Venecia —replicó Nelly, picada—. Tienes que escuchar con más atención cuando te cuento algo.

—*Bon*. Como tú quieras. Pero si no me equivoco, Bolonia y Venecia no están tan increíblemente lejos, ¿no? Igual es que te tranquiliza estar cerca de él. Te conozco y sé que vas a estar un año de luto, ¿no?

—No, no es eso. ¡Y ahora deja ya esas absurdas especulaciones o cuelgo! —Nelly arrugó la frente, enfadada. Y luego dijo algo que en realidad no quería decir. Las palabras sencillamente salieron por sí solas—. Además, ya tengo aquí un guapísimo admirador veneciano, imagínate. —Sonrió satisfecha al oír cómo Jeanne, sorprendida, tomaba aire con fuerza.

—*Oh là là!* —dijo Jeanne—. Me sorprendes, primita. Estoy impresionada. ¿Y cómo es eso?

—Eso —empezó Nelly— es una historia bastante disparatada.

Y le contó a su prima en pocas palabras el incidente del bolso rojo que se le había caído accidentalmente en una góndola veneciana y cómo Valentino Briatore, un guía turístico, la había ayudado a recuperarlo gracias a sus excelentes contactos entre los gondoleros.

—¡Dios mío, has tenido muchísima suerte! —opinó Jeanne—. ¿Y ahora?

—Ahora solo llevo lo necesario en el bolso.

—No, no me refiero a eso. ¿Qué pasa ahora con ese simpático guía que quiere ser tu ministro de pensamientos bonitos?

Nelly se rio. ¡Qué típico! Jeanne no era una persona que se conformara con los prolegómenos. Siempre quería ir al grano.

—No hay nada más —dijo.

—Lástima —respondió Jeanne.

16

Vestido con un jersey de lana azul y pantalones claros, Valentino Briatore esperaba en la parada de Ca'Rezzonico, y saludó con una amplia sonrisa cuando el vaporetto atracó con una fuerte sacudida. Nelly le devolvió el saludo.

La había pillado desprevenida y, si era sincera, en ese momento hasta le parecía bien haberse dejado sorprender. Quería ver el Museo del Settecento que se escondía tras la fachada de mármol claro del Palazzo Ca'Rezzonico, ¿y por qué no dejar que se lo enseñara un guía veneciano?

Después de que su prima se despidiera diciéndole que no debía dejar pasar todo lo que la vida le ofrecía, y menos por un profesor cojo, Nelly había puesto fin a la conversación con un «Eso es cosa mía». Aunque no era tan fácil colgarle el teléfono a Jeanne.

Cuando pocos segundos después volvió a sonar su móvil, Nelly ya se había terminado su sándwich. Por lo visto no podía disfrutar tranquilamente de su tentempié de mediodía.

—¿Sí, Jeanne? ¿Qué quieres ahora? —preguntó irritada.

Por un momento reinó el silencio en la línea.

—¿Nelly? ¿Eres tú? —preguntó Valentino dubitativo. Solo había entendido la palabra «Jeanne», pero había notado que Nelly estaba enfadada por algo.

—Sí —dijo Nelly—. Disculpa, por favor, pensaba que eras otra persona.

—No, soy siempre Valentino —respondió Valentino. Y luego aprovechó la ocasión para convencer a Nelly de que se reuniera con él.

—¿Estás en la Dogana? —dijo—. ¡Estupendo! Tengo algo que hacer en el Palazzo Ca'Rezzonico, muy cerca de donde te encuentras. Ven y te enseñaré los polichinelas danzantes de Tiepolo, te gustarán.

—Hmm —murmuró Nelly—. En realidad...

—En realidad..., ¿qué?

No se le ocurrió ninguna excusa.

—¡Vamos, Nelly, no seas así! —Valentino puso su voz más encantadora—. Una hora para tu amigo veneciano. Y para Tiepolo, Longhi y Canaletto. No pido tanto. —Se rio por lo bajo—. ¿O tengo que ir a buscarte, mi querida Dogaressa?

—Quédate donde estás —gritó Nelly con fingido enojo—. La Dogaressa irá allí.

Seguramente, de no ser por Valentino Briatore, Nelly se habría quedado sin ver el palacio que estaba en el sestiere de Dorsoduro, junto al Gran Canal, en la desembocadura del río de San Barnaba. Y habría sido una pena porque este *palazzo*, que no era tan famoso como la Accademia, resultó ser una pequeña joya. Y Valentino un experto guía que hablaba de forma interesante y con el entusiasmo necesario sobre los cuadros del siglo XVIII que allí estaban expuestos.

Nelly se detuvo un buen rato delante de un cuadro de Pietro Longhi que mostraba un rinoceronte negro (que según Valentino tuvo que existir realmente en esa época). Un pequeño grupo de venecianos con máscaras y abanicos lo contemplaba desde detrás de una barrera de madera con la misma fascinación con que lo hacía ahora Nelly.

—Continuemos —le urgió Valentino—. Ahora viene lo mejor. —Llegaron a una sala que estaba cerrada con una gruesa cuerda y en cuya entrada un cartel indicaba que los frescos estaban en restauración, por lo que estaba prohibido el acceso. Al fondo de la sala se veía una escalera de madera que llegaba hasta el techo y algunos utensilios de pintura dispuestos sobre una manta extendida.

Con gran determinación, Valentino descolgó la cuerda de su anclaje y le hizo una seña a Nelly para que le siguiera.

—¿Qué haces? ¿Te has vuelto loco? —siseó ella—. ¿Quieres que nos regañen?

Una peculiar sonrisa cruzó el rostro de Valentino.

—No pasa nada, créeme. Aquí estoy casi como en casa. —Cogió a Nelly de la mano y la hizo entrar en la sala.

—¿Puedo presentarles? Eleonore Delacourt - Giandomenico Tiepolo, hijo del famoso Giovanni Battista Tiepolo y actualmente mi pintor favorito. —Hizo un gesto amplio que abarcaba toda la sala.

Nelly sonrió nerviosa, temiendo que apareciera un vigilante del museo furioso y les llamara al orden. Pero todo siguió en silencio. Miró alrededor.

El color predominante en la sala era el blanco. Había un cuadro de Tiepolo en cada una de las cuatro paredes. Nelly ya conocía el nombre de Tiepolo, pero no sabía que pintaban tanto el padre como el hijo. Giró sobre sí misma con curiosidad. Excepto la cuarta pared, que mostraba un perro delgado de perfil —un lebrel italiano marrón de elegante cara alargada y mirada despierta—, el resto eran polichinelas de la Commedia dell'Arte que con sus trajes de suave caída, sus altos gorros puntiagudos y sus máscaras de pájaro con largas narices curvadas se mezclaban entre la elegante sociedad representando su papel.

En un cuadro estaban en medio de la multitud y miraban a dos jóvenes artistas que daban volteretas; en otro se despedían de un polichinela jorobado que se marchaba con su rollo debajo del brazo. Y en la tercera pared Polichinela encabezaba un grupo carnavalesco de hombres y mujeres enmascarados y tocaba el pecho con descaro a una elegante dama con un largo vestido blanco que parecía danzar ante él con antifaz y pendientes azules.

—¿Te gusta? —preguntó Valentino, cuya voz parecía flotar de pronto por encima de ella—. Mira aquí arriba. ¡El polichinela que aparece columpiándose!

Nelly echó la cabeza hacia atrás y vio un cielo azul claro que se abría como una ventana redonda entre las copas verdes de unos árboles. Allí arriba, a una altura de vértigo, uno de los hombres-pájaro vestidos de blanco se columpiaba en una cuerda fina que estaba tendida entre dos árboles, mientras sus compañeros le animaban desde una roca en la que había una escalera apoyada.

El simple hecho de ver al polichinela columpiándose, que parecía que se iba a caer en cualquier momento, le hizo sentir un ligero mareo. Nelly cerró los ojos un instante y tuvo la sensación de que la habitación empezaba a dar vueltas.

—¿Nelly? —La voz llegaba otra vez desde arriba. Miró hacia la pared que tenía detrás y vio a Valentino sonriendo desde lo alto de una escalera que terminaba en una tabla más ancha. Se había puesto la bata blanca de pintor de alguien que trabajaba allí y a esa hora debía de estar descansando y sujetaba en la mano un pincel y un bote de pintura.

—¡Valentino! —Nelly soltó un grito de asombro. Ese loco iba a partirse el cuello, y solo porque quería impresionarla. Al parecer se creía que era el mismísimo polichinela del columpio.

—Sorprendida, ¿no? —dijo él, orgulloso.

—¡Baja ahora mismo de esa escalera! ¿Te has vuelto loco?

—No..., corazón mío —contestó él con franqueza. Se llevó la mano al pecho brevemente y empezó a dar pinceladas en las pinturas del techo.

—¿Qué estás haciendo? —gritó Nelly fuera de sí—. ¡Deja eso ahora mismo y baja! ¿Estás loco? —Miró nerviosa hacia la puerta, creyendo oír pasos—. ¿Qué crees que pasará si alguien te ve ahí arriba?

—Creo que no pasará nada. Trabajo aquí.

—¡Sí, pero como guía, idiota! —siseó Nelly.

—Ah, eso lo hago solo de vez en cuando. —Valentino bajó el pincel e hizo una pausa intencionada con la que, evidentemente, disfrutó mucho—. En la vida real soy restaurador.

Estaba en la escalera y soltó una fuerte carcajada.

Menos mal que Nelly no estaba también en la escalera. Seguro que se habría caído del susto. Pero solo pudo mirar fijamente a Valentino Briatore y pronunciar una única palabra:

—¡Oh!

Cuando un cuarto de hora más tarde estaban sentados en el café del museo tomando algo, Nelly ya había recuperado el habla. Incluso podía volver a reír.

—¡Me has tomado el pelo bien, canalla! —dijo, dándole un pequeño empujón a Valentino.

—Solo se ve lo que se conoce —replicó él—. Pero tú has visto lo que querías ver. Reconoce que un guía turístico encajaba mejor en tus planes. Igual que antes preferiste tomarme por un gigoló. —Sonrió por encima de su taza de *espresso*, cuando vio el gesto desconcertado de ella—. No creas que no me di cuenta.

Nelly sintió que la había pillado. De hecho, jamás habría pensado que ese hombre que parecía ver la vida siempre desde el lado más sencillo hubiera elegido una profesión que requería una carrera, destreza manual, máxima precisión y sentido de la belleza y las formas. Valentino le habló de sus años de estudiante en Padua, de su fascinación por la pintura antigua de museos e iglesias. En invierno también había sido invitado a dar clase en los famosos cursos de arte de la Accademia di Belle Arti. Pero era más feliz cuando estaba subido en escaleras o andamios restaurando frescos y pinturas murales. Devolver su forma original a la belleza era su pasión.

—Bueno, entonces me he equivocado —admitió Nelly, quitándose un mechón de pelo de la cara—. A pesar de todo, no necesitabas asustarme de ese modo.

—Solo de pensar en la escalera oscilante de la Stanza dei Pulcinella sentía un escalofrío en la espalda.

—¿Tenías miedo por mí? —Valentino le guiñó un ojo.

—No, tenía miedo de que la policía te detuviera por daños materiales —respondió con una sonrisa insolente—. ¿Quién me va a sacar de apuros si estás en la cárcel?

Él se rio.

—Bueno, tu trabajo ha estado bien... como guía turístico y como restaurador. Me alegro de haber venido —añadió Nelly.

Valentino le agarró la mano jugueteando.

—¿Entonces ya no hay nada que impida nuestra felicidad? —preguntó.

—¿Qué felicidad? —replicó Nelly, y adoptó un tono burlón—. Ya sabes que no podemos ser nada más que amigos.

—¿Es cierto eso? —Le lanzó una mirada penetrante y ella tuvo una sensación extraña.

Nelly asintió, y soltó su mano de la de él.

—En una mujer como tú no me puedo creer que sea por Jeanne.

—¿Por... Jeanne? —No entendía nada—. Quieres decir... ¡Vaya! No es eso. —Se puso roja—. Jeanne es mi prima.

Él suspiró.

—Entonces es por ese tal Silvio.

—¿Qué?

—Bueno, ese hombre por el que has venido a Venecia. ¡Cuatro semanas! Por desgracia he olvidado su apellido, si no ya habría encontrado a ese tipo que te hace sentir tan desgraciada.

Nelly estuvo a punto de atragantarse con el sorbo de *cappuccino* que acababa de dar.

—¡Ay, Valentino! —exclamó, soltando una risotada—. ¡Estás muy equivocado! Silvio Toddi es un escritor...

—¡Encima eso! —suspiró Valentino.

—... y hace muchos años que está muerto.

Valentino levantó las cejas. Aquello era cada vez más raro.

—Aunque, en cierto modo, tienes razón —prosiguió Nelly—. Toddi sí es el motivo por el que he venido precisamente a Venecia. O, mejor dicho, un libro escrito por él que pertenecía a mi abuela. Pero... eso es ir demasiado lejos —añadió.

—Ajá —dijo Valentino, que en eso estaba de acuerdo. Su interés por ese tal Toddi tenía unos límites. En realidad, lo único positivo de ese tipo era que estaba criando malvas y que en algún momento de su vida había plasmado su entusiasmo por Venecia en una guía turística, algo que a Valentino le parecía muy loable—. Bueno, pues que descanse en paz ese Toddi. Le estaré eternamente agradecido. Al fin y al cabo, él te ha traído hasta Venecia. Y, si me lo preguntas, eso tiene su motivo.

Nelly asintió, y su mirada se perdió en algún punto del fondo del café.

—Sí, eso pienso yo también.

Guardaron silencio unos instantes con la agradable sensación de estar de acuerdo en algo. Valentino se habría sorprendido de haber sabido que los pensamientos de Nelly iban en una dirección totalmente opuesta a los suyos.

Nelly miraba al pasado, él miraba al futuro.

—¿Tú crees en las señales? —preguntó Nelly de repente—. ¿O crees que eso es de algún modo... una estupidez? —De pronto parecía insegura.

Valentino sonrió.

—Claro que creo en las señales. Estamos rodeados de señales, solo tenemos que reconocerlas. —Tomó la mano de Nelly, se la giró y le puso la palma hacia arriba como un adivino—. Los venecianos somos muy supersticiosos, ¿sabes?

Pasó el dedo índice por las líneas de la mano de Nelly, que estaba intrigada por ver qué iba a ocurrir a continuación.

—Por ejemplo, si estás a mediodía en la Piazza y con la última campanada cae en tus brazos una bella desconocida... —le lanzó a Nelly una elocuente mirada—, para un veneciano eso es una firme señal de que no debe separarse nunca de ella.

—¡Ay, Valentino! —exclamó Nelly, dándole una palmada en la mano a la vez que se reía—. Reconoce que eso es mentira.

—Lo reconozco —dijo con una sonrisa satisfecha—. Pero ¿por qué iba a interponerse la verdad en una bonita historia?

17

*C*uando Nelly pasó por tercera vez por la misma plaza oscura y desierta lo tuvo claro: se había perdido. Al parecer, estaba dando vueltas en círculos.

Venecia de noche era ideal para perderse. Y Nelly, que de forma automática solía tomar la dirección equivocada, era la víctima ideal. Se quedó parada, sin saber qué hacer, debajo del rótulo de borde rojo que estaba en la esquina de una fachada descolorida, y trató de reconstruir el camino que había seguido. Dio una vuelta a la placita, que solo estaba iluminada por una farola solitaria, sacó del bolso su plano de la ciudad y trató de encontrar los nombres de las estrechas callejas que salían del pequeño *campo*. Pero o no aparecían en el plano, o Nelly era demasiado tonta para encontrarlas. Desanimada, se sentó un momento en el escalón del pozo tapado que se alzaba en el centro del *campiello* como una pequeña topera, y suspiró.

Después de visitar la Galleria dell'Accademia había sido un error quedarse tanto tiempo en el pequeño restaurante al pie del puente que había delante del museo, dejándose llevar por sus pensamientos. Tras la visita a Ca'Rezzonico del día anterior tenía ganas de ver más arte. Valentino, que debía volver a su trabajo, le había preguntado al despedirse si había estado ya en la Accademia.

—Llámame sin falta si vas —le dijo—. Me gustaría enseñarte un par de cuadros que tienen una historia muy especial. ¿Conoces el cuadro de Giorgione *La tempesta*? Una misteriosa pintura sobre la que se han escrito libros enteros.

Nelly negó con la cabeza. Solo conocía un cuadro que se llamaba *La tempestad*, pero no era de Giorgione, y el secreto de esa pintura que estaba colgada en forma de póster en la puerta de un despacho de la Sorbona ya se había desvelado y había resultado bastante desagradable para ella.

—Ay, ¿sabes?, no me gustan mucho los cuadros sobre tempestades —dijo con una sonrisa falsa, y añadió—: Una mala experiencia.

—Siempre hablas como con acertijos —replicó Valentino—. Pero deberías ver el Giorgione.

Y, en efecto, durante su visita a la Accademia Nelly se había detenido un rato ante el cuadro de Giorgione, una especie de idilio pastoril con niño sobre el que se cernía un cielo de tormenta. A simple vista no apreció el secreto que escondía la pintura, pero como al final no había llamado a Valentino, él tampoco podía explicárselo. Nelly había decidido no dar esperanzas con señales falsas a su amigo veneciano, que seguro que estaría encantado de enseñarle un museo nuevo cada día para después acabar conquistándola. Aunque no le gustaba pensar en ello, la cuestión era que en un par de semanas ella abandonaría Venecia y, por muy simpático que fuera ese tal Valentino, no tenía ganas de meterse en más líos.

Así, sola, pero tranquila e impresionada todavía por las obras de arte, se había sentado en un restaurante cerca del Puente de la Accademia, junto al agua, y había comido y bebido vino hasta que el Gran Canal se tiñó de rojo con el sol del atardecer. En invierno el sol se ponía muy pronto, en el sur algo más tarde que en París. Después había vagado un poco por el barrio de la Accademia, para acabar dirigiéndose hacia San Polo.

Al principio había sido maravilloso deambular por las callejuelas iluminadas y detenerse aquí y allí ante un escaparate. Nelly creía tener en la cabeza la dirección aproximada en la que debía avanzar. Si se mantenía siempre a la derecha acabaría llegando automáticamente a San Polo. En las bifurcaciones se había dejado guiar por «su instinto», lo que resultó ser un error fatal, pues poco a poco las calles se fueron quedando desiertas y se ramificaban cada vez más, y las pequeñas tiendas estaban cerradas con persianas metálicas y no ofrecían un punto de referencia. Hacía tiempo que había abandonado la parte más animada de Venecia, y entonces se dio cuenta de que ya era demasiado tarde.

Como no había cruzado el Gran Canal tenía que encontrarse en algún punto de Dorsoduro, pero igual estaba ya en Santa Croce. Nada le resultaba conocido en aquel laberinto de callejas oscuras y puentes pequeños que de pronto le parecieron más siniestros que románticos. Una niebla húmeda flotaba sobre los canales, y de forma inconsciente Nelly se cerró más el abrigo. La noche hizo el resto. En algún momento incluso tuvo la sensación de oír pasos cautelosos a su espalda, pero cuando se detuvo con el corazón desbocado y se giró bruscamente no vio a nadie.

Entretanto eran ya las nueve y estaba todo muy oscuro, y cuando pasó por tercera vez por el mismo *campo* pequeño la invadió de pronto la irracional idea de que estaba en un bucle temporal del que no podía escapar.

Confusa, Nelly se puso de pie y volvió a guardar en el bolso el plano de la ciudad, que no le servía de gran ayuda. Cruzó el *campo* y observó perpleja el pequeño callejón sin salida que parecía terminar en un muro alto. Las oscuras fachadas de las casas se alzaban a ambos lados hacia el cielo negro; el camino entre ellas apenas medía un brazo de ancho. Nelly entró en el callejón, dio unos pasos vacilantes, y llegó al muro que parecía cortar el camino.

Entonces miró a un lado y descubrió el *sotopòrtego*.

Cruzó por él y se encontró de pronto en una plaza semicircular ante un pequeño café en cuyas ventanas colgaban varias lámparas de seda que emitían una luz dorada. Eran las lámparas Fortuny que tanto la habían hechizado en el Saraceno.

Nelly se acercó como atraída por una fuerza mágica. Cuando levantó la vista para descifrar el rótulo desvaído que había sobre la puerta de entrada, se quedó parada y su corazón empezó a latir con fuerza.

El café se llamaba *Il Settimo Cielo*. El Séptimo Cielo.

Cuando en su segundo día en Venecia Nelly le explicó a Valentino que iba siguiendo las huellas de su abuela no era del todo incierto, pero no esperaba ni por lo más remoto que —llevada por esa vaga sensación— iba a encontrarse con otra señal. Tampoco la había buscado. Se había dejado llevar, se había perdido en la oscuridad, y de pronto había aparecido ante ella ese café mágico, y había leído las mismas palabras que hacía mucho tiempo alguien había escrito en el libro de su abuela:

Naturalmente, enseguida vio ante sí la desvaída dedicatoria en italiano del libro de Silvio Toddi. *Noi... Il Settimo Cielo...* Nosotros... El Séptimo Cielo.

Nelly sintió que un cosquilleo le recorría la espalda. ¿Era posible que esas palabras no hicieran referencia a un estado de máxima felicidad, como ella había supuesto, sino a un lugar concreto, ese café? ¿Podía ser que su abuela hubiera estado sentada justo en ese café para encontrarse con un desconocido que le había escrito en un libro una dedicatoria ahora difícil de descifrar? La situación le pareció de pronto bastante irreal. Pero era fácil ver fantasmas en una ciudad como Venecia.

Llevada por la curiosidad, Nelly empujó la puerta del Settimo Cielo.

Unas pocas mesas de madera oscura, suelo de baldosas rojizas, una alta estantería en la pared de la izquierda, enfrente de la puerta una barra, detrás un *barista* con un delantal negro largo que en ese momento estaba limpiando unos vasos y que levantó la mirada cuando Nelly entró. En la barra había una vitrina con *cornetti, panini* y *focacce.* Al lado, en un expositor, algunas bolsas de patatas fritas. Y en las dos ventanas que había a la izquierda de la entrada colgaban las lámparas que habían atraído a Nelly y sumergían toda la estancia en una cálida luz.

Miró alrededor. Había dos mesas ocupadas, venecianos que disfrutaban de una última copa de vino, y en el rincón de la derecha, cerca de una puerta estrecha que llevaba a la parte trasera, había un hombre mayor con un periódico delante de una *grappa*. Sujetaba el periódico muy cerca de sus ojos, que se movían tras unas gruesas gafas.

Nelly se sentó en una mesa delante de una de las dos ventanas y pidió un *cappuccino* y un *panino* caliente. Estaba cansada y hambrienta de tanto dar vueltas. Pero ahora estaba a salvo y en cuanto se hubiera recuperado un poco le preguntaría al camarero cómo volver a casa. A salvo... Tuvo que sonreír.

Mientras esperaba el *panino* y el café, Nelly dejó vagar la mirada por las paredes, en las que colgaban infinitas fotografías en blanco y negro y cuadros con pinturas o dibujos. Excepto la estantería que estaba llena de libros amontonados, cada centímetro de la vieja pared de ladrillo estaba cubierto de imágenes y fotos.

Entonces le llamó la atención que en todas las imágenes aparecían globos aerostáticos. Globos de aire caliente antiguos de vistosos colores con alegres banderines o emblemas dorados que flotaban en el aire por encima de verdes paisajes y mares azules. Óleos, acuarelas o grabados..., globos en todas sus variantes. Nelly creyó reconocer en algunas de las fotos a actores de cine que habían vivido su época dorada en los años cincuenta.

Saludaban sonriendo desde la cesta de un globo cautivo o posaban ante el artefacto con traje negro y la chaqueta ondeando al viento, y se habían inmortalizado en las fotos con su firma. A Nelly no le habría sorprendido encontrar una foto de su abuela..., habría encajado muy bien en ese escenario de los años cincuenta.

En uno de los cuadros que estaba colgado entre las dos ventanas Nelly descubrió una foto de Sofía Loren y Cary Grant subiendo a un globo antiguo con una botella de champán en la mano.

Per il nostro amico Giacomo, estaba escrito encima con tinta negra. «Para nuestro amigo Giacomo».

Nelly se quedó atónita. Era evidente que aquel bar, en el que ahora solo había algunos hombres mayores, había sido antes un local de moda en el que se dejaba ver la gente guapa y famosa. Pero los cuadros de los viejos globos aerostáticos y las lámparas delante de las ventanas le daban al café un aire bastante poético, como suspendido en el tiempo, del que era difícil escapar. Aunque Nelly no supo explicarse muy bien qué tenía que ver esa colección de globos con un *caffè-bar* veneciano, enseguida se sintió a gusto en ese sitio en el que olía un poco a libros polvorientos y granos de café recién molidos.

El *barista* se acercó sin prisa a su mesa y le sirvió el *cappuccino*. Un hombre atractivo, de barbilla marcada y frente surcada de arrugas, cuyo pelo oscuro mostraba ya los primeros mechones grises. Miró a Nelly con gesto amable, y por un momento a ella le resultó conocido.

Dio un primer trago a la bebida caliente, cuando de pronto la puerta se abrió de golpe y entró un chorro de aire frío. Un joven con cazadora de cuero entró con paso rápido. Nelly levantó la mirada, sorprendida.

Ante ella estaba Valentino Briatore. ¡Aquello era realmente increíble!

La primera idea que se le cruzó por la cabeza fue que él la había estado siguiendo. No sabía si debía enfadarse o sentirse halagada.

—¿Qué haces tú aquí? —dijo algo molesta—. ¡De verdad! ¿Acaso me has estado siguiendo?

Valentino levantó las cejas.

—¿Qué? —preguntó con aspereza.

—Bueno, no puede ser casualidad que aparezcas de pronto aquí. En este café.

—No es ninguna casualidad —replicó él, impasible. Una sonrisa divertida tensó sus labios.

Nelly se puso de pie.

—Bueno, ¿sabes...? —empezó a decir, irritada.

—*Ciao, Valentino* —dijo el hombre que estaba detrás de la barra.

—*Ciao, papà!* —exclamó Valentino, y pasó por delante de Nelly para saludar al *barista*.

Nelly le siguió con la mirada. ¿*Ciao, papà?* Entonces cayó en la cuenta y se puso roja como un tomate.

—¡Oh! —dijo—. ¡Dios mío!

—*Ecco!* ¿Quién sigue aquí a quién? —preguntó Valentino después de sentarse con Nelly. Había traído una botella de *grappa* y dejó sobre la mesa dos copas con un pequeño tintineo—. Invita la casa. Con los mejores deseos del *barista*.

—¿Entonces tu padre es el propietario de este café? —Nelly saludó sonriente al camarero y alzó la mano para darle las gracias.

—Así es. —Valentino se reclinó satisfecho en su silla—. Ya ves..., no tienes ningún motivo para sentirte perseguida. Pero ¿cómo has llegado hasta aquí? ¿Has buscado información sobre mí y me estabas esperando? —Le lanzó una sonrisa—. El Settimo Cielo no está precisamente en la ruta turística.

—Bueno, ya sabes, también me gusta ver los sitios menos turísticos —respondió Nelly.

—Ah, sí, se me había olvidado..., siguiendo las huellas de tu *nonna*.

—Eh..., sí. —Nelly carraspeó. Le sorprendió que él se acordara. Miró a Valentino con gesto reflexivo. Por un instante pensó en hablarle de la dedicatoria del libro. Pero era difícil hacerlo sin contarle toda la historia. El anillo, la inscripción, el miedo a volar, el profesor, la tormenta, la caída... ¡No, gracias! No quería abrir la caja de Pandora. Meneó la cabeza.

—A decir verdad, hoy he estado en la Accademia.

—¿Sin mí? —Sus ojos marrones la miraron con reproche.

—Sí, sin ti. No me mires así.

—Pero la Accademia está muy lejos de aquí.

Nelly asintió, avergonzada.

—Bueno, me he perdido al volver a casa. Mi plano de la ciudad no sirve de mucho. No aparecen las calles pequeñas.

—¿Ves?, necesitas un *cicisbeo*.

—¿Un *cicis* qué?

—*Cicisbeo*. Así llamaban antiguamente a los castos acompañantes de las damas venecianas que cuidaban de que nadie las molestara y volvieran indemnes a sus *palazzi*.

—Qué interesante. —Nelly se rio—. Supongo que tú ya has pensado en alguien.

—Por supuesto. —Valentino alzó su copa y brindó con ella—. Por el mejor *cicisbeo* que hay en Venecia. Y por que al final tú encuentres lo que estás buscando.

Chocaron sus copas. La *grappa* rodó caliente por la garganta de Nelly, ardiendo de forma inusual. ¿Qué estaba buscando en Venecia? ¿Una vieja historia o una historia nueva? ¿O tal vez las dos? Había perdido un poco el hilo.

—Dime..., ¿cómo es que este café se llama Il Settimo Cielo? ¿Hay algún motivo especial? —preguntó.

Valentino volvió a llenar las copas.

—Bueno, ¿no lo adivinas? —Señaló las paredes llenas de cuadros—. Es por todos estos globos que suben hasta el cielo.

—Sí, claro, me han llamado la atención los cuadros. Y las fotos. Pero ¿qué tienen que ver con el café?

Valentino giró su copa en las manos.

—El café pertenecía antes a mi abuelo, Giacomo Briatore. Y él tenía dos grandes pasiones: su mujer, Emilia, y viajar en globo aerostático...

Y mientras Nelly miraba alrededor con un brillo en los ojos, Valentino le habló de su abuelo, que tenía un globo antiguo al que cuidaba y mimaba como a un hijo.

A Giacomo Briatore le gustaba viajar en globo desde que era joven, y todos los años, durante el festival de cine de Venecia, su globo cautivo de rayas azules, rojas y doradas tenía un gran éxito. Lo hacía ascender sobre el Lido atado a una larga cuerda y las estrellas de cine podían volar al séptimo cielo y dejarse fotografiar. El globo fue la gran atracción en los años cincuenta. Y Giacomo, un hombre guapo y audaz que —según se contaba— le había propuesto matrimonio a la bella Emilia de ojos negros a gran distancia del suelo.

—¡Qué romántico! —le interrumpió Nelly—. ¡Qué idea más encantadora!

Valentino sonrió.

—Bueno, la cosa no salió tan bien. En el momento en que mi abuelo le iba a poner el anillo de compromiso a su novia en el dedo un fuerte golpe de viento sacudió el globo. Él perdió el equilibrio y el anillo cayó a la laguna. Así que tuvo que comprar otro anillo y no le sentó nada bien porque era un hombre muy ahorrador. —Valentino sonrió—. Así que no fue un buen comienzo para un matrimonio muy feliz que duró hasta que mi abuela murió hace cuatro años. A veces todavía hoy mi abuelo la llama por las noches, y cuando se despierta se pone muy triste al no verla a su lado en la cama. Estuvieron cincuenta y tres años juntos, no se separaron ni un solo día. —Miró a Nelly—. Hoy resulta difícil de imaginar, ¿no?

Nelly asintió.

—Lo siento por tu abuelo. ¡Brindemos por ellos!

Alzaron sus copas y brindaron.

Luego Valentino se puso de pie y llevó a Nelly hasta una foto que estaba junto a la estantería llena de libros y mostraba a un joven de mirada enérgica con un cigarrillo en los labios. Llevaba tirantes encima de una camisa clara metida en unos pantalones chinos y pasaba el brazo por los hombros de una chica que se tapaba con un chal de encaje blanco. Una horquilla le recogía en la frente el pelo largo y negro, y en su fino y claro rostro llamaban la atención unos grandes ojos negros y unas cejas arqueadas.

Naturalmente, ambos estaban delante del viejo globo.

—Mis abuelos.

—Hacían una bonita pareja. —Nelly le sonrió, pensativa.

—Y estos son mis padres. —Señaló a un hombre alto con el pelo oscuro en el que era fácil reconocer a Alessandro Briatore, y una delicada mujer a su lado—. Mi madre siempre aprovecha esta época del año para visitar a sus parientes de Nápoles. Aquí no hay mucho que hacer y a ella no le gusta Venecia en invierno. «Poco sol y mucha agua», dice siempre. —Sonrió, y Nelly le devolvió la sonrisa.

—A mí sí me gusta Venecia en invierno, aunque imaginaba que haría mucho más calor. —Nelly tuvo que pensar en las sandalias que había metido en la maleta con la excitante sensación de que viajaba al sur. De eso no hacía tanto tiempo, pero ya le parecía que París quedaba a millones de años luz de distancia. Y ahora estaba sentada con un joven italiano en un pequeño café con una gran historia—. Cuéntame más cosas del Settimo Cielo —le pidió a Valentino.

Animado por su interés, Valentino pasó a explicarle con más detalle algunas fotos. Nelly quedó impresionada por todas las anécdotas de esa época dorada en que

Hollywood producía estrellas cuyos nombres perduraron no solo unos años, sino décadas enteras. También los óleos, las acuarelas y los grabados tenían su historia. Algunos de los cuadros se los habían regalado a Giacomo porque conocían su pasión, otros los había reunido él a lo largo de los años. Y Valentino tenía algo que contar sobre cada uno de ellos. Siempre había sido un buen narrador y esa noche se superó, animado por las interrupciones entusiasmadas de su oyente.

—¿Y qué pasó con el globo antiguo? —quiso saber Nelly cuando volvieron a sentarse—. ¿Sigue volando todavía tu abuelo con su globo?

—Se «viaja» en globo... Curioso, lo sé, pero se dice así.

—Tomo nota. —Nelly sonrió para sus adentros—. Me resulta muy simpático que con un globo se «viaje» y no se «vuele» —le explicó al sorprendido Valentino—. Bueno..., ¿qué pasa con tu abuelo? ¿Sigue ascendiendo a las alturas?

Valentino sonrió y negó con la cabeza.

—No, esos tiempos ya pasaron. Hace mucho que mi abuelo no se sube a un globo. No tiene bien la vista.

—¿Y qué pasó con la atracción del Lido?

—*Tempi passati.* En algún momento se abandonó esa bonita costumbre, que evidentemente no cumplía ninguna de las normas actuales de seguridad, y el viejo globo fue guardado y olvidado en una cueva del Arsenale. —Valentino se encogió de hombros—. Y con los años también mi abuelo se volvió más olvidadizo. Hace tiempo que Alessandro, mi padre, se ocupa del café. Pero mi abuelo viene casi todos los días al Settimo Cielo a leer el periódico, tomarse su *grappa* y soñar con los viejos tiempos.

Valentino echó un vistazo alrededor y fijó la mirada en el rincón oscuro junto a la barra en el que seguía sentado el anciano corto de vista.

—¡Mira! Allí está, en su sitio favorito. ¿Quieres que te lo presente?

—Sería un honor para mí —dijo Nelly.

Se acercaron a Giacomo Briatore, quien, sorprendido, levantó la mirada de su periódico.

—Aquí hay alguien entusiasmado con tus globos, *nonno* —dijo Valentino, y le presentó a Nelly—. Esta es Eleonore Delacourt. Viene de París y está aquí de vacaciones.

El hombre mayor observó a Nelly con sus ojos cortos de vista, y Nelly se sintió extrañamente taladrada por su mirada.

—*Una ragazza bella* —dijo luego con franqueza—. Si fuera más joven la invitaría a un viaje en globo, signorina Eleonora.

Nelly sonrió.

—Me habría encantado, signor Briatore —mintió—. Su globo es realmente un sueño. —Le emocionó que el hombre fuera tan amable con ella y la invitara a un viaje... que afortunadamente no podría realizar jamás. Por mucho que le gustaran los cuadros y las fotos de los globos, le asustaba la idea de subirse a un aparato tan ligero como ese.

—Sí..., mi viejo globo —repitió Giacomo Briatore—. Era realmente algo muy especial. Cuando viajaba en él era el rey del aire. Flotaba por encima de todo, y aquella sensación de libertad era única. —Miró a Valentino, y una sonrisa iluminó su rostro—. ¿Te acuerdas, Valentino, de la primera vez que te llevé conmigo? Acababas de cumplir cinco años y para ti fue una gran sorpresa el bautismo en globo. —Soltó unas risitas.

Valentino miró a su abuelo con cariño.

—¡Cómo podría olvidarlo, *nonno*! Fue la primera vez en mi vida que bebí champán y me sentí muy importante al hacer el solemne juramento de que no iba a decir nunca más «volar en globo», sino «viajar en globo» porque había sido admitido en la comunidad de los viajeros en globo. —Sonrió—. Nunca he sido un viajero tan apasionado como tú, pero me encanta subir muy alto. No me da miedo la altura, seguro que lo he heredado de ti.

Nelly tuvo que pensar en cómo había trepado Valentino en Ca'Rezzonico por la alta escalera, como un trapecista.

—Sí, seguro que sí —opinó el viejo Briatore con orgullo. Luego agitó su mano nudosa en el aire—. ¡Traed vuestras copas y sentaos un momento conmigo, hijos! —les pidió—. Brindemos por los viejos tiempos. Y por Emilia, que Dios la tenga en su gloria. —Nelly vio los dos anillos de oro que llevaba en el dedo anular.

Cuando se sentaron con él y Valentino volvió a llenar las copas, Nelly oyó cómo el anciano le susurraba a su nieto:

—¿Eleonora? Ese nombre no me suena... ¿Has cambiado de novia otra vez?

Nelly levantó las cejas y miró a Valentino, que por primera vez desde que le conocía parecía cortado.

Aquella tarde Nelly aprendió mucho sobre los viajes en globo y un poco sobre el amor verdadero. Y también sobre las nueve lámparas que colgaban en bonita armonía en las ventanas del café supo contarle algo el viejo Briatore. Cuando Nelly le preguntó si las había comprado en Venetia Studium, él la miró sin entender muy bien lo que decía.

—No —aseguró alargando la sílaba—. Las lámparas me las regaló el viejo Palladino por la inauguración del café. En aquellos tiempos era lamparero en Venecia. Un buen hombre, pero tuvo mala suerte en la vida. Primero murió su mujer, luego su hijo, los dos antes que él. —Briatore sacudió la cabeza con lástima—. ¿Sabe?, entonces no existían esas tiendas. —Miró las dos ventanas donde las lámparas Fortuny colgaban como cucuruchos de filigrana alineados—. Originalmente eran diez. Pero una se cayó y ya ve —encogió los hombros a modo de disculpa—, nunca fue reemplazada.

—Hoy esas lámparas son muy caras —dijo Nelly—. Diez lámparas costarían una pequeña fortuna. Lo sé porque yo misma me había planteado comprarme una.

—Antes era distinto. Palladino no era precisamente un hombre rico. Pero, bueno..., las lámparas han sobrevivido a los tiempos y siguen siendo bonitas.

—Sí. —Nelly asintió—. Preciosas. Me gusta mucho este café. Al entrar da la sensación de que aquí el tiempo se ha detenido.

Giacomo Briatore se sujetó detrás de las orejas el poco pelo que le quedaba.

—El tiempo no se detiene nunca, signorina Eleonora. Solo nuestros recuerdos. Los tenemos para siempre.

Ya era medianoche cuando Alessandro Briatore, que después de que se fueran todos los clientes se había sentado con ellos en la mesa del rincón, cerró el Settimo Cielo y desapareció por la puerta trasera hacia su vivienda, que estaba encima del café.

—*Mezzanotte* —dijo Valentino cuando salió con Nelly a la plaza semicircular iluminada solo por la luz de las lámparas en las ventanas. Estaban en un charco de luz y sus figuras arrojaban unas sombras largas y trémulas sobre el empedrado—. La hora de los espíritus. La hora en que todo se transforma. —Se acercó un poco más a Nelly, y sus sombras se fundieron—. Si me lo permites, tu *cicisbeo* va a acompañarte ahora a casa para que no te vuelvas a perder.

Nelly asintió.

—Te lo permito con mucho gusto. Si el *cicisbeo* se porta bien. —Se rio, divertida.

—Seguro que sí. —Valentino hizo un amago de reverencia, y un soplo de lavanda y sándalo llegó hasta ella.

Nelly tuvo que sonreír cuando vio el gesto serio de él. Las horas habían pasado deprisa en el café, y cuando ahora se giró para mirar por última vez el Settimo Cielo, sobre el que ya sabía algo, aunque no lo esencial, notó que estaba algo mareada por toda la *grappa* que habían tomado. Se tambaleó.

—Signorina Eleonora, por favor. —Valentino le ofreció el brazo, y ella se cogió a él. Curiosamente, no le había molestado que el viejo Briatore la llamara durante toda la velada «signorina Eleonora». En boca del anciano la versión larga de su nombre sonaba muy bien. Algo menos le había gustado la observación sobre las muchas novias de su nieto, y también eso le resultó curioso. En realidad, no tenía por qué importarle lo más mínimo la vida privada de Valentino Briatore.

—Me gusta tu abuelo —dijo en el silencio de la noche.

Valentino sonrió. Y entonces las lámparas del café se apagaron y el pequeño *campo* quedó sumido en la más absoluta oscuridad.

Nelly gritó asustada, y luego se rio.

—¿Qué es esto? —preguntó, pero Valentino ya la había tomado entre sus brazos.

—Es una señal —murmuró, y de pronto su boca estaba muy cerca y rozaba los labios de ella. La sujetó con fuerza, y Nelly se dejó caer en ese abrazo cálido y oscuro mientras su respiración se aceleraba y sus oídos se llenaban de un callado murmullo.

—Pero... dijiste que un *cicisbeo*... —protestó débilmente.

—¿Tengo pinta de ser un *cicisbeo* formal? —dijo él, y sus ojos oscuros brillaron de un modo especial cuando le apartó con delicadeza un mechón de pelo de la cara. Nelly sintió que el corazón le latía con fuerza en el pecho.

—No —susurró mientras sus labios se juntaban y ella cerraba los ojos.

Valentino Briatore tampoco besaba como un *cicisbeo* formal. Sus besos eran firmes y decididos, como debía ser un beso: hacían olvidarse del mundo.

18

A pesar de que Giacomo Briatore no había salido nunca de la ciudad de la laguna, era un hombre inteligente y con una gran experiencia de la vida. Y aunque no había habido muchas mujeres en su vida, parecía saber muy bien cómo se conquista el corazón de una mujer.

—Si puedes hacerla reír lo tienes todo ganado —le había dicho una vez a su nieto. Valentino tenía entonces quince años y estaba loco por la arisca Tiziana, una pelirroja del colegio que no se divertía con nada y a la que, debido al hueco que tenía entre los dientes, no le gustaba reírse. A Valentino, en cambio, ese hueco le parecía irresistible, y después de muchas semanas el premio a su incansable tenacidad fue un beso que ella le concedió con un «Bueno, vale» y en el que él pudo explorar con la lengua el pequeño hueco entre los dientes de la niña.

Desde entonces habían pasado ya doce años y se habían cruzado varias mujeres en su vida. Muchas se habían reído con sus bromas, algunas le habían reprochado que no se tomara nada en serio, pero la mayoría habían sucumbido a su seductor encanto y su buen humor. Para ello le había sido de gran utilidad el consejo de su abuelo. Pero con Eleonore Delacourt la cosa no resultaba tan fácil.

Cada vez que Valentino pensaba que había avanzado un paso, la chica de sus sueños retrocedía dos, y ese curioso baile que recordaba a un tango argentino era el que llevaban practicando desde que dos semanas antes Nelly cayera en sus brazos en la Piazza y él se enamorara perdidamente de esa chica que lo desconcertaba como ninguna otra. La hacía reír, sí, pero cuando pensaba que el hielo estaba definitivamente roto, ella se ponía seria otra vez, lo esquivaba, no contestaba a sus llamadas y parecía tener la cabeza muy lejos.

Cuando la noche anterior el sistema automático apagó a medianoche las lámparas Fortuny del Settimo Cielo de una manera digna de agradecer, él había aprovechado la oportunidad y había hecho lo que llevaba todo el tiempo queriendo hacer: había besado a Nelly.

Naturalmente, tenía claro que la había pillado desprevenida, que estaba un poco achispada por la *grappa* con que habían brindado una y otra vez. Pero tras un primer momento de sorpresa ella se había dejado caer en sus brazos y había respondido a su beso.

Valentino había sentido con un pequeño cosquilleo lo suaves que eran sus labios, lo cálida y dulce que era su boca. No hubo irritación ni duda, todo había sido auténtico, habían congeniado, el momento había sido perfecto.

Todavía ahora, cuando pensaba en ese beso, tenía la sensación de que todas las palomas de la Piazza San Marco empezaban a revolotear a la vez en su estómago. Ya se había enamorado varias veces en su vida, pero esto era diferente. El amor siempre producía una euforia especial, pero a Valentino le parecía que nunca había sentido algo igual.

Tras ese beso maravilloso que le hizo albergar esperanzas de que llegarían otros más, habían vuelto a San Polo por las calles silenciosas cogidos del brazo. En uno de los puentes pequeños Valentino se detuvo y le puso su chaqueta por los hombros a Nelly, que tenía frío. Y luego simplemente volvió a besarla, y el agua oscura de la laguna que chocaba callada contra los muros se mezcló con el suspiro feliz de sus bocas, que se buscaron y encontraron y solo se separaron para respirar.

Luego se encontraron otra vez ante la vieja y pesada puerta de madera de la casa de la *calle* del Teatro. Allí él la besó una vez más. Estaba seguro de que aquel no era un beso de despedida, sino que ella le invitaría a subir a su *appartamento* y esa noche estaría iluminada por una lluvia de estrellas que caería sobre su cama y no dejaría ningún deseo sin cumplir.

¡Qué equivocado estaba!

Cuando Nelly abrió la puerta y él la siguió con el corazón latiendo con fuerza y la cara hundida en su pelo, ella de pronto se giró y lo apartó con suavidad. Y entonces pronunció esa frase que Valentino odiaba porque no la entendía.

—Me temo que no es una buena idea.

Se quedó como aturdido, fue como un frenazo en seco, y antes de que pudiera decir algo, por ejemplo, que era la mejor idea que se podía tener, Nelly ya había cerrado la puerta por dentro.

Y se quedó un rato allí plantado, viendo cómo arriba se encendía la luz en una ventana. Pensó en llamar al timbre, pero no pudo distinguir qué botón correspondía a cada casa. ¿Y de qué habría servido? Seguro que ella no le habría abierto.

Poco tiempo después se apagó la luz, y Valentino se marchó de mala gana a su casa. Pasó una noche de insomnio y pesadillas, pero cuando se despertó por la mañana ya se había vuelto a imponer su optimismo. ¡Cuando una chica besaba así no podía estar todo perdido! La fe movía montañas, y si Valentino Briatore había creído en algo en su vida era en esto: en conquistar el corazón de esa joven, entero y, sí, a ser posible para siempre, aun cuando eso de «para siempre» fueran palabras mayores. Cada vez le resultaba más insoportable la idea de que en un par de semanas —dos semanas y dos días, para ser exactos— Nelly iba a desaparecer de su vida. ¡No podía ser!

Valentino removió el *espresso* que se estaba tomando ahora de pie en el Settimo Cielo y se lo bebió con determinación.

Alessandro Briatore miró a su hijo con gesto compasivo.

—¡Vaya, parece que te ha atrapado bien, hijo! —dijo con su calma habitual.

Valentino asintió.

—*Sì, papà,* tengo que pensar algo.

En efecto, tenía que hacerlo.

Estaba claro que todos sus esfuerzos anteriores, todas las atenciones, amabilidades y bromas con las que la cortejaba —sí, ni siquiera ese beso que decía más que todas las palabras— no bastaban para convencer a la signorina Eleonora de que en el futuro su sitio solo podía estar al lado de Valentino Briatore. Tenía que ocurrírsele algo diferente para ganarse el corazón de esa mujer. Algo que fuera tan grande e imponente que ella no pudiera hacer otra cosa que enamorarse locamente de él. Todo lo que ella necesitaba ahora era la muestra de amor definitiva.

Mientras pensaba con cierta melancolía en la agradable velada que habían pasado la tarde anterior en el café, su mirada vagaba de un lado a otro como si pudiera encontrar una respuesta en el Settimo Cielo. Y finalmente se quedó clavada en una de las fotos que mostraba a una pareja delante de un globo aerostático.

Valentino la observó pensativo y poco a poco fue surgiendo en su cabeza una idea que él pensaba que era sencillamente imbatible.

—¡*Nonno*, por favor! ¡Piensa un poco más! ¿Dónde podría estar la llave?

Giacomo Briatore frunció los labios y pensó. Se esforzó, arrugó la frente, levantó las cejas, se tocó un par de veces la barbilla. Luego miró a Valentino y negó con la cabeza.

—Sencillamente no me acuerdo. He mirado por toda la casa, pero no está en el sitio donde suelo dejar normalmente las llaves.

—¡Pero no puede ser! Tienes que saber dónde guardas las cosas. .

—¿Por qué tengo que saberlo? —protestó Giacomo malhumorado—. ¡Ya verás cuando llegues a mi edad, jovencito!

Valentino se revolvió intranquilo en su silla. Estaba sentado en el rincón de su abuelo, que había acudido al Settimo Cielo como cada mañana, y se había visto obligado a desvelarle su plan.

—Pero tiene que ser un secreto, ¿entiendes? No debe enterarse nadie. ¡Nadie! Sobre todo, ella.

—Mi querido niño, se me podrán olvidar las cosas, pero no soy tonto. En cualquier caso, vas a necesitar un par de ayudantes.

Estuvieron un rato sentados juntos, pensando en cómo podían arreglarlo. El margen de tiempo para un plan así era bastante ajustado, y si no tenían suerte las condiciones meteorológicas podían no ser las adecuadas. Pero estas eventualidades no podían disuadir a Valentino de su gran plan. Confiaba en su buena suerte. Y con un olfato muy teatral había elegido una fecha muy especial..., el 14 de febrero, el día de San Valentín, el día de su santo, pero ante todo el día en el que un hombre debía hacer un regalo a la dueña de su corazón. Y si ese hombre se llamaba Valentino y le preparaba a su amada para ese día una sorpresa que superaría a cualquier regalo, entonces seguro que san Valentín estaría dispuesto a ayudarle y extender su mano benefactora sobre él.

Después de ver lo fascinada que se había mostrado Nelly al contemplar los globos de aire caliente en el Settimo Cielo, Valentino no dudó ni un solo segundo de que Nelly quedaría sencillamente impresionada con el extraordinario regalo que le iba a hacer.

Pero antes tenía que encontrar la maldita llave. Últimamente su abuelo perdía cada vez más cosas, aunque eso no parecía preocuparle al anciano.

—Te estás volviendo muy olvidadizo, *nonno* —dijo Valentino en tono de reproche—. No puedo forzar la puerta. Es de hierro. —Dejó caer la cabeza en sus manos—. ¿Y qué voy a hacer ahora?

—Regálale cualquier otra cosa —contestó su abuelo, que no tenía ganas de que siguieran regañándole—. Una de las lámparas Fortuny. Seguro que le gustará mucho. Estaba enamorada de esos trastos del viejo Palladino. Tal vez la idea del globo no sea tan buena. ¡Quién sabe en qué estado estará ese viejo armatoste! —Giacomo Briatore quería seguir leyendo su periódico con tranquilidad.

—Por eso tengo que verlo. —Valentino no se rendía—. Piensa un poco. —Entonces le preguntó lo que en una situación así siempre se pregunta con la esperanza de que la otra persona pueda retroceder mentalmente en el tiempo—: ¿Cuándo la usaste por última vez?

Giacomo Briatore hizo un movimiento despectivo con la mano.

—Hace muchos años, qué sé yo.

Se dejó caer hacia atrás en su banco de madera del rincón e hizo lo que las personas mayores hacen a veces cuando han perdido algo.

—¡Bendito san Antonio! —rezó—. ¡Ayúdanos a encontrar esa maldita llave! —Cerró los ojos con fuerza esperando una iluminación. Entonces levantó un dedo—. ¡Espera, espera, espera! Hmm. Ya lo tengo...

La última vez que usé la llave fue... cuando tú acabaste el instituto. Entonces hicimos un viaje juntos, ¿no? Y luego tuve que ir al hospital por esa estúpida operación de los ojos. —Suspiró.

—Tienes razón. —Valentino se tiró pensativo del labio inferior. Luego se le iluminó la cara—. ¡Eh! ¡Ya sé dónde está la llave! —gritó—. Está colgada en el saliente que hay en la piedra de la cueva. —Se incorporó excitado—. Sí, estoy seguro de que sigue colgada en ese viejo clavo, ¿no te acuerdas?

—Bueno, no me acuerdo de nada —dijo Giacomo con cómica desesperación—. Podría jurar que me llevé la llave. —Agarró su periódico y le guiñó un ojo a su nieto—. ¡Vamos! ¿A qué esperas? ¡Prueba! —Sonrió—. ¡Ha empezado la cuenta atrás!

Al día siguiente Valentino llegaba a mediodía con gesto satisfecho al Campo Santo Stefano. Era un día inusualmente soleado de finales de enero y había algunos locos sentados en el exterior de los bares o en la terraza de un restaurante que había instalado estufas. Al final del *campo* había un tipo rubio con una parka aporreando una guitarra. Los acordes de *Volare* flotaban en el aire.

Valentino sonrió.

Las cosas empezaban a tomar forma. Era como en la restauración de una pintura mural o de un fresco antiguo. Cada vez que empezaba con el trabajo tenía la sensación de que lo iba a estropear. Una pincelada fatal, un movimiento torpe... y todo se echaría a perder y habría que volver a empezar desde el principio. Pero poco a poco iba avanzando. Y a partir de un momento determinado el proceso adquiría una especie de dinámica propia y de pronto sabía que todo iba a salir bien.

Venía de un encuentro con su vieja amiga Tiziana, que enseguida se mostró fascinada con el plan que él le contó.

—¡Claro que te ayudaremos! —dijo, y sus ojos brillaron como cuando a él le parecía tan irresistible el hueco entre sus dientes—. Déjame que hable con Luciano. Y luego vemos cuándo podemos quedar. ¡No te preocupes, todo saldrá bien! —Soltó una alegre carcajada—. ¡Qué bien que estés tan entusiasmado!

La niña flaca de largas trenzas y pecas en la cara se había convertido en una exuberante belleza. Con su piel clara y el pelo rojo, Tiziana podría haber hecho enloquecer a cualquier prerrafaelita. Seguía teniendo un hueco entre los dientes. Valentino se había dado cuenta de que durante la comida que acababan de compartir en las proximidades de La Fenice no había dejado de mirarle la boca sin querer.

Se habían perdido de vista durante muchos años (su romance en el cajón de arena había acabado de forma poco espectacular justo después del beso) y más tarde, cuando Valentino estudiaba ya en Padua y volvía a casa los fines de semana, un día su mejor amigo, Luciano, le presentó a su nueva novia, que trabajaba en el teatro como escenógrafa.

Al principio Valentino se sorprendió, pero luego se alegró mucho de volver a ver a Tiziana. Desde entonces eran buenos amigos.

Y ahora había encontrado en la ingeniosa Tiziana y el mañoso Luciano a los ayudantes que necesitaba para llevar a cabo su plan. Tenía buenas sensaciones.

Valentino silbó unos acordes de *Volare*, y de pronto tuvo ganas de hacer lo mismo que los locos del Campo Santo Stefano. Se sentó delante de un bar para tomarse un *espresso* al sol.

El día anterior había estado liado desde por la mañana hasta la tarde con el asunto del globo. En efecto, encontró la llave debajo del resalte en la piedra del Arsenale, y se sumergió en la mohosa penumbra de la cueva. Apartó telarañas, estiró telas, desenredó cuerdas y examinó el trenzado de la cesta, que estaba roto en algunos puntos. Había mucho que hacer, pero no era del todo imposible lograr que el viejo globo de aire volviera a brillar con todo su esplendor. Sacó su pequeño cuaderno de notas, apuntó lo que tenía que comprar y calculó cuántas horas le quedaban descontando su trabajo en Ca'Rezzonico, cuántos días. Luego hizo algunas llamadas telefónicas, volvió corriendo a los botes de pintura y los pinceles del *palazzo*, y por la noche comentó un par de cosas con su abuelo, además de suplicarle que no se fuera de la lengua si Nelly volvía a aparecer por el café.

Valentino había estado todo el día como electrizado. Estaba tan entusiasmado con su fantástica idea que fue de un sitio a otro volando como Hermes con sus sandalias aladas. No comió, no se permitió una sola pausa (¿qué hombre enamorado necesita comer o hacer una pausa?), y cuando por la noche se dejó caer en la cama agotado se dio cuenta de que no había llamado a la mujer que en realidad era el centro de todo. ¡Qué grave error! ¡Imperdonable! Se enfadó consigo mismo. Debería haber llamado a Nelly al día siguiente del increíble beso delante del Settimo Cielo. Ella pensaría ahora que era un desconsiderado, de eso estaba seguro. Por otro lado, Nelly tampoco había tratado de localizarlo. De pronto le asaltaron las dudas. Para ser más exactos, aquella noche ella le había mandado a casa. Aunque eso tampoco tenía por qué significar nada. Cuando la besó, ella no le apartó... ¡Al contrario!

Valentino daba bandazos de un lado a otro como hacían sus pensamientos, que no querían dejarlo tranquilo. *Por un lado. Por otro lado. Por un lado. Por otro lado.*

Las mujeres son complicadas, ya se sabe. Y esta..., *mamma mia!* Valentino soltó un hondo suspiro y ahuecó la almohada. Luego se giró y siguió pensando.

¿Qué había querido decir exactamente con eso de «me temo que no es una buena idea»? Quizá no se refería a lo que Valentino en un primer momento había pensado. Tal vez fuera simplemente que ella no era de esas chicas que se llevan a un hombre a casa después del primer beso.

Con esa tranquilizadora idea y el firme propósito de llamar a Nelly al día siguiente, Valentino finalmente se durmió.

Nelly contestó inmediatamente al teléfono cuando él marcó su número hacia las diez de la mañana. Como si estuviera esperando su llamada. Pero luego le pareció que estaba bastante monosilábica.

—Solo quería saber cómo estabas —le dijo.

—Bien —respondió ella. Y le devolvió la pregunta.

¿Se lo imaginaba o Nelly se mostró un poco cortante cuando él se disculpó, había estado terriblemente ocupado todo el día, y ella respondió que ya lo había notado? Ni una sola palabra sobre el beso. Solo cuando le transmitió los saludos de parte de su abuelo pareció ablandarse un poco y dijo que Giacomo Briatore le parecía encantador y el pequeño café un lugar mágico.

Eso le dio valor.

—No, tú eres encantadora. Nelly... Yo... Fue tan bonito... No pude dormir en toda la noche porque no paraba de pensar en ti —susurró en voz baja por el auricular.

Siguió un largo silencio.

Valentino esperó, y con los nervios se clavó la uña del pulgar en el dedo índice.

—Yo tampoco pude dormir —dijo ella finalmente.

Él respiró aliviado.

—¿Cuándo podemos vernos?

Habían quedado a primera hora de la tarde en la Piazza, justo donde se habían visto por primera vez.

Dos horas más tarde Nelly le envió un SMS que él no vio hasta después de su encuentro con Tiziana.

No puedo ir, lo siento. Tengo un terrible dolor de cabeza y hoy me quedo en la cama. Nos vemos otro día. Nelly.

Él había intentado llamarla inmediatamente, pero no contestó. Probablemente estuviera la pobre en su dormitorio en penumbra esperando a que se le pasara el dolor de cabeza.

Valentino arrugó el sobre de azúcar vacío y lo lanzó dentro de la taza que estaba sobre la mesa. Tenía que marcharse. Llevaba en el bolsillo de la chaqueta una caja de aspirinas que había comprado en la farmacia. Después del trabajo compraría unos *antipasti* y algo de pan y se pasaría por casa de Nelly.

Entró en el bar para pagar. Mientras esperaba el cambio pensó que tal vez fuera mejor avisar a la paciente, así que tecleó a toda prisa un mensaje en su teléfono móvil que seguro que ella leería.

> *Carissima*, lo siento mucho. Acabo de leer tu mensaje. ¡Pobre! Procura dormir, el *dottore* irá a verte esta tarde con aspirinas y algo de comida. ¡Que te mejores! V.

Cuando Valentino cruzó el Campo Santo Stefano en dirección al Puente de la Accademia para llegar a Dorsoduro, donde, en Ca'Rezzonico, le esperaba el polichinela del columpio, miró de pasada la terraza del restaurante, en la que todavía había algunos turistas hambrientos de sol junto a las estufas y con los abrigos puestos. Percibió un reflejo de luz y vio a una joven cuyo pelo castaño brillaba dorado al sol y que ahora se inclinaba hacia delante sonriendo y miraba fijamente a los ojos al hombre que estaba sentado frente a ella y le sujetaba la mano.

Valentino sonrió. Luego se detuvo como si le hubiera caído un rayo encima. Solo su estúpido corazón siguió latiendo con fuerza y de forma irregular en su pecho.

«Peligro inminente», fue todo lo que pudo pensar. «¡Peligro inminente!».

Se dirigió hacia la mesa a toda prisa y se sentó junto a la pareja, que le miró con asombro.

—¡Vaya, menuda sorpresa! —dijo con una sonrisa sarcástica—. Espero no molestar. —Sacó del bolsillo la caja de aspirinas y la dejó junto a los platos con tanta fuerza que estos tintinearon—. Para tu dolor de cabeza.

—Valentino, ¿qué haces aquí?

Nelly se puso roja como un tomate y soltó rápidamente la mano del desconocido.

—Solo quería ver cómo estaba la pobre enferma —dijo Valentino con descaro—. Pero al parecer ya se ha buscado a otro. —Miró desafiante al hombre alto y larguirucho con nariz de boxeador que estaba allí sentado con su chaqueta Barbour azul oscuro pasada de moda y le miraba irritado con sus ojos acuosos—. Podrías haberme dicho que estaba en Venecia tu novio, ese que te complica tanto la vida.

Valentino se reclinó en la silla con los brazos cruzados. Hablaba sin conocimiento de causa, pero sus palabras surtieron efecto.

Ahora Nelly palideció y parecía haber perdido el habla.

A cambio entró en acción el hombre de la Barbour, que era evidente que no había entendido nada o
casi nada.

—Pero ¿qué es lo que quiere este tipo? —le preguntó a Nelly en francés. Se colocó bien sus gafas demasiado grandes y se rio con una mezcla de asombro y jovialidad. No era difícil adivinar que había tomado al
joven italiano por un loco.

—Nada —contestó Nelly, y sonrió con un gesto
de disculpa. Luego miró a Valentino, que seguía allí
sentado con los brazos cruzados y gesto serio—. No es
lo que parece —explicó incómoda.

—Ajá. ¿Y qué es entonces?

—Me he encontrado por casualidad con mi antiguo profesor, eso es todo —repuso Nelly, y Valentino
notó que sus mejillas volvían a sonrojarse. Probablemente tuviera algo con ese tipo que debía de ser como
poco quince años mayor que ella, posiblemente tuviera mujer e hijos en casa y se citaba a escondidas con la
joven.

—¡Ah, este es tu profesor! Claro, eso lo explica
todo.

El hombre de la Barbour había entendido la palabra «profesor» y asintió repetidas veces.

—Y..., por favor, disculpa si no me entero bien
—prosiguió Valentino, dibujando en el aire rápidos
círculos con el dedo índice—, pero ¿te has encontrado

con él antes o después de ese «terrible» dolor de cabeza por el que tenías que quedarte en la cama sin falta?

Nelly miró el mantel blanco avergonzada.

El profesor, en cambio, los miró a los dos sorprendido, señaló la caja de aspirinas e hizo una pregunta en francés que estaba claro que incluía la palabra correspondiente a «dolor de cabeza». Luego dijo algo que sonó a «¿Es este el tipo?».

Nelly negó con la cabeza y se llevó las manos a las sienes. Vaya, parecía que le había dado dolor de cabeza de verdad, pensó Valentino. Pero antes de que Nelly pudiera responderle a él o al profesor se oyó una voz sorprendida por encima de las mesas:

—¡¡¡Nelly!!! Eres realmente tú, ¿no? *What a surprise!* ¡No es posible! —Un gigante con parka y barba rubia avanzó hacia ellos abriéndose paso entre las mesas con su estuche de guitarra. Valentino reconoció al músico callejero que poco antes canturreaba su particular *Volare* en el Campo Santo Stefano. La cosa se ponía cada vez mejor.

El tipo se detuvo ante Nelly con una amplia sonrisa y se apartó los rizos rubios de la cara.

—¿Qué haces tú en Venecia, *sweetheart*? ¡Dios *míou*, estoy tan *sorprendidou*! ¡Hoy me iba a París... y ahora te encuentro aquí!

Valentino asintió con la cabeza. ¡Sorpresa, sorpresa! Otro que no contaba con encontrarse aquí a Nelly.

Al parecer, era el día de los encuentros inesperados. Miró a Nelly, que también parecía asombrada.

—¡Sean! —exclamó ella—. ¡Qué casualidad!

—*Yeah!* Es un pequeño mundo. —El gigante rubio dejó su guitarra a un lado, se inclinó sobre Nelly para darle un abrazo y se acercó una silla. Cuando vio las caras de asombro de los demás levantó las manos en señal de disculpa—. *Sorry, sorry, sorry...* No llego en buen *momentou*, ¿no?

Nelly dijo «no, no» algo cortada. El profesor guardó un silencio educado. Valentino había entendido *sorry*. Observó con curiosidad al recién llegado, que estaba claro que se llamaba Sean y era americano. El cuarteto parecía completo. Tampoco habría cabido mucha más gente en la pequeña mesita ni con la mejor de las intenciones.

—Bueno, pues si no esperas a nadie más, Nelly, podrías presentarnos a todos —propuso, y como a pesar de todo la traidora le daba pena, le lanzó una sonrisa de ánimo.

Nelly le miró con agradecimiento. Su mirada parecía suplicar comprensión. Luego cogió su copa de vino y la vació de un trago.

—*Bon* —dijo. Tomó aire con fuerza y miró a su alrededor—. Valentino Briatore, de Venecia, restaura cuadros y me ayudó a recuperar mi bolso. Sean O'Malley, futuro piloto de Maine, está recorriendo Europa con su guitarra, le conocí en París. Y el profesor Daniel Beauchamps, experto en Virilio en la Sorbona, hago con él mi trabajo de fin de carrera, hace poco se trasladó... —aquí hizo una breve pausa— a Bolonia.

Todo esto lo dijo primero en italiano. Cuando luego lo repitió en francés, el profesor asintió un par de veces, mientras que el tipo de Maine miró a Nelly con gesto de incredulidad.

—¡Nelly! *This is nuts!* ¡Qué locura! ¡¡¡El profesor volador!!! ¡Ahora lo entiendo! ¡Es genial! —Se dio unos golpes de alegría en el muslo y levantó el dedo pulgar en el aire—. *Wow!* ¡Felicidades, *tortoulitos! Venice!* ¡Qué romántico! —Se rio y le guiñó un ojo a Nelly, que no paraba de lanzarle miradas de advertencia en vano—. Te dije que *todou* saldría bien y el profesor vola... Aaah...

De pronto enmudeció y se dio un fuerte golpe contra la mesa, lo que tuvo como consecuencia que la copa de vino tinto del profesor se volcara y el líquido se derramara sobre sus pantalones.

Valentino no sabía a qué se debía esa repentina alegría del americano cuyo elogio entusiasta de los ¿*tortoulitos?* y la romántica Venecia acababa ahora de forma tan abrupta. Por algún extraño motivo Sean había perdido el control, y a Nelly no le había gustado nada.

Valentino puso en pie la copa volcada.

—¿Qué le pasa a tu amigo de Maine? —preguntó—. ¿Sufre estos ataques a menudo?

—¡Ahora no! —siseó Nelly, que había vuelto a cambiar de color y parecía estar a punto de desmayarse—. ¡Ahora no!

—¡Oh, Dios mío, la que he *liadou!* ¡Perdón, perdón! —se lamentó el americano mientras miraba compungido a Nelly y le tendía una enorme servilleta de tela al profesor.

Daniel Beauchamps no era un hombre que perdiera los estribos fácilmente. Se limpió el pantalón mojado lo mejor que pudo, y luego se colocó bien las gafas y lanzó a Nelly una mirada de desconcierto.

—¿Quién es ese profesor volador? —preguntó.

19

En toda buena comedia llega ese momento en el que se encuentran todos los personajes, cada uno con un diferente conocimiento previo de la situación. Tales encuentros suelen producirse en una fiesta, en una comisaría de policía, en el ascensor de un hotel o en la terraza de un pequeño restaurante. La casualidad desempeña aquí un papel muy importante. Cada uno sabe (o cree saber) una cosa distinta y saca sus propias conclusiones, que generalmente son en mayor o menor medida equivocadas.

Y por lo general hay un personaje que está en el centro de esa confusión babilónica y podría explicarlo todo. Pero cada uno tiene en su vida un par de cosas de las que se avergüenza y prefiere callar, y por eso ese personaje no dice siempre toda la verdad o, si es necesario, recurre a una pequeña mentira.

Cuando aquel día soleado de enero Nelly se dirigía a San Marco para encontrarse con Valentino, no tenía ni idea de que pocas horas después le iba a tocar hacer el papel de ese personaje clave. A Nelly no le interesaban los rasgos estructurales de una comedia. Iba poco al cine y no era muy cinéfila. Aparte de eso, en aquel momento estaba un poco perdida.

El beso de Valentino la había desconcertado. Hacía mucho tiempo que no la besaba nadie con tanta pasión, y se había dejado llevar en la oscuridad delante del pequeño café, disfrutando cada instante. Primero había visto en su mente la cara amable de Daniel Beauchamps, pero enseguida vio solo los ojos oscuros y brillantes del veneciano, sintió su áspera mejilla junto a la suya y su boca firme en sus labios. Lástima que siempre te besen los hombres equivocados, pensó, pero luego sus ideas de correcto y equivocado se mezclaron cada vez más en ese extraño vértigo que la envolvía. Ya apenas sentía las piernas y no habría podido decir cómo habían llegado hasta la *calle* del Teatro. No recordaba los pasos sobre el empedrado, solo que en un pequeño puente Valentino le había puesto su chaqueta sobre los hombros. Desde allí habían seguido avanzando de algún modo hasta llegar al viejo edificio donde ella vivía.

La *grappa* había tenido la culpa, pensó sonriendo mientras cruzaba ahora el Puente del Rialto sin detenerse en el centro como los demás turistas. ¿O no había sido la *grappa*? Debía admitir que los besos de Valentino habían sido bastante convincentes.

Por suerte algo más tarde, cuando él quiso seguirla al interior de su casa, ella había tenido la suficiente presencia de ánimo para no dejarlo entrar. Un lío amoroso en Venecia era lo último que necesitaba en ese momento.

Algo achispada y curiosamente relajada, se había dejado caer en su enorme cama y se había quedado media noche sin dormir, mientras creía sentir todavía las caricias y los besos de Valentino.

En algún momento había caído en un profundo sueño.

Cuando se despertó ya eran las once. Se desperezó tranquilamente y observó los dibujos florales del papel pintado, que recordaban a un bosque primaveral. Hacía una eternidad que no dormía tanto tiempo seguido. Era evidente que su reloj interior se había olvidado de momento de su mente, pensó mientras ponía la pequeña cafetera en el fuego y tostaba una *ciabatta*.

Se dio cuenta de que no dejaba de mirar su teléfono móvil. Y, en contra de su voluntad, se sintió molesta porque Valentino no la llamaba. No quería darle importancia a la aventura nocturna, algo así podía ocurrir cuando un hombre y una mujer que no se caen mal consumen una cierta cantidad de alcohol y la situación es favorable —¡hasta había estudios sobre esto!—, pero que su *cicisbeo* no diera ahora señales de vida le pareció ofensivo.

Desde la tarde en que Valentino recuperó su bolso rojo y la invitó a cenar Nelly había recibido todos los días sus llamadas en el *telefonino*. Y luego la besaba y no volvía a dar señales de vida. Eso no demostraba mucha delicadeza precisamente. ¿Qué se pensaba ese italiano al besarla y luego desaparecer sin más? Probablemente no pensara en nada...

Nelly se tomó su pan tostado con mantequilla y mermelada levantando las cejas.

—¡Mejor! —murmuró—. Mucho mejor.

Pero se había enfadado. Pasó el resto del día vagando sin rumbo fijo por Cannaregio, un barrio que todavía no conocía y que se abría algo gris ante ella. Comió un pescado frito exquisito en la Trattoria da Alvise y, por la tarde, cuando se encendían ya las primeras luces, de pronto decidió dar un paseo en góndola. Pero, a pesar de que el gondolero había sido muy amable (le había rebajado el precio y también había renunciado a los cánticos tras un mutuo acuerdo), le había enseñado rincones maravillosos y todavía bastante intactos de la ciudad y aunque un paseo en góndola no se podía comparar con ninguna otra cosa, Nelly notó que faltaba algo.

Mientras la góndola negra se deslizaba casi sin hacer ruido por los pequeños canales como si apenas rozara el agua, Nelly recordó lo que Silvio Toddi había escrito en su librito: «Una góndola solo es una góndola cuando en ella van dos enamorados».

Cuando a la mañana siguiente Valentino por fin llamó, el corazón le dio un pequeño vuelco.

—¿Sí?

Cogió el teléfono muy excitada, pero luego no dijo nada. ¡Que hablara él! Al fin y al cabo había sido él el que no la había llamado. Pero Valentino parecía muy compungido. Aunque no mencionó el beso, así que ella tampoco lo hizo. Tras algunas medias frases de compromiso que acababan en pausas insoportables, él finalmente le dijo que era encantadora, que había estado muy a gusto con ella y que no había podido dormir en toda la noche porque no podía dejar de pensar en ella.

Nelly apretaba con fuerza el teléfono a su oreja. No pudo evitar alegrarse de sus palabras. Y de pronto sintió muchas ganas de ver a su ministro de pensamientos bonitos, por mucho que prefiriera no pensar en que todo aquello no podía llevar a ninguna parte.

En la Piazza San Marco había muchos turistas debido al buen tiempo. Nelly miró el reloj. Había llegado demasiado pronto y tenía todavía dos horas libres. Después de dar una vuelta por las arcadas de la Piazza, echar un vistazo a los atractivos escaparates de las tiendas y comprarse en el Caffè Florian el CD de música *Concerto al Caffè*, se dirigió hacia el Campanile y torció a la derecha en la Piazzetta. Dos semanas antes había pasado por primera vez por allí... con su bolso rojo y un papel con un número de teléfono desconocido. Le quedaban otras dos semanas en Venecia. Pensativa, miró hacia la laguna.

Era asombroso cómo la vida deparaba nuevas sorpresas tras cada bifurcación.

Acababa de pensar esto, cuando una figura conocida entró en su campo visual. Pero no era Valentino Briatore quien, con la puntualidad propia de los enamorados, avanzaba hacia la Piazza San Marco dos horas antes de la cita. Era un hombre larguirucho con unas gafas grandes el que, con una pesada cartera en la mano y gesto distraído, avanzaba hacia ella sin verla. Arrastraba ligeramente la pierna derecha.

—¡Profesor Beauchamps! —gritó Nelly—. ¿Qué hace usted aquí?

—¡Nelly! ¡No puede ser verdad! —Daniel Beauchamps se rio—. ¡Me alegro de verla! ¿Cómo le va?

—¡Oh, bien, bien! —dijo Nelly.

Se saludaron y luego el profesor le contó, guiñándole un ojo, que estaba huyendo de su nueva gran familia italiana.

—No, no, es broma —se apresuró a añadir—. Vengo de la biblioteca porque tenía que buscar unas cosas.

He venido desde Bolonia a pasar solo un día. —Miró satisfecho a Nelly, que estaba ante él con su abrigo azul oscuro—. ¿Y qué le trae a usted por Venecia en esta época del año?

—Bueno... —Nelly sonrió—. Yo también estoy huyendo. Del mal tiempo de París —añadió.

—Vaya, pues entonces hoy tiene usted suerte —opinó el profesor.

A Nelly también le parecía así. Encontrarse al profesor Beauchamps solo en Venecia era una suerte enorme e inesperada.

Beauchamps miró el reloj.

—Mi tren no sale hasta la tarde, y realmente ya he terminado con mi trabajo. Si tiene usted tiempo podemos sentarnos por aquí y tomar algo.

Nelly tenía tiempo, naturalmente. Siempre había prioridades. Con cierta mala conciencia, le escribió a Valentino un SMS en el que cancelaba la cita. No se le ocurrió nada mejor que alegar un fuerte dolor de cabeza. El ministro de pensamientos bonitos sabría encontrar un consuelo, y siempre podían verse al día siguiente. En cambio, el profesor Beauchamps solo estaría ese día en Venecia.

Envió el SMS y apagó el teléfono móvil. Luego se colgó muy sonriente del brazo del profesor y dijo:

—Pues vamos. Pero será mejor que no nos quedemos en los alrededores de la Piazza... Aquí hay demasiada gente y todo es terriblemente caro, ¿sabe?

No, el profesor Beauchamps no lo sabía, no conocía Venecia, pero se dejó guiar por su antigua alumna favorita lejos de la Piazza, donde los turistas alimentaban a las palomas y se hacían fotos con ellas. Y Nelly le llevó (lo mejor que pudo con su horrible sentido de la orientación) desde San Marco, por la animada Mercerie y por callejas más tranquilas, hasta el Campo Santo Stefano, que les esperaba tranquilo al sol.

Nelly no vio al tipo alto y rubio vestido con una parka que sacaba su guitarra al final de la plaza alargada. Tampoco habría visto a Valentino Briatore si hubiera estado a esa hora en el *campo*. Solo tenía ojos para el hombre larguirucho que iba a su lado, con el que había soñado tanto y que tanto le había hecho sufrir.

Probablemente Valentino habría pensado que la situación era desesperada, pero no seria, pensó Nelly, pero mientras Beauchamps estuviera allí quería saborear cada momento.

Se sentaron en la terraza de un restaurante que estaba protegido en el lado más largo de la plaza, junto a una de las estufas que los camareros habían colocado para los turistas. Ningún veneciano comía con abrigo junto a una estufa simplemente porque en enero el sol calentara un poco más de lo normal.

Cuando Nelly se sentó a la mesa enfrente del profesor no tenía ni idea del sorprendente giro que iba a dar la tarde.

—¡Bueno, cuénteme! ¿Cómo le va? Y, sobre todo, ¿cómo va su trabajo de fin de carrera? —preguntó Beauchamps cuando ya habían pedido la comida—. En diciembre ni siquiera pudimos despedirnos porque usted no fue a la comida de Navidad. Lo sentí mucho. —Se colocó bien las gafas.

—Sí, fue una pena —replicó Nelly, que se fijó por primera vez en que las gafas del profesor eran demasiado grandes—. Estaba enferma.

—Sí, eso oí. ¿No tendría también anginas?

—Oh, no. —Nelly cortó un trozo de pan, pero no se lo comió—. Tampoco habría podido usted contagiarme, no quería que fuera nadie a verlo, ¿recuerda? —añadió con una sonrisa falsa.

—Sí, tiene usted razón —respondió el profesor sin captar la indirecta de Nelly. Parecía pensar—. Nos vimos brevemente, en mi despacho..., cuando le conté lo de Isabella.

—Exacto. —Nelly recordaba con horror el peor cuarto de hora de su vida—. ¿Y? —Hizo un nuevo intento—: ¿Ha salido todo como usted había imaginado?

Beauchamps se encogió de hombros.

—Bueno, a decir verdad mi italiano es bastante penoso. Pensaba que era más fácil. Pero dentro de poco empiezo un curso intensivo. Está claro que no tengo tanta facilidad para los idiomas como yo creía. —Suspiró—. No entiendo prácticamente nada. Sobre todo cuando se reúne toda la familia y empiezan a hablar entre sí a gritos. —Sonrió con un gesto de cómica desesperación—. Un francés necesita acostumbrarse a eso. Creo que ha sido la Navidad más estresante de mi vida. Y después me puse malo de tanto comer. No se imagina qué raciones sirven... *C'est incroyable...*

El profesor se perdió en detalles de la comida y la difícil comunicación durante la Navidad en Bolonia, y Nelly siguió desmigando el pan mientras escuchaba cada vez con menos interés. Las charlas sobre Virilio y Baudrillard eran mucho más emocionantes.

Entretanto el profesor ya había enlazado con su tema favorito: Isabella. La bella, maravillosa e inteligente Isabella, la mujer de sus sueños, con la que se había prometido entre los gritos de entusiasmo y los aplausos de toda la familia Sarti.

Por fin Beauchamps se dio cuenta de que Nelly llevaba un rato sin decir nada.

—¡Vaya, llevo todo el tiempo hablando de mí! —exclamó—. ¿Qué tal sus Navidades?

—Oh, no fueron tan estresantes como las suyas —contestó Nelly—. Y tampoco me comprometí con nadie. —Lanzó una larga mirada al profesor—. Estuve sola, tosiendo en la cama y con el corazón roto —añadió con cierto tono cáustico.

—¡Oh, no! ¡Ay, Nelly, cuánto lo siento! No tenía ni idea... —Daniel Beauchamps, muy afectado, se colocó bien las gafas y le cogió a Nelly la mano sin enterarse de nada.

—Por eso también he venido a Venecia. Entre otras cosas —concluyó Nelly.

—Sí, claro, claro. —El profesor asintió—. Lo entiendo muy bien. Ha hecho usted muy bien, mi querida Nelly. Hay que salir corriendo antes de que a uno se le caiga la casa encima. —La miró con compasión—. Todo saldrá bien. Siempre lo digo, el trabajo es la mejor distracción en estos casos. —Le apretó la mano para darle ánimo—. Ya verá cómo cuando vuelva a centrarse en su trabajo de fin de carrera olvidará a ese hombre enseguida.

Nelly lo dudaba mucho.

—¿Está avanzando?

Nelly negó con la cabeza. Su interés por el trabajo de fin de carrera había disminuido rápidamente en las últimas semanas.

—Bueno, no se desanime. —El profesor volvió a apretarle la mano—. Y si tiene alguna pregunta puede escribirme cuando quiera, ya lo sabe. —Le sonrió asintiendo—. ¿Se encuentra ya mejor?

—Un poco —dijo Nelly sonriendo, comprobando para su sorpresa que era cierto.

En ese momento llegó a la terraza un joven muy alterado. Sus ojos brillaban de rabia.

—¡Vaya, menuda sorpresa! Espero no molestar —dijo Valentino Briatore dejando con un golpe algo en la mesa.

Eran unas pastillas para el dolor de cabeza.

En las horas siguientes Nelly había deseado profundamente que el suelo se abriera bajo sus pies y se la tragara. Pero por muy frágil y quebradiza que fuera esta ciudad construida en el mar sobre miles de pilotes de madera, Venecia no le hizo ese favor.

Al final Nelly estaba sentada en la mesa con tres hombres alterados, uno de los cuales la consideraba una mentirosa y la acusaba de tener una relación con otro de ellos, que irónicamente ni siquiera sospechaba que había sido deseado durante mucho tiempo como potencial amante y era el causante de su desengaño amoroso. El nivel más lamentable se alcanzó cuando el tercero en discordia se unió al grupo y, con un total desconocimiento de los hechos, felicitó efusivamente a Nelly por su romántico viaje a Venecia con el «profesor volador» —aquí dibujó dos comillas en el aire con los dedos—. Nelly le hizo callar con una patada precisa por debajo de la mesa. Pero esa acción tuvo como fatal consecuencia que una copa se volcara y su contenido empapara al profesor.

Cuando Daniel Beauchamps, que había mantenido la calma de forma admirable, preguntó por fin quién era realmente ese «profesor volador» y a continuación tres pares de ojos se volvieron hacia Nelly, dos azules y uno oscuro, ella sintió el fuerte impulso de ponerse de pie de un salto y salir corriendo.

La lasaña que el camarero sirvió en ese momento le proporcionó un pequeño respiro.

La ayuda llegó del lado inesperado.

—Oh —dijo Sean, que entretanto había captado que las cosas no eran lo que parecían. Reaccionó rápidamente al ver la que había armado y ayudó a Nelly a salir del aprieto de tener que responder—. ¡Oh..., eso! —Hizo un gesto despectivo con la mano y se rio—. Eso es *solou* una forma de hablar. En realidad ese profesor volador no existe, ¿saben? —mintió—. Cuando se dice que todo saldrá bien entre alguien y el profesor volador es algo así como desear mucha suerte o cruzar los dedos.

—Ajá. Qué interesante. Realmente notable. —El profesor Beauchamps se subió las gafas y hundió el tenedor en la lasaña. Se notaba que le parecían muy curiosas las expresiones lingüísticas del piloto americano. Aunque estaba claro que había desistido de tratar de entender a ese bardo rubio medio loco. Su antigua alumna preferida parecía rodearse últimamente de extraños frikis. Seguro que se debía a su desengaño amoroso.

—¿Qué ha dicho el americano? —quiso saber Valentino.

—Ahora es todo demasiado complicado, luego te lo explico —le prometió Nelly. Le pasó su lasaña humeante a Sean—. Gracias.

Al final todo se había resuelto maravillosamente bien. Primero se despidió Sean, que debía volver al hostal para recoger su mochila. Quería regresar a París y le confesó a Nelly que en su viaje por Europa no solo había echado de menos la «dulce tarta de pera», sino que tampoco se le iba de la cabeza *madame la tigresse.* Nelly se había apartado a un lado con él.

—¿Crees que Jeanne se alegrará de volver a verme? —preguntó vacilante.

Nelly sonrió. Resultaba curioso ver tan apocado a un tipo tan alto y fuerte.

—Estoy convencida de ello.

—Pero no le digas nada. Debe ser una *surprise, okay?*

Nelly se lo prometió. Últimamente estaba muy acostumbrada a recibir sorpresas. Pero esta tenía muchas posibilidades de salir bien.

—Pero tú no le cuentes tampoco nada de... lo de hoy —le pidió.

Sean agarró su estuche de guitarra y cuando le dio un abrazo de despedida a Nelly le susurró al oído:

—Y perdón otra vez. No quería ponerte en *apurous.* —Le guiñó un ojo—. Pero ese es el profesor volador, ¿no?

—Sí, pero él no lo sabe y tampoco debe enterarse —le respondió Nelly también en voz baja.

—¿Por qué no te quedas con el *otrou?* —dijo Sean sonriendo mientras cruzaba a grandes pasos el *campo,* donde ya empezaba a hacer más frío.

Cuando Nelly regresó a la mesa el profesor Beauchamps ya había pagado la cuenta. Los dos hombres la esperaban en silencio. Uno se puso de pie cuando ella se acercó, el otro permaneció sentado.

—Creo que debo irme ya —dijo Beauchamps. Le hizo un breve gesto de despedida a Valentino y se alejó un par de pasos del restaurante con Nelly—. Me alegro de haberla visto de forma tan inesperada, y puede estar segura de que su pequeño secreto estará a salvo conmigo. —Le sonrió con amabilidad—. ¿Puedo decirle una cosa? ¿Aunque no sea de mi incumbencia? Es usted una chica encantadora, Nelly. No sufra sin necesidad. ¡Olvide a ese hombre! ¡No piense tanto y disfrute de sus vacaciones! Y llámeme siempre que necesite algún consejo. Sé que va a hacer usted un trabajo magnífico.

—Se colocó bien las gafas, que estaban un poco empañadas—. ¡Cuídese, Nelly!

Nelly asintió. Luego se puso de puntillas y le dio a Beauchamps un beso en la mejilla.

—Cuídese usted también, profesor —dijo.

El sol había desaparecido detrás de las casas y el *campo* se iba vaciando poco a poco. Valentino y Nelly eran los únicos clientes que quedaban en la terraza del restaurante.

—¡Por fin solos! —dijo Valentino en tono sarcástico cuando Nelly se sentó a su lado—. ¡Qué función más completa! El viejo *dottore* de Bolonia, *Scaramouche* con su guitarra, el engañado *Arlecchino* y la bella *Colombina* que le ha traicionado. —Apoyó la barbilla en una mano y miró a Nelly—. Estoy impaciente por escuchar tu explicación.

—Ay, Valentino, créeme, la función es mucho menos emocionante de lo que tú crees —replicó Nelly.

—Oh, a mí me ha parecido bastante emocionante. —Valentino se reclinó en la silla. Todavía seguía enfadado—. ¿Qué hay entre ese profesor y tú?

—No hay absolutamente nada.

—¿Y debo creerte?

—Sí. —Le miró fijamente—. A Beauchamps le espera en Bolonia su prometida, de la que está locamente enamorado. Por eso se marchó de París.

—¡Te había cogido la mano!

—Solo quería consolarme, Valentino. Me lo encontré esta mañana por casualidad en la Piazzetta. Le estaba contando que estas Navidades estuve sola, en la cama, con gripe y con el corazón roto, cuando has aparecido tú como un bárbaro —dijo Nelly, y no era mentira. Sonrió—. Bueno, gracias por las aspirinas.

—Que no necesitabas.

—No. Siento haberte mentido. —Nelly bajó la mirada avergonzada.

—Te has deshecho de mí —gruñó Valentino.

—Lo sé. Pero el profesor solo iba a estar hoy en Venecia.

—¿Y no podías habérmelo dicho?

—Pensé que sería... demasiado complicado. —Se encogió de hombros.

—¿Demasiado complicado? Vaya, vaya. —Valentino levantó las cejas, y una sonrisa de complicidad arqueó sus labios—. Bueno, vamos a dejarlo.

—Sí, será lo mejor —dijo Nelly con alivio.

—Bueno, entonces está todo aclarado, excepto...

—¿Excepto?

—¿Qué hacemos ahora con las aspirinas?

—Puedes dármelas tranquilamente. —Nelly se frotó la frente, en la que empezaba a notar un leve martilleo. El día había sido más que excitante. Solo ahora, cuando había disminuido la tensión, notó lo cansada que estaba—. Es posible que luego me vengan bien un par de aspirinas. Tengo la sensación de que me va a empezar a doler la cabeza de verdad. Qué cosas. —Meneó la cabeza.

—Sí, sí. Dios castiga enseguida los pequeños pecados. —Valentino le tendió la caja de aspirinas con una sonrisa—. ¿Estabas a gusto con tu antiguo profesor? Quiero decir, ¿antes de que yo apareciera como un bárbaro, se nos uniera tu torpe amigo y tú estuvieras a punto de desmayarte?

—Bueno —dijo Nelly, lanzándole a Valentino una pícara sonrisa—. Para ser sincera, no ha estado tan bien como yo pensaba, pero ha sido de algún modo... esclarecedor.

—Me alegro. —La miró fijamente—. ¿Y ese corazón roto?

—Ya está curado.

—Bueno, eso espero. —Sonrió.

Nelly se inclinó hacia delante y le cogió la mano.

—¿Entonces mi ministro de pensamientos bonitos ya no está enfadado por haberle dejado plantado?

Valentino sujetó las manos de Nelly entre las suyas.

—Depende. —Se había puesto serio de pronto.

—¿De qué? —preguntó Nelly desconcertada.

—Bueno. La próxima vez que me presentes a alguien se te puede ocurrir algo mejor que decir que soy el hombre que te ayudó a recuperar el bolso.

—¿Como por ejemplo?

Él sonrió.

—¿Qué tal... este es Valentino Briatore, que restaura cuadros antiguos y besa tan maravillosamente bien que no puedo evitar caer rendida ante él? —bromeó.

La caja de aspirinas voló por los aires y golpeó su frente. Él se agachó y levantó las manos para defenderse.

—Eh..., eh...

—Sabes una cosa, eres realmente imposible, Valentino Briatore —gritó Nelly.

—Lo sé —replicó él sonriendo—. Soy demasiado bueno para ser verdad.

Poco después cruzaban el Campo Santo Stefano cogidos del brazo. Y cuando esa noche Valentino acompañó a Nelly a su casa los dos tenían claro que ella no le iba a invitar a subir a tomar un café o una copa de vino.

Tenía un terrible dolor de cabeza.

20

Los días parecían pasar cada vez más deprisa. A Nelly su primera semana en Venecia le había parecido interminable. Cada día había visto cosas nuevas y excitantes, y las distintas impresiones y aventuras llenaron las horas alargándolas. La segunda semana, en la que después de perderse Nelly descubrió el Settimo Cielo y Valentino la besó, había empezado con la buena sensación de tener todavía por delante una eternidad. Con la aparición imprevista del profesor Beauchamps en la Piazzetta, esa segunda semana llegó a su apogeo fulminante y al mismo tiempo dio un giro memorable.

La fina ironía que encerraba el hecho de que fuera el propio profesor Beauchamps quien le recomendara olvidar a «ese hombre», no pensar tanto y disfrutar de Venecia parecía ser un juego de ciertos poderes superiores que se divertían causando desconcierto. Posiblemente el ingenuo Beauchamps pensara que «ese hombre» era Valentino, por cómo se había comportado en el restaurante. Al despedirse había habido un breve momento en el que Nelly creyó percibir un leve brillo tras las gafas empañadas del profesor, y de pronto no estaba muy segura de si al final él no lo habría comprendido todo, pero había tenido el tacto de dejarlo pasar y aconsejarle que le olvidara. Nelly jamás lo sabría, pero sí tomó en consideración su consejo.

Desde aquella tarde tan excitante, casi catártica, que al final acabó bien, aunque con dolor de cabeza (Nelly pasó el día siguiente en su habitación con las cortinas echadas), algo había cambiado. Nelly sintió que la invadía una ligereza nueva y desconocida. Decidió pensar menos y disfrutar de todo lo bello que veía. Ni siquiera el *acqua alta* que un día después inundó la ciudad de la laguna pudo hacerla cambiar.

De camino a San Marco Nelly se quedó parada al final de una pequeña calleja ante un profundo charco que le impedía seguir avanzando. Probó por otra calle estrecha que enseguida acababa también en el agua. Nelly se rio y se compró un paraguas y unas botas de goma altas. Luego fue chapoteando por el agua cada vez más alta y por las pasarelas de madera que aparecieron de pronto como por arte de magia por todas partes. Mientras los venecianos pasaban por ellas con gesto indiferente, ella estuvo un rato en las tablas observando fascinada la Piazza San Marco, que se había transformado en un enorme lago en el que los respaldos de las sillas de plástico emergían como viejos restos arrojados al mar.

—*Andiamo, signorina, andiamo!* —Una voz irritada irrumpió en la bella escena y alguien la empujó con brusquedad—. ¡Siga avanzando, está obstaculizando el paso!

—¡Eh! —gritó Nelly, que tropezó con las enormes botas de goma y ya se veía chapoteando en el agua de la laguna—. ¡Tenga cuidado!... ¡Signor Pozzi! —exclamó sorprendida. Era, en efecto, el hombre bajito y malhumorado que en su primer día en Venecia la guio hasta su alojamiento el que ahora pasaba a su lado empujándola. Pero, como siempre, él no consideró necesario disculparse, sino que golpeó impaciente las tablas con su bastón.

—Aaah, *signorina Delacourt!* —exclamó—. Tenía que ser usted la que corta el paso. —Luego le lanzó un indulgente «*Tutto bene?*».

—Sí —respondió Nelly—. Todo bien. Si no te tira nadie al agua. —Sonrió. No estaba dispuesta a que nadie le quitara el buen humor—. ¿Cómo es que va usted siempre con prisas, signor Pozzi? —preguntó, y añadió mentalmente: «Cuando de todas formas siempre llega tarde».

—Estoy muy ocupado, *signorina*. Estoy muy ocupado. Yo trabajo aquí y no puedo permitirme estar horas mirando un enorme charco en la Piazza como si fuera la séptima maravilla del mundo. ¡No tengo tiempo para esas cosas! *Arrivederci!* —Pozzi agitó la mano en el aire mientras ponía su bastón en *staccato* y se alejaba a buen paso.

Nelly observó sonriendo cómo se alejaba el hombre encorvado. Afortunadamente ella tenía todo el tiempo del mundo para esas cosas. Dejó vagar la mirada de nuevo por la superficie del agua llena de reflejos.

Entonces llamó Jeanne.

Nelly notó enseguida que su prima estaba deseando contarle algo. Su voz sonó muy alegre cuando le preguntó a Nelly qué estaba haciendo.

—En este momento estoy sobre una pasarela de madera viendo la Piazza San Marco inundada —dijo.

—¡Ay, Dios mío! ¡Qué horror! ¿Por qué no vuelves de una vez a París en vez de ahogar tus penas en Venecia, Nelly? Aquí se está mejor que en esa ciudad construida sobre el agua que está medio podrida y pronto se va a hundir en el mar. Aquí brilla hoy el sol y hace un día precioso.

—No estoy ahogando mis penas, al revés. —Nelly se resguardó bajo su paraguas y sonrió. Sabía que su prima no la había llamado para hablar del tiempo.

—Adivina quién está aquí tomándose un trozo de tarta de pera —dijo enseguida Jeanne por teléfono.

—Hmm... —contestó Nelly—. Por lo alterada que pareces yo diría que es Sean O'Malley. —Se rio para sus adentros cuando Jeanne se quedó muda de golpe.

—Eh..., ¿cómo lo sabes? —preguntó luego su prima.

—¿Mi sexto sentido? —respondió Nelly. Pero luego le habló a su prima de la memorable tarde en el Campo Santo Stefano.

—¡No puede ser! —fue el comentario de Jeanne—. ¡Apuesto lo que sea a que sudaste un montón, ja, ja, ja!

—Sí, de hecho sí, ja, ja, ja, no fue nada divertido.

—¿Y de verdad te encontraste a ese Beauchamps por casualidad? ¿O contribuiste un poco a la buena suerte? —quiso saber Jeanne.

—No digas tonterías, Jeanne. Te juro que apareció de pronto en la Piazzetta como caído del cielo.

—¿Caído del cielo? ¡Ja, ja, ja! ¡Esa sí que es buena! ¡Por todo lo que he oído no parece ser precisamente un santo! —Jeanne soltó una carcajada por el auricular, divirtiéndose a lo grande con su propio chiste—. Vaya, vaya —suspiró una vez que se hubo calmado—. Solo espero que ese encuentro no te haga seguir soñando. ¡Te conozco, querida prima, te agarras a cualquier clavo ardiendo!

—Te equivocas —replicó Nelly. Y luego dijo algo que incluso a ella misma le sorprendió—: Para ser sincera, hasta me aburrí un poco en la comida. —Pensó un instante—. El profesor Beauchamps es un hombre estupendo, pero ¿sabes de lo que me he dado cuenta? De que lleva unas gafas demasiado grandes. Tal vez sea demasiado mayor para mí. Y, sobre todo, no me hace reír.

—¿No te lo he dicho yo siempre? Por fin eres sensata —dijo Jeanne con generosidad.

Pero también ahí se equivocaba su prima, que empezó a hablar con entusiasmo de «Jean», que tras una velada llena de alcohol y risas había cargado con su *tigresse* al hombro y la había llevado hasta su dormitorio.

Nelly había decidido ser insensata.

Al menos un poco.

Uno de los aspectos de la nueva insensatez de Nelly consistió en confiar cada vez más en su nuevo admirador. Había notado, para su sorpresa, que estaba en el mejor camino para enamorarse de su *cicisbeo* veneciano. Aunque supiera que sus días en Venecia estaban contados. Apartó de su cabeza esa desagradable idea. Solo quería pensar en el aquí y ahora. Y tampoco Valentino mencionaba nunca que el tiempo de Nelly en Venecia se acabaría alguna vez. Solo en una ocasión, muy al principio, le había preguntado por la fecha de su marcha —el 16 de febrero— y luego había dicho que todavía tenían mucho tiempo. ¿Por qué romperse hoy la cabeza con algo del futuro? *Carpe diem.* Lo demás ya se arreglará.

Nelly se había citado con Valentino un par de veces en el pequeño café, que para ella seguía teniendo un encanto especial, y él le había enseñado sus iglesias favoritas, entre las que estaban la de Santo Stefano, con sus maravillosas pinturas, Santa Maria del Rosario, en Dorsoduro, y la iglesia San Nicolò da Tolentino en Santa Croce, ante cuyo magnífico altar barroco Nelly se estuvo un buen rato parada.

En sus paseos por los distintos barrios a Nelly le había llamado la atención que en Venecia apenas había librerías, y se lo comentó a Valentino.

—Un triste capítulo —respondió él—. Han ido cerrando una tras otra. Es posible que en invierno no se note tanto, pero Venecia ha sucumbido sobre todo a las necesidades de los turistas. Y estos prefieren comprar máscaras, cristal de Murano y pequeñas góndolas de plástico.

Nelly pensó en la máscara azul que había comprado al principio. Estaba claro que el número de tiendas de máscaras era muy superior al de librerías. Pero luego fueron paseando hasta Castello y Valentino le mostró una de las pocas librerías que quedaban en la ciudad y que seguro que ella sola no habría encontrado nunca.

La librería Acqua Alta, en la *calle* Lunga, era un hechizante caos en el que uno podía estar horas revolviendo, y el propietario era un hombre sumamente amable. La mayoría de los libros que se vendían allí tenían algo que ver con Venecia, y había libros en todos los idiomas. Emocionada, Nelly pasó la mano por las viejas estanterías de madera llenas a rebosar, pero los libros también habían encontrado su sitio en cestas, cajas y bañeras e incluso en una góndola veneciana auténtica que en medio de la tienda parecía abrirse paso hacia el canal, que brillaba verdoso más allá de la puerta de madera. Los gatos saltaban con gracia de un lado a otro o dormían enroscados entre los montones de libros. Nelly compró un bonito libro de fotos de Venecia, y al salir pensó que aquella librería era uno de esos sitios especiales que hacían que la ciudad no perdiera su magia.

Un día Valentino la llevó en su bote por la laguna hasta la isla de Burano, que con sus casitas de colores parecía la traviesa hermana pequeña de Venecia, para comer pescado fresco al mediodía. En el viaje de vuelta Valentino de pronto apagó el motor. Sobre el bote oscilante cogió a Nelly entre sus brazos y le preguntó:

—Bueno, ¿qué hacemos ahora?

Y Nelly se rio, saboreó la sal que había en el aire y se entregó a sus apasionados besos hasta que la sirena de un barco turístico la asustó. Rápidamente se estiró la ropa y se abotonó el abrigo hasta arriba.

—Todavía queda algo más, ya verás —le gritó Valentino por encima del hombro mientras guiaba otra vez el pequeño bote entre los pilotes de madera oscura que emergían del agua. Y aunque hasta entonces Valentino no había conseguido entrar nunca en su *appartamento* de la *calle* del Teatro —Nelly no estaba segura de querer dar realmente ese último paso que al final tal vez solo supondría una nueva pena—, tuvo que reconocer que pocas veces se había sentido tan viva como al lado de ese joven despierto e insistente que solo tenía dos defectos: era demasiado guapo para serle fiel solo a una mujer y siempre llegaba tarde cuando quedaban, algo que a Nelly le molestaba cada vez más.

—¡Ay, Valentino! ¿De verdad que es tan difícil ser puntual? —le reprochaba cada vez que él volvía a llegar media hora tarde—. ¡Siempre tengo que esperarte! ¿Es que no tienes reloj?

—Claro que tengo un reloj —respondía él riéndose como si no se tomara en serio sus quejas—. Pero soy un hombre muy ocupado. Tengo que trabajar. —Y luego le lanzaba una elocuente mirada y le guiñaba un ojo—. ¡Venga, no te enfades! ¿Qué puedo hacer para que vuelva a estar usted contenta, estricta signorina Eleonora? ¿Una Orangina? ¿Un tiramisú?

Nelly no podía evitar reírse.

—Bah, eso son solo excusas. No te creo una sola palabra.

Pero, estúpidamente, le creía.

A pesar de sus protestas, Nelly había notado que Valentino parecía tener cada vez menos tiempo para ella. Parecía siempre nervioso, incluso cuando trataba de disimular con sus bromas habituales. Se vestía cada vez con más descuido, y a menudo aparecía en el Settimo Cielo, donde solían quedar, corriendo y con la camisa mal remetida por el pantalón. Luego, cuando iban andando por la ciudad, sonaba su *telefonino* y al rato se despedía alegando una «cita urgente».

El viernes Nelly comprobó con horror que se acercaba ya el final de la tercera semana. Una semana más tarde le entregaría al signor Pozzi la llave del pequeño apartamento y cogería el tren a París. El tiempo pasaba como la arena por el gran reloj de arena, y en algún momento caería también el último granito.

Ese viernes, que ni siquiera era 13, sino un discreto 9 de febrero, Nelly descubrió que Valentino tenía un secreto.

Todo empezó cuando decidió darle una sorpresa a Valentino a mediodía en Ca'Rezzonico. Por la mañana la había llamado para comunicarle con voz afligida que, por desgracia, ese día tenía mucho trabajo y tampoco podía confirmarle si tendría tiempo para ella por la noche.

—Tengo que terminar de una vez el polichinela del columpio —dijo suspirando—. El director del museo no se anda con bromas.

—¡Oh, qué pena! —repuso Nelly—. ¿No tienes ni una horita para mí?

—Por desgracia, no. Hoy me voy a pasar todo el día trabajando, a mí tampoco me gusta.

Nelly se sintió decepcionada. Pero entonces decidió pasarse por Ca'Rezzonico con algo para comer y ver un rato cómo trabajaba Valentino.

Sin embargo, cuando hacia las dos llegó a la sala de los polichinelas, estaba vacía. La alta escalera estaba sola en medio de la estancia entre botes de pintura y pinceles. Nelly esperó unos minutos, luego volvió despacio hasta la entrada del museo esperando oír un grito de alegría de Valentino en cualquier momento. Ya en el exterior, miró alrededor. Tal vez él se le había adelantado y había salido a comprar un *panino* por allí cerca. El sol se había abierto camino entre las nubes y en la estación de Ca'Rezzonico atracaba en ese momento un ruidoso vaporetto. Algunas personas se bajaron y siguieron su camino, entre ellas una llamativa figura con el pelo rojo y un abrigo de terciopelo azul marino que desapareció en una calleja lateral. Nelly avanzó mirando a ambos lados y buscando por las calles. Finalmente volvió al museo. Ya iba a llamar a Valentino, cuando de pronto lo vio parado junto al canal que transcurría a lo largo de un lateral de Ca'Rezzonico y desembocaba en el Gran Canal.

Valentino llevaba su cazadora de cuero y había dejado una bolsa de viaje grande en la acera mientras amarraba su bote. Luego saludó agitando la mano en el aire. Sorprendida, Nelly levantó también la mano, pero entonces se dio cuenta de que Valentino ni siquiera la había visto. Su sonrisa de alegría iba dirigida a otra persona. A la mujer de los largos rizos rojos.

Nelly sintió cómo se le paraba el corazón. Luego volvió a latirle con fuerza en el pecho.

—*Ciao, Tiziana!* —gritó Valentino a su manera desenfadada. Solo tenía ojos para la belleza pelirroja que se dirigía hacia él a buen paso.

Nelly la siguió y se escondió en la entrada de una casa. Estaba a unos metros de ellos y vio cómo se abrazaban. Se notaba que no era la primera vez que se veían.

—¡Qué bien que hayas podido venir! —oyó que decía Valentino—. Lo tengo todo preparado para nuestra pequeña excursión al Lido. —Sonrió y señaló la enorme bolsa negra que tenía al lado—. ¡Oh, Tiziana, no puedes imaginarte lo emocionado que estoy! —exclamó—. ¡Por fin lo conseguimos! —Dejó la bolsa en el bote y luego saltó también él dentro—. ¡Vamos, no podemos perder el tiempo! Estoy impaciente por ver cómo sube este chisme. —Le dio la mano a la joven para ayudarla a subir al bote.

—A mí también me parece muy emocionante todo esto. —Tiziana se rio y cogió su mano. Subió al bote—. ¡Además, adoro los secretos! Aquí —señaló su bolsa de cuero— traigo algo para que tenga más fuerza.

—*Carissima*, seguro que no lo necesitamos. —Valentino se puso al timón. Antes de que encendiera el motor Nelly oyó todavía cómo le gritaba a su *carissima* por encima del hombro—: No ha sido tan fácil librarme hoy de ella. Nelly quería verme a toda costa. Últimamente está muy pendiente de mí, tengo la impresión de que sospecha algo, y eso sería...

El resto de sus palabras se confundió con el traqueteo del motor.

Nelly había oído lo suficiente. Se quedó mirando atónita el bote en el que Valentino se alejaba a toda velocidad con Tiziana, que iba a su lado orgullosa y con el pelo al viento como una reina.

Hacían una bonita pareja.

Fue una lástima que Nelly no oyera cómo acababa la frase de Valentino. ¿Cuántos grandes y también pequeños malentendidos fatales acabarían bien si se tuviera siempre la posibilidad de escuchar hasta el final y conocer así toda la verdad? Pero Nelly no tuvo esa oportunidad.

Se quedó como petrificada mientras su corazón parecía estar sometido a una traqueteante máquina de coser que le asestaba un pinchazo tras otro. Al cabo de un rato se volvió lentamente, dio un par de pasos inseguros y tiró la bolsa con la comida a un cubo de basura. El suelo temblaba bajo sus pies. O tal vez era ella la que temblaba. No lo sabía, ya no sabía nada, solo notó que se le saltaban las lágrimas. Furiosa, se las limpió.

De camino a San Polo Nelly libró una pequeña batalla consigo misma. O, mejor dicho, con la voz que subía desde su corazón y la prevenía de tomar decisiones apresuradas. ¿No había sido pillada ella unos días antes en el Campo Santo Stefano en una situación equívoca? ¿Podía tratarse también aquí de algo que no era lo que parecía y tenía una explicación muy simple? ¡No lo creía!

Nelly meneó la cabeza con tristeza. La desconfianza crecía con cada uno de sus pasos, y cuando giró la llave en la cerradura de la pesada puerta de madera de la *calle* del Teatro ya lo tenía claro.

—Lo sabía —murmuró muy dolida—. No se puede confiar en un hombre guapo.

Para Valentino Briatore la *dolce vita* continuaría también sin la signorina Eleonora. ¿Por qué iba a centrar su atención en una joven francesa que en unos días desaparecería otra vez de su vida?

Nelly seguía albergando oscuros pensamientos en su corazón cuando se sentó en el sofá color azafrán y observó el grabado de la ciudad que colgaba en la pared de enfrente. Luego se sintió de pronto muy triste. Y entonces tomó la heroica decisión de no volver a hablar con su *cicisbeo* veneciano que no parecía un *cicisbeo* y tampoco besaba como tal. No se iba a rebajar a eso.

Eleonore Delacourt podía ser una perdedora. Pero cuando quería podía ser tan orgullosa como esa reina pelirroja.

21

Valentino Briatore estaba agotado, pero muy satisfecho, cuando ya de noche regresó a Venecia con Tiziana y Luciano. Habían dejado el globo aerostático en un tinglado en el Lido, donde esperaba su gran puesta en escena. El trabajo de los últimos días había merecido la pena. Después de muchas fatigas, todo había salido bien.

Y con la ayuda de sus dos buenos amigos también había sido un éxito el vuelo de prueba con el globo sujeto a la cuerda. Todavía había que arreglar una parte de la cesta, pero por lo demás todo estaba perfecto.

El Lido estaba casi desierto en esta época del año, la mayoría de los hoteles habían cerrado y tampoco las pequeñas casetas de baño blancas de la playa que en verano servían de vestuarios habían despertado todavía de su letargo invernal.

Cuando el magnífico globo se hinchó sobre la cesta con sus rayas rojas, azules y doradas, todos aplaudieron entusiasmados. Valentino miró a Tiziana y Luciano, que esperaban sobre la arena a que el globo se elevara hacia el cielo tirando de la gruesa cuerda que habían fijado a una roca. Sintió una gran emoción. Con los globos pasaba lo mismo que con la bicicleta: nunca te olvidabas de cómo manejarlos.

—Ya verás, la pequeña se va a desmayar de alegría —gritó Luciano, que se había encargado de conseguir e instalar la señalización luminosa—. ¡Es increíble! —Le guiñó un ojo a Tiziana—. Lo siento, pero yo no tengo un regalo de San Valentín así para ti.

Tiziana sonrió.

—Tampoco eres tan romántico como nuestro amigo. —Apoyó las manos en las caderas y miró orgullosa el globo, cuyos rasgones había conseguido arreglar con Valentino después de un minucioso trabajo—. Y de nuevo el globo del viejo Briatore unirá a dos enamorados —declamó—. ¡Qué maravilla! Al natural resulta mucho más impresionante que en las fotos del Settimo Cielo.

El globo se elevó un poco y Valentino rio de felicidad. El mar brillaba bajo él al sol de la tarde y una leve brisa lo desplazó ligeramente. Le encantaba la idea de flotar en él sobre la laguna dentro de unos días con Nelly y declararle su amor con el anillo de rubí antiguo que había comprado en una joyería del barrio de Accademia.

—Te quiero, Nelly Delacourt, te quiero —les susurró a las sorprendidas nubes.

Dos días más tarde la alegría de Valentino se había convertido en una gran preocupación. Tras su excursión al Lido había intentado varias veces hablar con Nelly. Le había dejado mensajes en su buzón de voz por la mañana, a mediodía, por la tarde, pero ella no le había devuelto las llamadas. Al día siguiente lo intentó cada hora, dejándole mensajes cada vez más apremiantes. ¿Por qué no le llamaba? ¿Tenía otra vez dolor de cabeza? ¿O es que había vuelto a perder el bolso con el teléfono y todo? En ese caso habría ido a verle a Ca'Rezzonico o al Settimo Cielo. Pero en el museo no había dejado ningún recado para él y tampoco había aparecido por el Settimo Cielo. Alessandro y Giacomo Briatore se encogieron de hombros perplejos y menearon la cabeza.

—Qué raro —dijeron al unísono.

A Valentino también le parecía muy raro... y además algo le daba mala espina aunque en realidad no hubiera ningún motivo para ello.

¿Había dicho o hecho algo que hubiera podido molestar a Nelly? Se rompió la cabeza, pero no encontró ninguna respuesta.

Así pasó el sábado y también el domingo. Volvió otra vez al Lido para hacer los últimos preparativos. Ya estaba todo arreglado, todo estaba hablado, todo estaba preparado. Luciano y Tiziana les esperarían el 14 de febrero por la tarde en la playa del Lido. Las previsiones meteorológicas eran buenas. Pero todo aquello no tenía sentido si Nelly no estaba allí.

¿Se habría ido de fin de semana sin decirle nada? Los celos hicieron que su corazón empezara a latir con fuerza. ¿Habría ido a Bolonia a ver a ese profesor francés? ¿Habían vuelto a hablar por teléfono y se habían citado en secreto? Entonces estaba claro por qué no contestaba al teléfono. Seguro que no iban a hablar de Virilio. Pero enseguida se reprendió a sí mismo por pensar algo así. De pronto le entró miedo. ¿Le habría ocurrido algo a Nelly? ¡No, no, no podía ser! Cuando uno está preocupado se imagina las cosas más terribles.

Aquella noche Valentino no durmió bien. Todavía era de noche y una luna solitaria cada vez más redonda iluminaba el camino cuando se dirigió a la *calle* del Teatro para ver qué pasaba.

Cuando Valentino llegó al edificio de varias plantas en el que vivía Nelly y llamó al timbre no eran ni siquiera las cinco y media. Confiaba en que el timbre en el que tenía el dedo fuera el correcto. Y tuvo suerte. En el cuarto piso se abrió una ventana y una joven medio dormida y con el pelo revuelto miró hacia la calle.

—¡Valentino! —exclamó Nelly al reconocerlo—. Dime, ¿te has vuelto loco?

Él apartó el dedo del timbre y miró hacia arriba.

—¡Dios mío, Nelly! —gritó—. Llevo dos días intentando hablar contigo. ¿Por qué no me contestas?

—Me duele la cabeza, eso es todo —respondió ella, y volvió a cerrar la ventana.

Él se quedó allí plantado como un Romeo rechazado. ¡No era posible!

Volvió a tocar el timbre.

A los dos minutos volvió a abrirse la ventana.

—¡Deja ya de llamar al timbre! Vas a despertar a todos los vecinos —protestó Nelly.

—Te juro que si no me abres llamaré a todos los timbres. Quiero hablar contigo.

Ella se lo pensó un instante.

—Está bien —dijo con un suspiro—. Sube.

Después de subir los cuatro pisos Valentino se encontró casi sin aliento ante la puerta de Nelly. Ella le dejó pasar y luego se sentó en uno de los dos sofás amarillos.

—¡Por favor! —Le señaló el otro sofá.

Él miró su camisón de algodón blanco, largo, recogido con una cinta fina debajo del pecho, que caía suelto alrededor de su cuerpo. Tenía todavía las mejillas rojas de dormir. No tenía el aspecto de alguien que sufre una terrible migraña, pensó Valentino. La observó en silencio.

Ella encogió las rodillas y se las rodeó con los brazos cuando notó su mirada.

—Bueno, ¿qué quieres?

Él se descubrió a sí mismo examinándole los pies. Unos bonitos pies delgados con tobillos finos y dedos largos, el segundo algo más largo que los demás, como corresponde al ideal de belleza clásico. «Es la primera vez que le veo los pies», pensó.

—Tienes los pies como la *Flora* de Botticelli —dijo.

Nelly movió los dedos de los pies y bostezó tapándose la boca.

—Genial. ¿Has venido a estas horas de la noche solo para decirme eso?

—No, claro que no. —Valentino la miró con gesto de reproche—. Llevas dos días sin contestar al teléfono, tal vez se te podría haber ocurrido que estaba preocupado. Ya me había imaginado lo peor.

—Ah..., ¿sí? —Su voz sonaba en cierto modo hostil.

—Nelly, ¿qué pasa?

—Nada —repuso ella—. Me duele la cabeza, ya te lo he dicho. Y ahora que ya te has convencido de que sigo viva me gustaría seguir durmiendo. ¿Crees que será posible?

Él la miró desconcertado. Lo trataba como a un desconocido.

—¿Podré verte hoy?

Ella negó con la cabeza y le lanzó una mirada inexpresiva.

—No sé... Puedo llamarte si me encuentro mejor. ¿Quedamos así? —Se abrazó las rodillas y su boca mostró una ligera sonrisa, aunque sus ojos no sonreían.

—Bueno, entonces..., perdona que te haya despertado —dijo Valentino—. Solo estaba preocupado —repitió como un idiota. Con el corazón a cien, se dirigió hacia la puerta. Algo no iba bien, lo notaba.

Nelly estaba sentada en el sofá como un pequeño cactus con todos los pinchos erizados. Valentino podía sentir su punzante mirada en la espalda. No podía irse así.

Se giró y miró a Nelly con expresión suplicante.

—Nelly..., yo...

—¿Quién es realmente Tiziana? —preguntó ella.

—¿Tiziana? —repitió él, alucinado—. Es..., es una vieja amiga. ¿A qué viene esto?

Ella guardó silencio un momento.

—No, nada. Tu abuelo dijo algo de ella.

—¿De Tiziana? ¿Mi abuelo? —La miró con desconfianza. ¿Se habría ido su abuelo de la lengua?—. ¿Qué te ha contado? —insistió.

—¿Es que hay algo que contar? —Nelly lo miró recelosa, y entonces Valentino cayó en la cuenta.

—No, claro que no. —Se rio—. No hay nada que contar, Nelly, absolutamente nada. —¿Le habría dado a su abuelo un ataque de falta de tacto y le habrá contado a Nelly algo de la bella Tiziana? Miró a Nelly con curiosidad—. ¡Pero bueno! ¿No estarás celosa de mi amiga del cajón de arena? Me volvía loco el hueco que tenía entre los dientes, pero de eso hace ya muchos años.

—¿Te ves con ella?

—¡No, claro que no! —¿Qué le habría contado Giacomo?—. Estoy completamente dedicado a ti, no tengo tiempo para ninguna otra mujer —dijo intentando bromear.

Ella guardó silencio. No le había sentado bien la broma.

Valentino suspiró.

—A veces nos encontramos, Venecia tampoco es tan grande, pero si con «vernos» te refieres a si hay algo entre nosotros, entonces... ¡no!

Vio en los ojos de Nelly un brillo que la traicionó.

En dos pasos Valentino llegó al sofá, se sentó a su lado y la abrazó.

—¡Nelly, estás llorando! ¡No puede ser verdad! ¡Qué locura! Todo está bien, créeme. Tiziana es una buena amiga, nada más. No sé qué disparate te habrá contado mi *nonno,* pero se va a llevar una buena regañina, te lo aseguro.

Nelly lo taladró con la mirada.

—Mientes —dijo con la voz ahogada en lágrimas—. Tu abuelo no me ha contado nada.

—¿No? —Dios mío, ¿qué le pasaba a esa chica? Nelly negó con la cabeza.

—Os vi —explicó de pronto entre sollozos—. El viernes. Quería darte una sorpresa en Ca'Rezzonico, donde se suponía que estabas trabajando. Pero no estabas allí. Te citaste en secreto con esa tal Tiziana, ¡y os abrazasteis como dos enamorados! ¡Estabas impaciente! Y luego os fuisteis juntos al Lido. En tu bote. Con equipaje para pasar la noche. —Le miró furiosa entre lágrimas—. Y encima tú te burlaste de mí, dijiste que era como una lapa y que no había sido tan fácil deshacerte de mí. ¡De mí! —Se tapó la cara con las manos y lloró.

—¡Oh, Nelly! —suspiró Valentino—. ¡Nelly, Nelly, Nelly!

Valentino necesitó toda su capacidad de convicción para tranquilizar a la joven sollozante del sofá y convencerla de que su encuentro con Tiziana estaba por encima de cualquier duda y solo encerraba los mejores propósitos.

—Créeme, Nelly, no tengo secretos contigo. No te miento. —Ella soltó un pequeño grito—. Bueno, sí, te he mentido, pero lo he hecho solo por la sorpresa que te he preparado.

—¿Una sorpresa? —Nelly dejó de sollozar.

—Sí. —Valentino asintió—. Dentro de dos días es San Valentín. Y también es mi santo. Y me gustaría...

—Hizo una pausa y le cogió la mano a Nelly—. Nelly, te he preparado una sorpresa que te demostrará todo lo que significas para mí. Por favor, confía en mí y no me obligues a darte más explicaciones. No quiero desvelarte nada. —La miró con cara suplicante—. ¿Crees que puedes esperar dos días más? ¿Es pedir demasiado? ¿Dos días a cambio del más bello regalo que un hombre le ha hecho jamás a una mujer en el día de San Valentín? —Le apartó a Nelly el pelo revuelto de la cara y sonrió con cariño.

Nelly se limpió la nariz, luego también sonrió.

—No hace falta que exageres tanto, Valentino Briatore —dijo ya más tranquila—. Pero te lo advierto: si este es otro de tus trucos no volveré a dirigirte la palabra nunca más.

22

Es un hecho por todos conocido que a los hombres no les gustan las sorpresas mientras que las mujeres las adoran. Desde que Valentino Briatore había aparecido la mañana del lunes tan temprano en su casa, Nelly se preguntaba qué sorpresa sería la que tenía preparada Valentino.

—¡Vas a alucinar! —le había asegurado él—. Ningún hombre te ha regalado nunca algo así. Créeme, te va a fascinar.

Con respecto a la pelirroja Tiziana le quedó todavía una pequeña duda. Valentino no le había explicado aún por qué había ido al Lido con su vieja amiga y una enorme bolsa de viaje.

—Espera al día de San Valentín, entonces lo entenderás todo.

En realidad, Nelly era una persona que sabía esperar...; al fin y al cabo había estado casi un año esperando a cierto experto en Virilio. Pero ese último día en que tuvo que poner a prueba su paciencia se le hizo algo largo.

Habían quedado a última hora de la tarde en el Settimo Cielo para cenar juntos y luego empezar a celebrar el santo de Valentino..., una celebración que en Italia era más importante que en Francia.

Por la tarde Nelly había dado una vuelta por las callecitas alrededor de la iglesia de Santa Maria Formosa buscando un regalo. Delante de una tienda donde vendían de todo y que estaba al final de un pasadizo de piedra vio unos cojines de seda de colores distribuidos sobre sillas de madera. Delante había dos maniquíes envueltos en vestidos de terciopelo rojo y con máscaras; se suponía que representaban a un *doge* y una *dogaressa*. Atraída por la bonita decoración, Nelly entró en la tienda y enseguida vio en una mesa de madera ovalada que estaba llena de antigüedades algo que le pareció adecuado como regalo: un pesado pisapapeles antiguo de cristal en el que se veía un león dorado que, rodeado de estrellas, se volvía orgulloso hacia el observador. El león de San Marcos.

El pisapapeles costaba mucho más de lo que Nelly pensaba, pero a pesar de todo lo compró. Sería su regalo de santo para Valentino, pero también su regalo de despedida.

Nelly tuvo que tragar saliva cuando el anticuario envolvió con mucho cuidado la valiosa bola de cristal en papel de seda y luego la guardó en una caja azul oscuro. En lo más profundo de su interior sentía que no quería despedirse, pero en cuatro días se acabaría su estancia en Venecia. Habían sido unos días extraordinarios que jamás olvidaría. Días llenos de risas y despreocupación y belleza. A Nelly le habría gustado seguir así para siempre, pero nadie puede retener un instante para siempre.

Tenía que regresar a París. ¿Tenía que regresar a París? ¡Sí, claro! Venecia era como un sueño bonito, pero París era la vida real. Nelly no sabía por qué de pronto no tenía ganas de volver a la vida real.

Sujetó en la mano la pesada bola del león y de pronto vio su futuro ante sí. Acabaría su trabajo de fin de carrera y seguramente obtendría una buena plaza en la universidad. Terminaría de pagar su casa, tomaría *galettes* en Les amis de Jeanne y por las tardes pasearía por el Jardin du Luxembourg y disfrutaría del olor de las flores de los castaños que florecían en primavera. En algún momento conocería a un francés inteligente y se casarían... Tal vez un colega de la universidad. A veces, cada vez con menos frecuencia, llevaría consigo el bolso rojo que se le había caído desde el Puente de Rialto en su primer día en Venecia. Y entonces pensaría con una sonrisa sentimental en esos alocados días que había pasado con un veneciano descarado, atractivo, lleno de vida y con unos ojos oscuros resplandecientes que besaba como el mismísimo demonio y que nunca, ni una sola vez, le había dicho que la quería.

Sabía que había alguna pega en todo ese asunto.

Nelly suspiró cuando poco antes de las nueve abrió la puerta del pequeño café en el que hacía una eternidad —eso le parecía, al menos— había aterrizado por un capricho del destino. Alessandro estaba tras la barra y la saludó con cariño, casi como a un miembro de la familia, y la sensación de melancolía desapareció. Todavía estaba aquí. Y mañana recibiría el mejor regalo que una mujer podía recibir de un hombre en el día de San Valentín.

Una sonrisa divertida curvó sus labios cuando pensó en las arrogantes palabras de Valentino. Estaba impaciente por ver qué se le había ocurrido. Luego se acordó de esa frase a la que con toda la excitación del encuentro anterior no había prestado atención, y se le encogió el corazón. Solo después de que Valentino abandonara su apartamento fue consciente de que él había dicho que ese regalo le demostraría lo mucho que ella significaba para él.

No había muchos clientes en el café. El viejo Briatore estaba sentado, como siempre, en la mesa del rincón con una *grappa*. Valentino no había llegado todavía.

Nelly se quitó el abrigo, se alisó el vestido de seda azul que se había puesto para celebrar el día, se sentó en una mesa junto a la ventana y esperó. Dejó sobre la mesa la caja con el pisapapeles, pidió una copa de vino tinto y observó el pequeño *campo* que estaba en penumbra. El cristal reflejaba su imagen con el brillo de las lámparas, y Nelly le sonrió a la joven con el pelo recogido y los pendientes de perlas bamboleantes. Todavía no tenía ni la más mínima idea de que esa tarde iba a hacer en el Settimo Cielo un descubrimiento que —por lo increíble y maravilloso que sería— haría sombra a cualquier otra sorpresa.

Cuando Nelly pensaba en ello con posterioridad siempre le sorprendía cómo en el gran libro de la vida al final todo se junta. Todo tenía dos caras, y hasta un hombre que no podía ser puntual tenía algo positivo. Pues el hecho de que Valentino Briatore también se retrasara aquella tarde fue la verdadera causa de lo que ocurrió después.

Eran las nueve y veinte cuando Nelly se puso de pie furiosa. Los demás clientes ya se habían marchado, solo quedaba ella, ahí, como un encargo que nadie pasaba a recoger. Alessandro le había dejado en la mesa un pequeño cuenco con cacahuetes y luego, murmurando un «llegará en cualquier momento», había desaparecido en su pequeña cocina.

A Nelly solo le quedaba confiar en que así fuera. Tendría que acostumbrarse a esa forma tan relajada de entender la hora a la que se quedaba. Valentino le había explicado dos veces entre risas que en Italia era muy normal llegar «un poco tarde», pero ella se preguntaba cuál sería el motivo de este nuevo retraso. Ninguna sorpresa podía ser tan magnífica como para justificarlo todo.

Intranquila, dio una vuelta por el café para matar el tiempo, volvió a mirar los cuadros y las fotos de la pared, se imaginó todas las cosas posibles y trató de no escuchar la vocecita de los celos que iba sonando cada vez más fuerte en su interior. Después de haber observado con detalle todos los cuadros y haber leído todas las dedicatorias, se dirigió hacia la estantería llena de libros. Inclinó la cabeza para leer algunos títulos y empezó a ordenar el caos que allí reinaba, una mezcla de novelas, biografías y libros de fotos. Los libros estaban amontonados en los estantes, sin ordenar por tamaño o por otro sistema aparente, y una capa de polvo era la prueba de que hacía tiempo que no llegaba un nuevo invitado a ese cementerio de historias. Nelly sacó algunos libros de la estantería y sopló el polvo. Estornudó.

El viejo Giacomo, que seguía sentado detrás del periódico en su rincón, dijo automáticamente: «*Salute*». Nelly le dio las gracias con mucha educación.

Con mano diestra, puso los grandes libros de fotos abajo, encima dispuso los libros de divulgación científica y luego ordenó las novelas de forma que los lomos estuvieran alineados con el borde de los estantes. Aquello tenía mejor aspecto. Nelly contempló su obra satisfecha. En la fila más alta sobresalía todavía un libro que no podía empujar hacia atrás en el estante. Nelly cogió una silla, sacó el libro y tanteó buscando el obstáculo. En el fondo del estante había un libro que se había atascado y bloqueaba al que estaba delante. Lo sacó. Era un pequeño volumen de tapa dura que tenía pinta de llevar décadas durmiendo en la vieja librería de madera sin que nadie lo molestara.

Nelly le quitó el polvo y miró de pasada el título que se veía en la sobrecubierta amarillenta y rasgada. Sorprendida, se bajó de la silla.

Conocía ese libro. Unas semanas antes había encontrado uno igual en la vieja caja de libros de su abuela y en él había descubierto una enigmática dedicatoria que coincidía con las palabras grabadas en su anillo. *Amor vincit omnia.*

Ese pequeño librito había sido el motivo por el que ella había viajado hasta Venecia. Nelly respiró hondo y se quedó mirando el libro que tenía en la mano. El título era *Válido diez días.* Y el autor, un tal Silvio Toddi.

Valentino Briatore quedó olvidado de momento. Impaciente, Nelly se sentó con su hallazgo en la mesa junto a la ventana. ¿Era realmente una casualidad encontrarse ahora la pareja del libro de su abuela justo en ese café que se llamaba Il Settimo Cielo y que desde el primer momento la había atraído de un modo casi mágico? ¡No! Se apresuró a abrir el libro y hojear las primeras páginas con cuidado. Pero, para su decepción, en ese ejemplar no había ninguna dedicatoria. Siguió hojeando el libro en busca de frases subrayadas, pero tampoco encontró ninguna. En cambio, el libro guardaba un secreto que era mucho más excitante. Nelly estuvo a punto de gritar cuando descubrió la carta de papel fino que estaba entre las últimas páginas del libro y que —al parecer— llevaba años esperando. Empezaba con «Mi más querido amado» y acababa con «Tu desdichada Claire».

Lo que Nelly sostenía en sus manos temblorosas era, sin duda, una carta de despedida. Una carta que dejaba adivinar la historia de un amor trágico. Pero ante todo era una carta que había escrito su abuela. Con el corazón palpitando, Nelly leyó las líneas escritas con pluma cuyas letras estaban borrosas en algunos puntos. Como si alguien hubiera llorado al leerla.

Mi más querido amado:
Cuando leas esta carta ya estaré en el tren de vuelta a Quimper, y aunque mis tristes pensamientos vuelen

hacia ti, cada kilómetro me irá alejando, hacia el norte, hasta la costa bretona, donde el mar es más salvaje que en la suave laguna.

Ningún mar es tan salvaje como el amor, me dijiste, ¿te acuerdas?, cuando trazamos nuestro osado plan de escaparnos a Roma. ¡Ay, cómo me habría gustado ir allí contigo, querido! Pero me ha invadido una ola de miedo que se ha tragado todos nuestros planes y me arrastra lejos de ti.

Dejo atrás horas espantosas. Mi padre lo descubrió todo y me llamó para hablar conmigo. Nunca le había visto tan furioso. Se puso pálido y rojo y cada poco se llevaba la mano al corazón como si fuera a dejarle de latir en cualquier momento.

Que cómo podía haber hecho algo así, me preguntó. Que no me había hecho aprender italiano y me había llevado con él en ese viaje de negocios para que yo me comportara de ese modo a sus espaldas. Dijo que nuestro amor es imposible, que vamos de cabeza a la desgracia, y que a mis diecisiete años no sé lo que hago. Yo le dije que en dos meses cumpliré dieciocho años y que nos amamos de corazón, pero él no quería saber nada de eso. Que él tenía más experiencia de la vida, dijo. Y que jamás permitiría que una hija suya entablara relaciones con un don nadie veneciano. Disculpa, por favor, lo del don nadie, yo no pienso igual. Para mí tú eres todo lo contrario a «nadie», ¡tú lo eres todo!, y así se lo dije. Pero él se revolvió como un Zeus enfurecido lanzando rayos sobre las cabezas de los estúpidos hombres. Que si había olvidado de dónde procedo. Que soy una Beaufort, una Beaufort, gritó. Que si quería renunciar a todo por una loca aventura infantil de la que en pocos meses me iba a arrepentir profundamente.

Yo estaba sentada en nuestra suite del Danieli y me sentía cada vez peor y peor. Al final ya no sabía nada. Y es posible que papá tenga razón y nosotros no sepamos lo que hacemos. Te quiero, nunca he sentido por ningún otro hombre lo que siento por ti, querido, pero también le quiero mucho a él, y si ahora me voy contigo tendría que romper con mi familia, y no quiero hacerlo.

Siempre he soñado con el sur, querido, pero mi hogar está en el norte. Allí donde el cielo es muy extenso y el mar enfurecido bate contra las rocas, me encuentro en casa. Casi lo había olvidado, y no sé si lo podría olvidar para siempre.

Amor vincit omnia. El amor todo lo vence, me escribiste en el pequeño libro que me regalaste después de que nos besáramos por primera vez, ¿te acuerdas? Querías que lo tuviéramos los dos y me dijiste que también los dos amantes del libro, que llevaban nuestros nombres, encontraban un final feliz.

¡Ay! ¡No me condenes! Es posible que en la novela el amor todo lo venza, pero en la vida real a menudo es el miedo el que vence al amor. ¡Perdóname por no ser lo suficientemente valiente como para empezar una nueva vida contigo, ¡perdóname!

Estas semanas en Venecia han sido como un sueño maravilloso. Todos nuestros encuentros en secreto en el Settimo Cielo, donde no había ni un yo ni un tú, sino solo un *«noi»*. Nuestros corazones se conmovieron por un breve momento que fue tan infinitamente valioso que jamás lo olvidaré. ¡Cómo podría olvidarlo alguna vez! ¡Es lo único que puedo prometerte, mi pobre, pobre amado, al que tengo que decepcionar y al que ya echo tanto de menos!

Te veo ante mí, cómo lees esta carta desconcertado, en vez de tenerme entre tus brazos, como habías esperado, y el corazón se me encoge de dolor. ¡Lo siento, lo siento mucho!

En algún momento, en otra vida, tal vez seamos felices juntos, como hemos soñado.

Hasta entonces... ¡Adiós, adiós!

Tu desdichada Claire
Venecia, mayo de 1952

P. S.: Espero que no te enfades por que me quede con el anillo. Debía sellar nuestro amor, que iba a superar todos los obstáculos con fuerza y valor, pero sencillamente no puedo desprenderme de él. Siempre me...

El resto de la frase resultaba ilegible y con él finalizaba la carta.

Nelly vio ante sí a la joven cuyas lágrimas habían mojado el papel. Ella también tenía ganas de llorar después de leer esa conmovedora carta de despedida de una joven que se veía arrastrada de un lado a otro entre el miedo y el amor, entre un joven desconocido y un padre prepotente. Una joven que luego sería su abuela. La fuerte y valiente Claire Delacourt, una bretona que no se achantaba con nada y que mantenía a su familia unida. Esa mujer a la que ella había querido y admirado tanto y que siempre le había dicho que no fuera débil como una mimosa porque entonces lo tendría muy difícil en la vida.

Ahora se la encontraba en esta carta como una chica apocada y miedosa, y por eso Nelly la quiso aún más.

Se quedó mirando fijamente la carta, y las líneas empezaron a desdibujarse ante sus ojos. ¡Aquello era increíble! Tenía en la mano —después de medio siglo— una carta que había escrito su abuela. Su abuela, que había estado sentada ahí mismo, en el Settimo Cielo, puede que incluso en la misma mesa en la que ella estaba ahora.

Por un momento tuvo la extraña sensación de que Claire estaba detrás de ella y la miraba sonriendo por encima del hombro. Se giró de forma automática, pero no había nadie, naturalmente. Miró alrededor y creyó verlo todo con los ojos de su abuela, que hacía casi media eternidad habían contemplado esas mismas lámparas y el pequeño *campo* por el que en cualquier momento podría llegar un joven enamorado.

Claire Beaufort había viajado con su padre a Venecia y allí, en el Settimo Cielo, un lugar apartado del mundo, había encontrado su primer gran amor..., un amor que acabó de forma trágica y del que ella no había hablado nunca a nadie. Un secreto bien guardado entre padre e hija..., enterrado para siempre en un largo y triste viaje en tren.

Nelly no sabía nada de ese amargo episodio de juventud de su abuela. Aun así, Claire le había regalado ese anillo..., una invitación a agarrar la felicidad con ambas manos y creer en el amor cuando de verdad se encuentra.

Nelly miró el viejo anillo cuyas piedras brillaban con suavidad a la luz de las lámparas. Durante todo ese tiempo no había sido consciente de lo que llevaba en el dedo. Ahora se explicaba por qué la anciana siempre tenía un brillo en los ojos cuando hablaba de Italia. Ahora veía de otra manera el anillo con la inscripción grabada.

Y también el pequeño café, que a Nelly le había resultado desde el principio tan familiar, se había convertido en un lugar mágico en el que se había producido un pequeño milagro. Entre las páginas del libro, que seguía encima de la mesa, Nelly había viajado en el tiempo y había encontrado a su abuela.

Amor vincit omnia. Nelly cerró con cuidado el libro cuya pareja estaba en la mesa de centro de su *appartamento.* ¡Así que el libro con la dedicatoria que había encontrado en París era de su abuela! Entonces este que estaba aquí, sobre la mesa, tenía que ser el ejemplar del joven abandonado. Pero ¿cómo había llegado hasta la estantería del café?

Entonces pensó en la coincidencia de los nombres que mencionaba su abuela en la carta. La protagonista de la novela se llamaba Clara, su abuela Claire. Pero ¿cómo se llamaba el protagonista masculino? ¿Quién era ese hombre que le había entregado el libro a su abuela y quería escaparse con ella? ¡Tenía que haber estado también en el Settimo Cielo!

El corazón de Nelly empezó a latir con fuerza.

Levantó la mirada y vio a Alessandro, que estaba otra vez detrás de la barra.

—¿Dónde se habrá metido este chico? —dijo con una bondadosa sonrisa. Se refería a su hijo, naturalmente. El *barista* sonrió con expresión de disculpa y extendió las manos al ver la cara enrojecida de Nelly—. No puedo hacer nada, me temo que Valentino ha salido a su madre, que también llega siempre tarde. Me alegro de que al menos haya encontrado usted algo para leer.

Nelly cogió el libro y la carta y se acercó a la barra con decisión.

—Alessandro —dijo nerviosa, y le mostró el Silvio Toddi—. ¿Cómo ha llegado este libro a la estantería del café?

Él miró la cubierta y sacó el labio inferior.

—Ni idea —respondió—. Aquí hay muchos libros viejos. No conozco casi ninguno. ¿Es importante?

—¡Sí, sí, muy importante! —exclamó Nelly—. Acabo de descubrir en este libro una carta antigua de mi abuela... Claire Delacourt.

Alessandro la miró desconcertado.

—¡Vaya, qué cosas! —dijo—. ¿Entonces ese libro pertenece a su abuela?

—No, pero pertenece al hombre al que iba dirigida la carta. Tiene que haber estado aquí alguna vez... Aquí... —Le entregó la carta a Alessandro. Él la cogió y meneó un par de veces la cabeza mientras echaba una ojeada a las líneas.

—¡Ay, Dios mío! ¡Esto suena terrible! —Le devolvió la carta a Nelly—. Pero me temo que no puedo ayudarla, querida Nelly. Mire la fecha. Cuando fue escrita esta carta yo ni siquiera había nacido.

Nelly asintió confusa.

—Pero tengo que saber qué pasó —dijo.

—¿Y no puede preguntárselo a su abuela?

—Murió hace unos años. —Nelly miró pensativa a Alessandro—. Pero ¿cómo es que está este libro en el café? No lo entiendo. Alguien tiene que haberlo puesto en la estantería. Pero ¿quién? ¿Y quién escondió la carta en este libro?

—En mayo de 1952... —repitió Alessandro—. Qué raro. —Se pasó la mano por el pelo con el gesto que Nelly conocía por Valentino. Luego miró a Nelly con una expresión de incredulidad en los ojos.

Y los dos se giraron de golpe hacia el rincón en el que el viejo Giacomo Briatore estaba sentado delante de su *grappa*. Se le había caído la cabeza hacia delante y se oían unos suaves ronquidos.

—¿Signor Briatore? ¡Signor Briatore! —Nelly sacudió con impaciencia el hombro del anciano.

Giacomo Briatore se incorporó.

—¡¿Qué?! —exclamó asustado—. ¿Me he quedado dormido? ¿Son ya las doce? ¿Brindamos ya?

—No, no vamos a brindar. —Nelly negó con la cabeza y se sentó a su lado—. Escuche, signor Briatore, tengo que preguntarle algo muy importante. —Le miró preguntándose si ese Briatore sería el joven desdichado que en otro tiempo se había enamorado de su abuela—. ¿Qué..., qué sabe usted de Claire Delacourt? —comenzó con cautela, y enseguida corrigió—: Quiero decir..., Claire Beaufort. —Esperó conteniendo la respiración. Alessandro también se acercó.

—¿Claire Beaufort? No he oído nunca ese nombre. —El anciano se encogió de hombros y miró desconcertado a Nelly y a su hijo, que le contemplaban con cara rara—. ¡Eh! ¿Por qué me miráis así? ¿Quién es? ¿Otra amiguita de Valentino?

—Esta vez Valentino no tiene nada que ver con esa mujer —replicó Nelly—. Por favor, signor Briatore, intente recordar. Hace mucho tiempo de esto. —Calculó—. Sesenta y tres años, para ser exactos. ¡Claire! ¡Claire Beaufort! Una joven francesa. Ella tenía entonces diecisiete años. Era guapa, rubia, de ojos azules. ¿La conoció?

—Hmm —murmuró Briatore perplejo—. Si era tan guapa seguro que me habría llamado la atención. Pero no conozco a ninguna Claire. No. Nunca he conocido a ninguna.

—¿Y está usted seguro de que no se enamoró de ella, por casualidad...? ¿De Claire Beaufort? ¿En mayo de 1952? ¿Aquí, en este café? —insistió Nelly.

—¿Qué? —El viejo Briatore levantó la vista con gesto de incredulidad—. ¡Qué locura! —soltó—. Se me pueden olvidar muchas cosas, pero no cuándo me he enamorado. ¡Pues vaya! Además... —Pensó un rato, parecía calcular él también—. En 1952 yo ya estaba felizmente casado con mi Emilia, la única mujer a la que he querido, y ahora, ¡basta!

Todos guardaron silencio un instante.

—¿Qué pasa con esa Claire? —preguntó finalmente Giacomo.

—Era mi abuela —explicó Nelly—. Y tuvo que estar en este café... con un joven veneciano con el que se citaba aquí en secreto. He encontrado su carta de despedida. —Le tendió el libro al viejo Briatore—. En este libro que estaba en la estantería. Al fondo. Y me gustaría saber quién lo puso ahí.

Briatore cogió el libro y se lo puso justo delante de la nariz.

—*Válido diez días* —murmuró. Luego cambió el gesto de su rostro y apareció en sus ojos cansados una expresión que era tanto de recuerdo como de lástima.

—¡Oh, sí, claro que me acuerdo! Ahora me acuerdo —dijo Briatore, y asintió varias veces—. Yo mismo puse el libro en la estantería. Hace muchos, muchos años, es posible que fuera en mayo de 1952.

Nelly oyó el grito de sorpresa que soltó Alessandro.

—¡Pero..., papá! Entonces eso significa que tú...

—Chss —le interrumpió su padre—. Eso no significa nada. Yo puse el libro en la estantería para guardárselo al hombre que se lo dejó... en aquella mesa. —Señaló la mesa en la que había estado sentada Nelly—. Pero nunca volvió a dejarse ver por el Settimo Cielo.

—Pero ¿quién era ese hombre? —se apresuró a preguntar Nelly—. ¿Lo conocía usted?

El viejo Briatore asintió apenado.

—Sí, sí, lo conocía, aunque no mucho. Era Paolo Palladino, el hijo del fabricante de lámparas.

—¿El hijo del hombre que le regaló las lámparas?

Giacomo Briatore miró a Nelly.

—Exacto. Era algo más joven que yo. Entonces yo trabajaba de camarero aquí, en el Settimo Cielo. Hacía poco tiempo que tenía el café y trabajaba como un esclavo. Todos los días, todas las noches estaba detrás de la barra. —Dio un trago de su *grappa*—. ¿Sabe, signorina Eleonora?, se aprende mucho como *barista*. Se aprende mucho de las personas cuando se está detrás de la barra, te confían algún que otro secreto, alguna que otra pena. Las historias vienen a ti como perros sin correa. —Giacomo suspiró—. Se oyen historias felices, y también se oyen historias tristes... —Miró por la ventana, y su mirada pareció perderse en la niebla de los tiempos—. Pero en todos mis años como *barista* no he oído nunca una historia tan triste como la que le rompió el corazón a Paolo Palladino.

23

Paolo Palladino estaba destinado a ser fabricante de lámparas, como su padre. El joven, que no tenía una gran habilidad manual, soñaba con abandonar algún día Venecia, que se le hacía cada vez más pequeña. Era el único hijo del fabricante de lámparas y mientras que su padre era un hombre con los pies en el suelo que procedía de una vieja familia de artesanos y que hacía lo que debía hacer sin plantearse nada más, Paolo era un soñador que leía libros y escribía sus pensamientos en un pequeño cuaderno que llevaba siempre consigo. Tras la muerte prematura de la esposa y madre Maria Palladino, que había sido siempre un puente estable entre padre e hijo, uno se refugió en su desgracia sin quejarse, mientras que el otro escapó a su mundo de fantasía. Así que no era nada sorprendente que los dos hombres —ahora solos— no tuvieran demasiado que decirse.

Para el padre su hijo era un soñador que tenía muchos pájaros en la cabeza. El hijo consideraba que su padre, que estaba todo el día en su taller de Cannaregio y veía la lectura de novelas como un peligro, era un hombre vulgar y sin fantasía. Pero las lámparas que Cesare Palladino fabricaba con gran habilidad siguiendo modelos antiguos tenían un toque muy poético que gustaba al joven Paolo.

Cesare Palladino y Giacomo Briatore habían sido buenos vecinos antes de que Giacomo se trasladara con su familia a Dorsoduro y abriera allí, en un pequeño *campo*, un bar que en los años cincuenta se convertiría en una atracción a pesar de estar algo escondido. Giacomo estuvo en el entierro de la mujer del lamparero consolando a su hijo con unos golpecitos en la espalda, y Cesare le regaló con motivo de la apertura del Settimo Cielo diez lámparas que, colgadas en la ventana, atraían a los clientes.

Una tarde de mayo Paolo Palladino estaba sentado con un libro de poemas de Neruda en un rincón del café, cuando se abrió la puerta y entró una chica joven con un hombre algo mayor. Eran extranjeros, como se podía apreciar por el enorme plano de Venecia sobre el que los dos se inclinaron señalando diferentes sitios con el dedo, pero también porque hablaban en francés. La hija pidió «*due campari orange*» en un italiano bastante pasable. Era una joven guapísima, de pelo rubio recogido en una coleta, y sus bailarinas rojas se balanceaban alegres bajo el delicado vestido blanco de falda con vuelo. Los dos conversaron animadamente un rato, y hasta un ciego habría podido ver que la joven era el ojito derecho de su padre. Este parecía un hombre de negocios —por su traje gris de tela fina y sus zapatos de cordones Budapest azul oscuro—, y sus ojos duros reposaban llenos de amor en la joven, que parecía contarle sus vivencias del día a la vez que daba de vez en cuando un sorbo a su Campari.

Giacomo estaba detrás de la barra y echó una ojeada a sus clientes. Esa tarde el pequeño bar estaba lleno, el buen tiempo había sacado a la calle a la gente, tanto a los turistas como a los locales, y entonces se fijó en Paolo, que había dejado su libro de poemas a un lado y no podía apartar sus ojos de la joven francesa.

En algún momento ella debió de notar que el joven la miraba. Sonrió, bajó la mirada y dio un sorbito a su Campari, para unos segundos después volver a levantar la vista y así cerciorarse de que la atención del chico que estaba detrás de su padre seguía fija en ella.

Briatore se entretuvo viendo divertido el intercambio de miradas de los dos chicos. Poco después el padre se puso de pie disculpándose un momento y Paolo aprovechó la ocasión. Se acercó a la mesa de la francesa para hacerle un cumplido tras otro. Sus palabras surtieron efecto, como se podía adivinar por los ojos brillantes y las mejillas de la joven, que se tiñeron de un delicado rosa. Briatore no pudo entender lo que decía Paolo, pero cuando unos segundos más tarde servía el vino en la mesa de al lado se sorprendió al oír las palabras del callado hijo del fabricante de lámparas: «Quiero hacer contigo lo que la primavera hace con los cerezos».

Giacomo volvió detrás de la barra sonriendo por la pasión juvenil de la impetuosa frase. ¿Cómo iba a saber que el joven Palladino acababa de tomar prestada esa frase de Pablo Neruda, cuyos poemas estaba leyendo cuando la chica francesa apareció en la penumbra del café como un luminoso cometa? Giacomo Briatore no leía poesía, su vena poética se reducía a hacer que su globo aerostático se elevara hacia el cielo, pero sabía leer los rostros.

Y los rostros de esos dos jóvenes revelaban un afecto espontáneo. Cuando el padre de la chica volvió a la mesa y poco después los dos abandonaron el café, hacía tiempo que Paolo había vuelto a ocultarse detrás de su libro.

Al día siguiente, a mediodía, volvió a aparecer la francesa casi sin aliento y con paso vacilante en el pequeño café donde Palladino hijo la esperaba nervioso en una mesa junto a la ventana. Se saludaron algo cohibidos y Paolo pidió dos *cappuccini*.

En los días siguientes Paolo y Claire —así se llamaba la guapa francesa— tomaron todavía muchas tazas de café juntos en el Settimo Cielo, alguna vez también una botella de vino o dos Campari Orange. Esos encuentros tenían lugar a diferentes horas del día y el hombre de negocios de traje elegante —¡evidentemente!— nunca estaba presente.

.Giacomo Briatore dudaba que supiera que su hija se citaba con el hijo de un fabricante de lámparas veneciano que le leía sus poemas y le hablaba con entusiasmo de la Ciudad Eterna, que tantos escritores famosos había dado.

No se puede decir que los libros y la poesía fueran un pretexto, pero sí fueron un buen escenario que enseguida demostró su efectividad. Sus miradas se hicieron más profundas, sus manos se entrelazaron, compartieron besos en la penumbra del *campo,* y dos jóvenes corazones se encontraron e imaginaron que podían conquistar el mundo juntos y que desde Romeo y Julieta no se había enamorado nadie tan locamente como ellos.

Un día Briatore vio cómo Paolo sacaba un libro en el que había escrito algo y, nervioso, se lo entregaba a Claire. Ella leyó la dedicatoria, se rio, le cogió la mano y lo miró largamente. En otra ocasión él llevaba una cajita y le puso en el dedo un anillo que ella miró emocionada.

Todo esto no le pasó inadvertido al *barista* del Settimo Cielo. A veces Giacomo Briatore se preguntaba un poco preocupado cómo iba a acabar esa pequeña historia, porque estaba claro que iba a acabar. Pero no era su costumbre meterse en los asuntos de los demás; él solo era un joven camarero que estaba detrás de la barra, lavaba las copas, preparaba cafés, veía mucho y callaba más. Y entonces también calló.

Ni siquiera Cesare Palladino sospechó que su hijo andaba por la senda del amor, a pesar de que las ausencias mentales de su hijo le resultaban cada vez más insoportables.

Y de pronto aparecieron nubarrones y arrojaron su sombra negra sobre el brillo poético de aquellos días felices en el Settimo Cielo. Algo había ocurrido.

El gesto de los dos enamorados era cada vez más abatido, las miradas más cómplices. Se pasaron días cuchicheando y pensando. Y, al final, los ojos de Paolo adquirieron un brillo febril mientras parecía tratar de convencer a la joven, cuyo rostro palidecía cada vez más. Ella negó con la cabeza, luego se echó a llorar, volvió a calmarse, y finalmente asintió mirando fijamente a Paolo. Haría cualquier cosa por él, no quería perderle.

Cuando aquella tarde abandonaron el café, cuyas puertas estaban abiertas para dejar entrar la suave brisa de mayo, y se despidieron en la penumbra del pequeño *campo*, Paolo tomó a Claire en sus brazos con un brusco movimiento y la besó en la boca. Estuvieron mucho tiempo unidos en ese abrazo que no quería terminar, mientras una suave luna emergía entre los tejados de las casas y sumía la plaza en una pálida luz.

—*A domani!* —gritó él cuando por fin se separaron y ella se alejó a paso rápido.

—¡Hasta mañana! —resonó como un pequeño eco en el *sotopòrtego* que se tragó su silueta.

Al día siguiente pasó algo terrible. Era un día soleado que no hacía presagiar nada malo y que permanecería durante mucho tiempo en la memoria del *barista*. Con los años se sumaron otras historias y otros rostros a los acontecimientos de aquella mañana..., hasta el día en que Eleonore Delacourt hizo su descubrimiento en la estantería del Settimo Cielo y despertaron los recuerdos del viejo *barista*.

Giacomo Briatore acababa de introducir los granos de café en la máquina cromada, cuando se abrió la puerta del bar de golpe. Entró Claire con un abrigo de popelina de color claro y un sombrero de paja, y se quedó un rato confundida en el centro del local. Apretaba algo contra el pecho. Solo al mirarla por segunda vez vio Giacomo sus ojos llorosos bajo el ala del sombrero. «Dios mío, qué pálida está esta chica», pensó, y, cuando la francesa se dirigió hacia él con paso vacilante, tuvo un mal presentimiento.

Percibió un movimiento fuera, en el *campo*. El padre de la joven esperaba, también con abrigo y sombrero, delante del café. Estaba ahí, inmóvil y sombrío como el comendador de la ópera *Don Giovanni*, junto a dos maletas.

—Tengo que marcharme de forma imprevista —dijo Claire, y miró al *barista* con una expresión tan desesperada que este casi se estremeció—. ¿Podría darle usted esto a Paolo cuando venga?

Temblando, le entregó el sobre que sujetaba con fuerza en su mano enguantada.

—Y dígale... —Un sollozo se escapó de su garganta, y ella volvió rápidamente la cabeza y se tapó la boca—. Dígale que me habría gustado esperarle, pero...

El comendador carraspeó y arrugó la frente.

—*Viens, ma chérie*, si no perderemos el tren —gritó desde fuera.

—*Je vien, papa!* —Claire miró al camarero con gesto suplicante—. Dígale que lo siento... y, por favor..., entréguele esta carta.

Con esas palabras se giró y salió a toda prisa del café.

Dos horas más tarde entraba Paolo en el Settimo Cielo. Miró alrededor, pero la chica con la que había quedado no estaba allí. Dejó caer el pesado petate que llevaba al hombro y esperó. A Giacomo Briatore le habría gustado ahorrarle ese momento, pero se acercó al joven y le entregó el sobre de fino papel de cartas por avión azul.

—Ella ha estado aquí y ha dejado esta carta para ti, Paolo —susurró—. Me encargó que te dijera que lo siente mucho y que no podía esperarte.

Paolo, desconcertado, cogió la carta.

—¿Una carta? —preguntó. Se sentó en la mesa junto a la ventana y rompió el sobre con manos temblorosas. Luego desplegó el delgado papel y empezó a leer. Sus hombros se fueron encogiendo a medida que recorría con mirada atónita las líneas de la carta intentando comprender lo que decía. Leyó la carta una y otra vez como si eso pudiera cambiar algo. Pero no cambió nada.

Cuando finalmente dejó caer la hoja sobre la mesa había desaparecido cualquier color de su cara.

—No —susurró, blanco como la pared—. ¡No! —Se tapó la cara con las manos y estalló en un callado sollozo que hizo temblar todo su cuerpo.

Luego se puso de pie de un salto y se dirigió a toda prisa a la barra.

—¡¿Cuándo ha estado aquí, cuándo?!

Giacomo le miró con compasión.

—Créeme, Paolo, hace ya mucho tiempo que se fue —dijo—. Demasiado como para que puedas alcanzarla. Estuvo aquí esta mañana, muy temprano. Su padre la esperaba fuera. Puedo asegurarte que estaba muy afectada.

Paolo volvió a su mesa tambaleándose como un borracho y hundió la cabeza entre los brazos. Giacomo Briatore le sirvió una *grappa* sin decir nada.

—Todo saldrá bien —murmuró luego. Y en la mayoría de los casos era así. Pero no en el caso de Paolo Palladino.

Preocupado, Giacomo Briatore no perdió de vista al joven, que se bebió la primera *grappa* de un solo trago, y también la segunda y la tercera. En algún momento le vio sacar de su enorme mochila un libro que hojeó como un loco. Luego volvió a cerrar el libro y se quedó un rato con la mirada perdida. Estuvo casi dos horas sentado sin moverse. Entraron más clientes, el bar se fue llenando poco a poco. Giacomo Briatore tenía mucho trabajo.

Cuando poco después miró hacia la ventana, Paolo ya se había marchado. Solo quedaba encima de la mesa el libro de cubierta amarilla, y lo puso en la estantería para guardárselo.

Desconociendo totalmente el valor simbólico de la novela de Toddi, el *barista* supuso que el terrible dolor había hecho que el hijo del lamparista sencillamente se olvidara del libro. Pero no fue así. El desdichado Paolo no quería seguir guardando un libro cuyos protagonistas eran mucho más felices que él. A la infeliz Claire la había perdido para siempre. No había podido retenerla, del mismo modo que una red no podía contener el agua. Con estas tristes líneas de Neruda en la cabeza se había marchado muy triste del Settimo Cielo. Es tan corto el amor, y es tan largo el olvido.

Con posterioridad se diría en la ciudad que esa misma noche el hijo del fabricante de lámparas había saltado al Gran Canal con la intención de quitarse la vida, pero ni siquiera eso consiguió.

Un pescador que —en contra de su costumbre— volvía tarde a casa en su barca oyó el chapoteo y sacó del agua al joven desesperado, que no sabía nadar. Solo el *barista* conocía el motivo del salto suicida del joven lamparista, pero guardó silencio. Únicamente le sugirió a Cesare Palladino que, en la exagerada acción de su hijo, vio una prueba más de los peligrosos efectos de la literatura, que fuera más tolerante con él y le diera todo el amor que pudiera.

—Créeme, Cesare, es un buen chico. Volverá a poner los pies en la tierra, debes tener un poco de paciencia con él... Tiene espíritu de artista. ¿Qué entendemos nosotros de eso, eh?

Cesare resopló con gesto despectivo, pero escuchó las palabras del joven camarero. Y así fue como en los años siguientes padre e hijo fabricaron lámparas en su taller en pacífica coexistencia e incluso hicieron alguna nueva creación que era casi tan maravillosa como las lámparas que colgaban en el café.

Sin embargo, Paolo Palladino no volvió nunca más al Settimo Cielo, que durante un par de semanas había sido el paraíso para él. Virilio habría dicho que el café se convirtió en un «no lugar» para el hijo del fabricante de lámparas; en él el tiempo no se aceleraba de un modo inquietante, pero para Paolo había entrado en un bucle igual de alarmante.

Nuevos clientes llegaron y se fueron, algún que otro libro fue ocupando su sitio en la estantería, y la novela de Silvio Toddi, en la que Paolo había escondido la carta de despedida de su amada, fue desplazándose hacia atrás, hasta que Giacomo se olvidó de ella. Paolo Palladino murió con solo treinta y tres años, soltero y sin hijos, y fue enterrado bajo una lluvia torrencial en el cementerio de San Michele. Y otra vez estuvo Giacomo Briatore junto a la tumba con Cesare Palladino, que ya había perdido a su mujer y a su hijo, dándole unos golpecitos de consuelo en la espalda.

La vida no es justa, y algunas personas sencillamente tienen menos suerte que otras. Al final solo quedan los recuerdos. En cualquier caso, las lámparas perduraron en el tiempo, y tras la muerte del viejo Palladino un joven noble de Venecia que quería conservar la artesanía de su ciudad, que amenazaba con desaparecer, abrió la tienda Venetia Studium en la que a Nelly le habría gustado comprar una lámpara Fortuny.

—Dicen que nadie muere de amor —concluyó Giacomo Briatore cuando acabó de contar la triste historia del fabricante de lámparas—. Pero en el caso de Paolo Palladino no estoy seguro de que al final no muriera por tener el corazón roto.

Nelly guardó silencio muy afectada. El triste destino del joven veneciano la había impresionado. Se preguntó si su abuela se habría arrepentido alguna vez de dejar a Paolo abandonado. Al lado de Maximilien Dela-court, al que conocería pocos años después, había sido feliz durante toda una vida, aunque nadie olvida jamás su primer gran amor. Sobre todo cuando acaba de una forma tan triste.

—*Ecco...*, no todo el mundo tiene la suerte de en-vejecer junto a su primer amor —dijo el viejo *barista* como si le hubiera leído el pensamiento—. Es una ben-dición muy grande. Pero quién sabe si esos dos jóvenes que procedían de mundos tan diferentes habrían sido realmente felices juntos.

Balanceó la cabeza despacio. Nelly miró en silen-cio el anillo de los granates. Luego le mostró la mano a Giacomo Briatore y dijo:

—Este anillo me lo regaló mi abuela antes de mo-rir. ¿Podría ser el anillo que Paolo le entregó entonces?

El viejo Briatore tomó la mano de Nelly y exami-nó el anillo.

—Sí, sí..., podría ser —contestó, a pesar de que no se acordaba ni por lo más remoto de cómo era el ani-llo de Paolo—. Lo recuerdo —dijo con decisión—. Era este anillo.

Nelly suspiró con alivio. Con la inscripción que te-nía el anillo no podía ser de otro modo, pero esa confir-mación del viejo Briatore significaba mucho para ella.

—¡Qué historia tan triste! —dijo. Se veía que es-taba muy emocionada—. ¿Sabe, signor Briatore...?, esas lámparas de la ventana me atrajeron de un modo casi mágico. Me acerqué y entonces descubrí el nombre del café y supe que este lugar tendría una importancia especial para mí. Y así ha sido.

El viejo Briatore le sirvió en silencio una *grappa* y ella se la bebió como si fuera agua.

—¡Qué extraña coincidencia! Es como si una mano invisible me hubiera guiado, ¿no? —Nelly miró las lámparas—. Quiero decir..., ¿no es increíble que esas lámparas fueran creadas por el padre del hombre que amaba tanto a mi abuela que no quiso vivir sin ella? —Meneó la cabeza—. Y ahora estoy yo aquí, después de tantos años... —Se quedó callada porque estaba a punto de decir «como si todo se fuera a repetir».

Cogió el libro y guardó dentro la carta de su abuela. Luego miró el reloj. Eran poco más de las diez.

—Creo que me voy a casa. Dígale a Valentino, por favor, que no puedo esperar más. —Sonrió a los dos Briatore—. Tendrá que celebrar su santo sin mí. Pero quién sabe cuándo aparecerá.

Se encogió de hombros, parecía estar pensando en algo.

—Dígale que mañana voy a ir a San Michele. Quiero visitar la tumba del triste fabricante de lámparas y saludarle de parte de mi abuela.

El viejo Briatore la miró en silencio. Luego sonrió.

—Me gustaría regalarle una cosa, signorina Eleonora. —Se inclinó hacia su hijo y le susurró algo. Alessandro asintió y se acercó a la ventana. Se subió a una silla, descolgó la novena lámpara y se la entregó a su padre—. Tome, joven, ahora es suya —dijo el viejo Briatore—. Tengo la sensación de que está lámpara la estaba esperando a usted. No, no, no puede rechazarla, me enfadaré si lo hace. —Sonrió y le guiñó un ojo a Nelly—. Me gusta que se mantenga la vieja simetría.

Cuando poco antes de medianoche Valentino abrió la puerta del Settimo Cielo con mirada cansada solo quedaba su abuelo sentado en el rincón. Giacomo Briatore estaba esperando a su nieto y se había quedado dormido.

—*Nonno! Nonno!* ¿Dónde están todos? —preguntó Valentino sorprendido.

El viejo Briatore abrió los ojos.

—Jovencito, no te pongas nervioso —dijo—. ¿Sabes lo tarde que es?

—¡Créeme, lo sé muy bien! —protestó Valentino, que por una vez no tenía la culpa del retraso. Levantó las manos manchadas de grasa—. Primero me dejó tirado el barco, luego el *telefonino*. Me alegro de haber podido llegar hasta aquí. Ya estoy listo.

—Vaya, jovencito, pues te has perdido lo mejor —replicó Giacomo Briatore—. No puedes ni imaginarte lo que ha pasado hoy aquí. No tiene nada que envidiarle al cine. —Se acercó a la barra arrastrando los pies y cogió otra copa—. Vamos, siéntate. —Llenó las dos copas hasta el borde—. Tendrás que conformarte con brindar con tu viejo *nonno*. Aunque tiene algo que contarte.

24

Al final toda vida tiene una historia, y la más breve es la que queda grabada en una lápida: principio y final, nacimiento y muerte. El tiempo que hay entremedias es la verdadera historia. Puede ser breve o larga. A veces dura noventa y tres años, a veces solo tres. Se leen las fechas de pasada y uno imagina los destinos que pueden esconderse detrás.

Llevaban ya una hora en el cementerio de San Michele, una isla a la que solo se puede llegar en barco, y como su bote se había estropeado el día anterior y lo estaban arreglando, habían llegado hasta allí en el vaporetto.

Valentino seguía suspirando a Nelly, que emocionada avanzaba entre las tumbas. Había imaginado algo mejor para un día de San Valentín, no una visita a la isla cementerio de San Michele. Solo podía confiar en que encontraran pronto la tumba de la familia Palladino para poder cerrar de una vez ese funesto capítulo. En realidad tenía cosas mucho más importantes para ese día..., ¡cosas importantes para el futuro!

—Me encanta ayudarte, pero puedo imaginar algo mejor que pasar el día de San Valentín en un cementerio —había refunfuñado cuando cruzaron la enorme puerta tras la que se extendían filas de lápidas de mármol y panteones familiares con columnas y ángeles cubiertos de hiedra que levantaban su inexpresiva mirada al cielo. En muchas tumbas se veían entre flores y corazones las fotos enmarcadas de los difuntos, que recordaban cómo eran en vida—. ¿Qué hacemos aquí entre todos estos muertos? No se puede cambiar el pasado.

—Es posible —replicó Nelly—. Pero se puede aprender de él, ¿no crees?

Valentino solo podía confiar en que Nelly sacara las conclusiones acertadas del pasado. No debía cometer el mismo error que su abuela, que le rompió el corazón a un pobre chico italiano.

Cuando Valentino llegó al Settimo Cielo el día anterior, Nelly ya se había marchado. Pero a cambio su abuelo le contó la historia de Paolo Palladino y la abuela de Nelly, cuyo desgraciado final le inquietó de forma extraña. Sobre todo cuando vio la caja que Nelly le había dejado encima de la mesa.

Desenvolvió contento el pesado pisapapeles de cristal con el león dorado. Que le hiciera un regalo tan bonito era una buena señal. Pero luego vio la tarjeta que Nelly le había escrito.

Querido Valentino:

Aunque pronto me olvidarás, este león debe recordarte que una vez una chica desdichada chocó contigo en la Piazza San Marco cuando sonaban las campanadas (¿una señal?) y que la hiciste reír más de una vez. He estado muy a gusto con mi «*cicisbeo*» a pesar de que (afortunadamente) no siempre se haya portado bien.

Gracias por todo,

Nelly

Valentino no supo muy bien qué pensar de esa breve nota que parecía una carta de despedida. Era evidente que Nelly estaba ya con un pie en el tren a París, que, como Valentino sabía, saldría dentro de tres días. Pero ella no podía desaparecer así de su vida. ¿Y qué era eso de que iba a olvidarla enseguida? ¿Qué tonterías decía? ¿O se trataba simplemente de que era ella la que iba a olvidarle a él enseguida? Por otro lado, decía que había sido muy feliz a su lado, ¿o no? ¿Y no mencionaba las campanadas del Campanile? ¿Significaba algo esa alusión a su broma de entonces?

¡Ay! ¡Nadie puede leer tan bien entre líneas como un enamorado!

Valentino no era supersticioso, pero ahora solo deseaba que su broma de entonces se convirtiera en algo serio.

Cuando se dirigían a mediodía a la isla del cementerio en el vaporetto miró a Nelly con disimulo. Estaba obsesionada con la idea de encontrar la tumba de Paolo Palladino y su mente parecía encontrarse muy lejos de allí.

—Tengo que cerrar este asunto, ¿entiendes? —dijo—. Al fin y al cabo se trata de mi abuela.

Él asintió suspirando para sus adentros. ¡Si era tan importante para ella! Tampoco parecía interesarle mucho el motivo de su retraso de la noche anterior.

—Sí, sí, muy bien —se había limitado a decir por la mañana cuando hablaron por teléfono—. No importa.

No estaba enfadada con él.

Valentino pensó en el globo que les esperaba con toda su grandiosidad en el Lido y su estado de ánimo mejoró mientras buscaba entre las tumbas. *Arlecchino* todavía guardaba un as en la manga que convencería definitivamente a su *Colombina*.

Entonces se detuvo. Había encontrado la tumba.

—¡Aquí está! —Le hizo un gesto a Nelly y señaló una sencilla lápida de mármol blanco en la que estaban grabados los nombres del matrimonio Maria y Cesare Palladino. Al lado había una estrecha lápida en la que aparecían el nombre y las fechas de Paolo Palladino.

Nelly se agachó y apartó las ramas de hiedra para ver el marco ovalado con la foto del joven Paolo. Tenía un rostro bien definido y sus ojos oscuros miraban serios al infinito.

—Así que este fue el primer amor de mi abuela —dijo Nelly pensativa—. Qué raro que nunca me hablara de él..., y eso que llevo el anillo que él le regaló entonces. Pobrecillo. Creo que se parece un poco a ti, Valentino.

—Bueno, yo no le veo ningún parecido —protestó él—. Excepto que tiene el pelo oscuro y los ojos marrones. Espero tener un aspecto más alegre. —Miró la foto con detalle. Entonces descubrió la frase que estaba escrita debajo—. Mira, aquí pone algo.

Nelly se inclinó hacia delante.

—Es tan corto el amor, y tan largo el olvido —leyó. Luego meneó la cabeza—. No, Paolo Palladino, no has sido olvidado. Te devuelvo el libro que le entregaste a mi abuela en el Settimo Cielo, y créeme, ella pensaba en ti, por eso me dio este anillo. —Puso el anillo bajo la luz—. Podría haberme regalado cualquier otro anillo, pero no es casualidad que fuera precisamente este. Después de tantos años no te olvidó, ni tampoco olvidó la inscripción.

Nelly sacó el libro de Silvio Toddi que había pertenecido a su abuela y lo dejó entre la hiedra. Luego cogió el ejemplar de Paolo Palladino y lo puso encima. La carta la había sacado antes.

—Bueno —dijo Valentino rodeando con el brazo a Nelly—. Ahora por lo menos están los libros juntos y pueden descomponerse juntos.

Nelly sonrió. Estuvieron un rato en silencio. Los libros estaban uno sobre el otro y casi no se veían entre las hojas de la hiedra.

—*Amor vincit omnia* —declaró Nelly con solemnidad.

—Me parece que es un lema muy bueno para el día de San Valentín —comentó Valentino, y se aseguró de que la pequeña caja de terciopelo con el anillo de rubí estuviera en el bolsillo de su pantalón—. ¡Y ahora vamos! Es hora de irnos. —Le guiñó un ojo con complicidad—. La sorpresa espera.

Tiró de Nelly hacia la puerta del cementerio, y ella le siguió con desgana, no estaba para más sorpresas.

—Ay, Valentino, no sé —empezó a decir—. Me ha afectado tanto toda esta historia... ¿Podemos dejar tu sorpresa para mañana?

Valentino negó con la cabeza enérgicamente y pensó que a algunas mujeres hay que empujarlas a la felicidad.

—Ni hablar —contestó—. Además, sencillamente no puede esperar. —Miró el reloj y pensó en Tiziana y Luciano, que ya debían de estar en el Lido—. *Andiamo, signorina Eleonora, andiamo!* —gritó sonriendo orgulloso—. Hoy te voy a hacer la mujer más feliz de Venecia. Ya verás, te vas a desmayar de alegría.

Y así fue.

Casi.

25

$\mathcal{L}$a tarde caía sobre la laguna y el sol descendía tendiendo su manto rojo sobre el agua mientras se dirigían hacia el Lido en el vaporetto.

Nelly no había estado todavía en el Lido, la isla alargada situada delante de Venecia tras la que se extiende el mar Adriático. Una vez al año, con motivo del festival de cine, se limpiaba a fondo la isla, que se convertía en pasarela de bellezas y famosos para luego volver a la tranquila normalidad. También ese 14 de febrero reinaba la calma en el Lido.

Valentino avanzó a buen paso por el Lungomare Guglielmo Marconi. Pasaron por delante del famoso Grand Hotel des Bains, que con su león de piedra sobre la entrada emergía blanco y callado tras los setos verdes y que había sido transformado en residencia de lujo, y dejaron atrás casas y pequeños hoteles, también el hotel

Excelsior con su gigantesca terraza con vistas al mar. Tiraba de Nelly, que se fue dejando contagiar de su entusiasmo y reía nerviosa de vez en cuando. ¿Qué había tramado Valentino que estaba tan emocionado?

Finalmente Valentino se detuvo y saludó con la mano a dos personas que corrían hacia ellos por la playa. Nelly reconoció enseguida a la pelirroja de Ca'Rezzonico; al chico que iba a su lado no lo había visto nunca.

—¡Por fin estáis aquí! —gritó Tiziana sin aliento, y miró a Nelly con curiosidad.

—El viento es favorable, podemos ponernos en marcha —anunció el chico.

¿Ponernos en marcha? ¿Iban a dar una vuelta en barco los cuatro o a hacer una excursión invernal por el Lido? ¿Era esa la sorpresa?

—Estos son mis amigos Tiziana y Luciano —dijo Valentino, que también se había quedado casi sin aliento—. ¡Sin su ayuda no lo habría conseguido! —Todos se rieron y Tiziana se abrazó a Luciano. Estaba claro que eran pareja, y Nelly se avergonzó un poco de sus celos. Confusa, su mirada iba nerviosa de una a otro.

—Pero ¿qué...?

—Cierra los ojos —le ordenó Valentino.

Nelly sonrió. Notaba que el corazón le botaba dentro del pecho como una pelota de goma.

—¡Ay, Valentino, no seas exagerado! —exclamó, pero cerró los ojos, obediente.

—Sí, a nuestro Valentino le gustan las grandes puestas en escena —oyó que comentaba Tiziana—. ¡Es todo un romántico!

—No como yo, quieres decir —aclaró Luciano.

Rieron divertidos. Luego se quedaron todos callados.

Nelly se dejó llevar por Valentino y se agarró con fuerza a su brazo..., como casi cuatro semanas antes en la Piazza San Marco. Le resultaba raro no ver nada. Tropezó. «*Piano, piano!*», oyó que le decía Valentino. Estaba muy cerca de ella y pudo oler de nuevo esa mezcla de lavanda y sándalo. Valentino la guio con cuidado por un camino que descendía. Luego Nelly notó la arena bajo sus pies y olió el aire del mar. El sonido suave de las olas se mezclaba con un tableteo callado que sonaba como la vela de un barco hinchada por el viento.

Valentino se soltó de su brazo y se apartó a un lado. Nelly oyó pasos apresurados, voces excitadas.

—¡Y ahora ya puedes abrir los ojos! —gritó Valentino—. ¡Feliz día de San Valentín!

Nelly se esperaba cualquier cosa, pero lo que vio al abrir los ojos parpadeando la dejó sin respiración.

Justo delante de ella se alzaba a la luz del atardecer un espléndido globo de aire caliente de tonos azules, rojos y dorados... Era el viejo globo que tanto había admirado en los cuadros del pequeño café. Tiraba impaciente de las cuerdas, dispuesto a elevarse en el cielo vespertino.

Valentino creía haber acertado de pleno con su regalo. Estaba al lado de sus dos amigos y parecía a punto de explotar de orgullo. Tiziana y Luciano aplaudieron entusiasmados con la gran sorpresa.

Nelly sintió que empezaba a marearse.

Horrorizada e incapaz de decir una sola palabra, observó la cara expectante de Valentino.

—Sabía que te gustaría —dijo este, rebosante de felicidad—. He hecho todo esto solo por ti. Y ahora..., ¡ven! —Le tendió la mano, y su sonrisa mostraba todo el amor que un hombre puede ofrecerle a una mujer.

El cielo empezó a dar vueltas alrededor de Nelly.

—¡Nunca! —fue todo lo que pudo decir—. ¡Antes prefiero morirme!

—¡¿Qué?!

Un triple grito detuvo el cielo giratorio.

Nelly vio el rostro de Valentino, en el que se reflejaba una inmensa decepción. Pensó en todo el esfuerzo que él había tenido que hacer hora tras hora, día tras día, para sorprenderla con lo que creía que a ella más le gustaría. Vio el gesto agobiado con el que siempre llegaba tarde al café, las sombras debajo de sus ojos, su tensa expectación. Se vio a sí misma delante de los cuadros de los globos del viejo Giacomo exclamando emocionada: «¡Qué romántico!».

Ella misma le había llevado a la pista equivocada.

Y lo paradójico era que no mentía: para Nelly no había nada más poético que un globo de aire caliente, pero solo cuando lo contemplaba desde tierra firme. De pronto se vio a sí misma en París, donde una soleada tarde de octubre del año pasado había contemplado con nostalgia un globo que flotaba sobre el Sena como un pequeño milagro.

—Lo siento —susurró igual que Claire Beaufort muchos años antes—. ¡Lo siento mucho!

Valentino la miraba cada vez más desesperado. No sabía qué le pasaba a Nelly, solo sabía que su «¡Nunca!» era definitivo, y se lo achacaba a sí mismo.

¿Cómo podía haber imaginado que habría necesitado poderes mágicos para que la chica a la que amaba se subiera a un globo que se tambaleaba en el aire? Y él no tenía poderes mágicos.

Meneó la cabeza con incredulidad.

—No puede ser, Nelly. Sencillamente, no puede ser —tartamudeó, extendiendo los brazos—. ¿Es que no sabes que te quiero? Te quiero, Eleonore Delacourt.

Nelly cerró los ojos. Ahí estaba, la frase que durante tanto tiempo había deseado en secreto oír.

Su corazón empezó a palpitar con fuerza, y con cada latido aparecían nuevas imágenes ante ella. El globo de aire caliente sobre el Sena, el profesor Beauchamps queriendo volar a Nueva York con ella, Sean cantando *Come fly with me* delante de Notre-Dame, Jeanne dándose golpecitos en la frente mientras le hablaba de las estadísticas de seguridad de los aviones, sus padres despidiéndose alegres desde el Citroën azul claro, el signor Pozzi gritándole *Andiamo!,* el polichinela vestido de blanco columpiándose en su cuerda en el cielo, Valentino besándola en el pequeño *campo* hasta hacer desaparecer el suelo bajo sus pies, la mirada inquisitiva de su abuela al entregarle el anillo de granates. «Espero que algún día encuentres a alguien con quien puedas volar, pequeña...».

Nelly tocó el anillo, que de pronto le quemaba como el fuego en la mano.

—Pero... nunca lo he hecho... —dijo mirando a Valentino con los ojos muy abiertos.

Él le tendió la mano.

—Para todo hay una primera vez —replicó.

Amor vincit omnia, pensó Nelly mientras le cogía la mano. *Amor vincit omnia.*

Cuando Valentino y Nelly se elevaron en el globo entre los gritos de alegría de Tiziana y Luciano, Nelly apretó muy fuerte los ojos y se agarró con las dos manos al borde de la cesta. Notaba un fuerte cosquilleo en el estómago y por un angustioso momento no supo si subían o bajaban.

«¡Oh, Dios mío, nos caemos, nos caemos!», fue todo lo que pudo pensar.

—¡Nelly, mira! Abre los ojos y mira qué bonito —dijo entonces Valentino en voz baja. Nelly notó su mejilla junto a la suya. Estaba detrás de ella y la abrazaba fuerte.

—Pongo toda Venecia a tus pies.

Nelly abrió los ojos poco a poco. Se deslizaban por el cielo del atardecer que se iba tiñendo de azul oscuro. Abajo se oían ruidos apagados, el aire parecía de cristal. Flotaron despacio por encima de la ciudad de la laguna con todas sus luces y sus historias.

Nelly no pudo hacer otra cosa. Se rio. Levantó la cabeza, observó el cielo azul noche, trató de tocar las estrellas y se rio.

Fue un momento mágico. Y es lo que pasa con los momentos mágicos..., surgen siempre cuando lo imposible se hace posible. A eso se le llama milagro. Y a veces —no solo en las novelas, sino también en la vida real—

al final el amor vence y nos hace volar a pesar de todos los reparos e imprevistos.

Aquella noche las estrellas brillaron más que nunca, y cuando Nelly se hundió feliz en los brazos amorosos de Valentino, que la llevó hasta las alturas y no dejó que el anillo se cayera a la laguna, sino que se lo puso con cuidado a Nelly en el dedo antes de besarla, pensó que seguro que a Paul Virilio le habría gustado esa forma de volar.

Aunque en realidad se dijera viajar.

EPÍLOGO

Naturalmente, Nelly Delacourt no regresó a París el 16 de febrero como tenía previsto..., o, mejor dicho, no regresó sola a París. A su lado iba sentado su feliz prometido, que no le soltaba la mano y a quien quería presentar al resto de su familia.

Cenaron y bebieron hasta tarde en Les amis de Jeanne, en cuya puerta esa noche colgaba un cartel que decía: «Cerrado por celebración familiar inesperada».

Hay que decir que en la mesa también estaba un futuro piloto que tocó con su guitarra canciones de Sinatra, dio por finalizado su viaje por Europa y elogió la cocina francesa como la mejor del mundo. Cada vez que daba un trago de vino miraba a Jeanne a los ojos, y *madame la tigresse* sonreía feliz.

Nelly terminó su trabajo de fin de carrera sobre Virilio, pero no tenía intención de quedarse en la universidad. Se le había ocurrido otra idea. El profesor Beauchamps no ahorró en elogios sobre el trabajo, en el que no solo se trataban las teorías de Paul Virilio, sino que —¡sorprendentemente!— también se hablaba de un globo aerostático. Y también se alegró mucho de la noticia del compromiso de su antigua alumna preferida.

Nelly alquiló su casa de la rue de Varenne y se trasladó a la ciudad de la laguna con Valentino. Cuando regresó a ella en mayo y vio por primera vez la Piazza de San Marco llena a rebosar de gente, se asustó un poco, pero enseguida comprobó que en Venencia se puede encontrar un sitio tranquilo en cualquier estación del año, sobre todo cuando uno se pierde en las *calli* por las que no va nadie.

Valentino y Nelly se casaron unos meses después, lo que tuvo como consecuencia que en la pared del Settimo Cielo apareciera una nueva foto en la que al fondo se veía un globo de tonos azules, rojos y dorados, y no solo Giacomo Briatore se mostró orgulloso por eso.

Un año más tarde nació una niña. La pequeña Flora tenía los rizos negros de su padre y los ojos azules de su madre, y el segundo dedo de sus pequeños piececitos era más largo que los demás. Pero ante todo la pequeña pareció haber heredado la determinación bretona de su bisabuela. Exploraba su entorno sin asustarse y daba grititos de alegría cuando Valentino la lanzaba a lo alto. Y en la ventana de su habitación infantil colgaba una preciosa lámpara de seda.

Con el Settimo Cielo Nelly hizo realidad un sueño de su infancia. En memoria del Au Hortensia Sauvage, el *salon de thé* que su madre tenía en Quimper, transformó el viejo café en un local en el que se podía comprar y leer libros y también comer y beber.

Esperaba y deseaba que los clientes del Settimo Cielo encontraran también esa chispa de magia que había cambiado su vida. Y dónde podía encontrarse mejor esa chispa de magia que entre las páginas de un libro..., o en un pequeño café que parecía estar hecho para los milagros.